牆上的日記

王華中短篇小說集

「貓空──中國當代文學典藏叢書」出版緣起

當代中國從不欠缺動盪的驚奇故事，卻少有靈魂拷問的創作自由。從禁錮之地到開放花園，透過自由書寫，中國作家直視自我，探索環境的遽變，以金石文字碰撞出琅琅聲響，讓讀者得以深度閱讀中國當代文學的歸向。

秀威資訊自創立以來，一直鼓勵大家「寫自己的故事，唱自己的歌，出版自己的書」，主張「不論任何人、在任何地方、於任何時間」都可以享有沒有恐懼的創作自由，這正是我們要揭櫫的現代生活根本，也是自由寫作的具體實踐。

期待藉此叢書，開拓當代中國文學的視野版圖，吸引更多中國作家投入寫作，讓自由世界以華文書寫的創作，中國作家的精采故事不再缺席。

「貓空──典藏叢書」編輯部

二〇二二年九月

目次

向日葵

1

那一陣，我們花河所有的民辦教師都面臨著一次命運的大轉折，要麼通過考試轉正，成為自己夢寐以求的公辦教師，要麼被辭退回家。由於吳本末沒考好，結果就成了後一種。媳婦也是那年娶進來的。剛娶進來兩個月，他就被辭退了。媳婦本來是衝著他的前途才嫁給他的。當時，花河所有人都認為這個機會一定能給吳本末帶來好運，我們全都看到了他變成一名公辦教師後的光景。媳婦叫劉小敏，吳本末還是個民辦教師的時候，她並不見得很看好他，但吳本末迎來了可以考試轉正的機會的時候，她的看法就不一樣了。她從來就沒有想到過吳本末會考試失敗，因為所有人都認為，這個機會完全就是專門給吳本末準備的，是老天爺突然對吳本末產生了喜歡，便給了他這個可以成為公辦教師的機會。那一陣兒，劉小敏身邊的人都在催她趕快嫁，都擔心吳本末轉了正以後就看不上她了。人是會變的。都這麼認為。劉小敏自己也這麼認為。所以她在吳本末剛剛考試結束就嫁過去了。

短短兩個月之後她就發現她的希望是個泡泡，深感上當。從此以後，失望便成了她面對吳本末時的招牌表情。然而致使這種表情年深日久地生長在她臉上的，又是吳本末只有教孩子認識幾個字的本事。不做民辦老師後，吳本末也試著到過城市，去的時候也像別人那樣帶著婆娘兒子，但別人去了就留下了，他卻留不下來。他在城裡活不了人，他的婆娘兒子也就跟著活不了人。他去過五次，五次都是去了不到三個月就回來了。三個月掙下的錢剛好夠他們回家，就回來了。前幾次回來以後，還惦記著歇好了再出去，第五次回來，就發誓不再出去了。

鐵的事實是，吳本末只能教孩子認識幾個字，除此之外，再無其他能耐。既然是這樣，卻又丟了用武之地，他就只能在自己的孩子身上實現自己的價值。不過，劉小敏卻認為，他們的孩子有學校可去，根本就用不著他。而且，劉小敏還認為，就吳本末肚子裡那點兒墨水，用得著用不著都無所謂。

實際上孩子也是那麼想的，他剛上一年級就已經覺得沒必要聽吳本末囉嗦了，兒子比老子知道的還多。上四年級的時候，兒子就開始嘲笑老子了，因為吳本末有時候竟然解不出他課本上的題目，而如果有兒子認不得的字，老子也必然覺得它十分陌生。這就導致了吳本末不光讓劉小敏失望，同時也讓他的兒子吳浩瀚失望。

劉小敏常常感嘆，我這輩子上了你的大當了！

而這時候如果吳浩瀚在旁邊，他就會跟著長嘆一口氣，還嘆得煞有介事。

如果吳本末還有那麼一點不十分令他們失望的地方的話，那就是起名字了。兒子對他的名字很滿意，劉小敏也覺得不錯。但這一點對於一個成了村裡的窮困戶的人家來說，又算得了什麼呢？由於吳本末的無能，他們家的日子永遠停留在開始的那個起點，連一步都沒有前進過。當然，這只是劉小敏的看法。吳本末不這麼看。雖然他們家的房子還是原來的石頭牆，房頂也還是瓦頂，每年他都得上到房頂上翻修一回，屋子裡頭變化也不大，但他還是不願意承認他們家的日子一點也沒有前進。他習慣把目光落在自家屋裡思考這個問題，而劉小敏則是習慣看著別人家來思考這個問題。村裡的房子要麼拆了新建，要麼換衣服，反正都是新氣象，而且那樣的房子裡頭變化也都是相當大的。這就相當於賽跑呢，劉小敏看見別人越跑越遠越跑越快，自己被落在後面越來越遠，自然就覺得自己那點兒進步就跟沒有一樣。而一直不喜歡找參照物的吳本末，只看著自己的腳，只要它在動，他就堅決相信自己也在前進。

但是，不管如何，他們家被鎮政府定成了特困戶。

這件事情使劉小敏突然間變得振作起來，就像當初她聽說吳本末獲得了一個可以轉正的機會一樣。但吳本末卻顯得有些不高興。他不喜歡「特困戶」這個稱呼。劉小敏在高興之餘恨不能咬他兩口解恨，她說你個傻屄，成了特困戶，政府就有救濟呀。救濟一詞被吳本末看成一個帶著侮辱性的詞彙，很像帶著一口唾沫的關懷之辭，而劉小敏卻從這個詞彙中獲取著巨大的能量，十多年來，他第一次發現劉小敏的眼睛那麼亮。

那個夏天，暴雨頻繁。促成鎮政府把他們家定為特困戶的是那個夏天的第三場暴雨，那場暴雨使他家房頂上那些咬牙經受了前兩場暴雨的老瓦片終於崩潰，暴雨直接從房頂往下瀉，他們將所有能盛水的器皿都用來接雨，結果還是眼睜睜看著屋裡一片汪洋，成了水牢。發生這件事情的時候，鎮政府的陳鎮長正好在場，他們到木耳村田間檢查生產，遇上大雨的時候正好路過他們家，躲進他們家是要避雨的，結果還是成了落湯雞。這個結果令陳鎮長非常生氣，先罵他們家是什麼破房子，然後責問村裡是怎麼搞的工作，竟然還有這麼破的房子。暴雨停了後，陳鎮長把身上的溼衣服抖出一片脆響，離開的時候，回了兩次頭，好像對他們家這房子十分留念。

第五天，劉小敏就聽村裡的劉支書說他們家被鎮裡定成了特困戶，要給他們救濟。那時候吳本末已經把房頂上的舊瓦片全換過了，他已經相信至少一年之內，他家的房頂完全可以經受暴雨的考驗。他剛好從房頂上下來，正仰著頭欣賞他的成績，劉小敏興衝衝跑回來告訴他，我們家被鎮裡定為特困戶了！

吳本末一如既往地麻木，半天才問，為啥？

劉小敏臉一拉，你還好意思問為啥？不明擺著嗎？人家是實事求是。

吳本末說，他們應該徵求一下我們的意見。

劉小敏嘲笑道，是啦，鎮長要把你定成特困戶還要問你同不同意？又說，就是問，我也會同意的，我舉雙手贊成。

吳本末擠壓著眉毛說，可是我不贊成。

劉小敏做出一副不認識他的表情，五分鐘後，她確認自己真的遇到了一個傻瓜，於是她罵人了。她說，中國十一億人口，就出你這麼一個傻屄。

很快，陳鎮長就要專門來慰問他們家了。村裡提前派人來通知，叫他們哪裡也不要去，在家等著陳鎮長。劉小敏很樂意，真留下來等。吳本末不樂意，村幹部一走，他也要走。劉小敏想叫住他，沒成。陳鎮長果然就來了，村裡大小幹部都陪著，身後還跟著兩記者，很隆重。除了兩記者扛的是自己的設備以外，其他人手上拎的都是給吳本末家的慰問品，有油，有米。為了迎接陳鎮長，劉小敏早早就準備了一臉的笑，看見他們拎在手上的油瓶和米袋子的時候，她甚至沒忍住笑出了聲來。不過，她笑的是陳鎮長太小氣了，她們家並沒有窮到吃不起油和米的地步。陳鎮長顯然令她有些失望，她原本並不希望只得到兩瓶油或者兩袋米。

不過，陳鎮長只信「民以食為天」。那油那米雖被劉小敏看得小氣，但依然要由陳鎮長親手遞到她手上，並且要讓記者的鏡頭永遠記下這個充滿了愛的瞬間。幸好陳鎮長還準備了錢，要不然劉小敏都失望得笑不起來了。她的臉其實習慣苦著，要改變這長年累月的習慣必須要有一股強大的力量，兩瓶油兩袋米的話，力量就太小了。陳鎮長要是沒有及時拿出錢來，劉小敏的臉就打算回到原來的樣子了。陳鎮長把十張百元鈔票拿出來拉成扇形的時候，她那快要撐不下去的笑容頓然怒放，一千塊錢的力量還是不錯的。那天記者們拍下的那個鏡頭十分的美。五天後，劉小敏在縣報上看到自己的照片的時候，得意地發現自己竟然很上鏡。當天她翻出自己歷史以來的照片，都沒有找到一張可以和這張媲美的。報紙上的她看著鎮長手上成扇形的一千塊錢，笑出了她有史以來最美的瞬間。

然而又恰恰是這張照片讓吳本末憤怒。他一點都不認為那是一種美，除了「下賤」他再不想給它別的什麼定義。「你太不知羞恥了！」盛怒之下，他的瘦臉變得更瘦了，看起來憤怒正在從左右兩個方向擠壓著他。「只有狗才對嗟來之食搖尾巴！你就像一條狗一樣不要臉！」他說得太過分了，以至於從來都足夠機敏的劉小敏竟然反常地變得有些無措，那一會兒，她眼眶刺痛，差一點哭了。

你他媽的才是狗！她終於知道該怎麼反擊這個令人費解的男人了。如果可以的話，她還想跟他打上一場。可惜的是吳本末從來都不喜歡打架，他們的戰鬥總是在劉小敏興起的第一時間倉促地結束，每一次都弄得劉小敏很掃興。

吳本末說完了自己想說的，就不再說下去了。他甚至都不能拒絕劉小敏用陳鎮長送來的米做的飯，當劉小敏挑釁地提出，陳鎮長送來的米比他們家的米更香的時候，他也沒有把吞到肚子裡的飯吐出來。所以那以後，劉小敏就常在吃飯的時候露出譏笑，並以此為樂。

吳本末在陳鎮長來家慰問的時候故意缺席，並不被人看成是什麼高貴的行為，反而被看成是不知好歹。我們帶著一種妒意說他是「糞筐抬狗，不識抬舉」，而村裡的劉支書則嚴厲地指責他那叫不懂事兒。劉支書很年輕，比他小十多歲，但他說他不懂事兒的時候，卻用了一個長輩的口吻。我們的妒意他可以不管，但劉支書這種態度他不能不管了。他的性格擺那裡，他想不管是不行的。

你憑什麼說我不懂事兒？就憑你是村支書？他要跟劉支書較真。

劉支書原先只是恨鐵不成鋼，這會兒便露出了十二分的瞧不起了，他實在沒有想到這個傢伙還有臉皮在這件事情上跟他較真。然而他又不相信他真有膽量跟他較量下去，所以他用一種挑釁的口吻說，就憑我是村支書咋個啦？

吳本末說，村支書只是個職位，並不代表輩分，請你說話放尊重點，我不長你輩，也長你歲。

劉支書是真意外了，他像我們花河許多人在表示驚訝的時候喜歡的那樣發出了一聲古怪的「喲呵」，然後他說，看不出來呀，吳老師還蠻有個性的嘛！他的連挖苦帶諷刺沒能惹怒吳本末，但卻搏得了我們的喝彩。我們都自覺地站在他這一邊，吳本末那邊只有他自己。但吳本末沒有戀戰卻不是因為兩邊陣容太懸殊，而是因為他覺得這件事情到此已經圓滿了。他用他的態度反擊了他的對手，已經達到目的了。而對手是不是還在興致中，他已經不管了。他一貫地信守著「適可而止」，就是在房事上也如此。這一點，也從來不被我們看成是個性。我們從來都只想當然認為那是因為他無能。尤其是劉小敏。

2

我們很快就看到這件事情在吳本末家產生的巨大影響，首先是吳本末變得在意別人的目光了，他變得愛東張西望了，看別人在看他沒有，看他的時候是怎樣的目光。實際上很快他就發現了問題，問題是別人看他時的目光真的變了。看他的人沒有發現這一點，甚至一貫敏感並習慣於把別人拿來做參照物的劉小敏也沒有發現這一點，但他發現了。變化在哪裡呢？別人從來就是拿這種眼光看你的，看你這樣的人就只能是那樣的眼光。要是有變化，我倒要高興了。劉小敏說。

吳本末變得害羞起來，不上街，不到人多的地方露面，下地的時候如果發現他要去的那塊地旁邊有別人，他就不下地了。除此之外，他還嘗試過穿戴，比以前講究整齊乾淨了，頭髮也比以前更一絲不苟了。但很快他就放棄了這種嘗試，因為他覺得我們在背後議論他，是因為得到了政府的救濟，才有了這種新氣象的。他想，他這時候即使一夜暴富了，別人也不會因此而改變目光。

劉小敏對待這件事情的態度則是積極的，她幾乎已經看到了她們家的日子的將來，一個漸漸變得好起來的將來。她把陳鎮長給的救濟金全部存了起來，她希望那個數字會以一種不慢的速度長大，直到她派上大用場。為了促成救濟金的成長，她把他們一家人好一點兒的衣服都壓進了櫃子，只撿破舊的穿。雖然兒子說他的穿著遭到了同學的嘲笑，很不願意配合，但她還是極力地說服了兒子。

我們這樣，別人才知道我們窮，才會同情我們，給我們更多的救濟。她說。

我們有了足夠的錢，才能把這房子翻修一下，今後才有姑娘願意嫁你做媳婦。她還說。

我們哪來翻修房子的錢？靠你爸行嗎？要是行的話，早就翻修了。只有靠政府救濟了。她說。

但她卻無法說服吳本末，他翻箱倒櫃要找到像樣的衣服，不僅是出門要穿得周正，在家他也要穿得整齊。劉小敏上鎖，他就把鎖砸了。

不過，這樣依然阻礙不了劉小敏扮窮。她相信如果她變得更窮，鎮裡的救濟就會更多。她整日穿著舊衣服在街上走，她到處借錢。她借錢並不是因為她真的需要急用，如果她還沒打算立馬就翻修房子的話，她其實不需要到處借錢的。事實上，她嫁給吳本末這些年來，雖說日子沒有進步，但他們真的很少跟人借錢。這一回，她卻借遍了整個花河。她這麼做只是為了宣傳她很窮，很需要幫助，別人是不是願意借給她，她並不在意。給她，她就感激地收下，不給她，她也不見得很失望。她要的只是一個響動。

有一天吳本末終於給了她一耳光。那一耳光似乎耗盡了他全部的體力，但劉小敏的臉沒有紅腫起來，倒是他自己的臉紅腫起來了。他的確在那瞬間胖了許多，我們中間有人認為那都是因為氣的，但我們以往從來沒見過人生氣的時候會突然變胖，人又不是氣球。不過，我們又認為，稀奇事兒是可以發生在吳本末這樣的人身上的。

你個不要臉的，你看看別人用啥子眼光在看我們？他腫著臉衝劉小敏吼叫。他那股衝動勁兒很容易讓我們想到一顆人肉炸彈，想到他可能抱的是要跟劉小敏同歸於盡的目的。

可劉小敏卻顯得異常的冷靜，她看起來一點也不計較那一耳光，她令我們懷疑那一耳光是否真的發生過。她說，啥子眼光呢？不就是看一個窮人的眼光嗎？她的意思是說，她要的正是這種效果。

她還說，我就奇怪了，以前別人不也用這樣的眼光看我們嗎？她顯得有點兒注意力不集中，因為她也奇怪為什麼吳本末的臉腫起來了，她又沒抽他耳光。

吳本末說，我們確實一直都窮，但以前我們窮得有尊嚴，沒有吃嗟來之食，不怕別人看。

劉小敏笑起來，說，那你吐出來呀。

還說，我們得吃好一陣的嗟來之食呢，這一陣兒你就不要吃飯了。

吳本末下意識地做了一個吐口水的動作，無奈他的嘴裡乾澀苦巴，沒有口水可吐。但這個動作作用是任何人都沒意想得到的，這一吐，他像是把肚子裡的怒氣吐掉了，我們不得不失望地發現，他即使是一顆炸彈，也已經是一顆啞彈了。他是那麼沒有出息，竟然變得苦口婆心起來。他說，你肯定聽過肉皮子的故事吧？有人因為家裡窮，就在屋裡掛一塊肉皮子，出門前一定拿肉皮在嘴唇上抹抹。這是為哪樣？就是為了不讓別人知道自己很窮。

劉小敏說，我也曉得窮不光彩，可你能讓我和兒子光彩一回嗎？劉小敏表現出一種強烈的想開玩笑的願望，她希望我們認為她是幽默的。

吳本末說，你沒有衣服穿，就願意把光身子給別人看嗎？

吳本末這些天就是一種被當眾脫光了衣服的感覺，他試圖用手掌遮羞，但又發現自己的手掌不夠用，早先只以為胯下才需要遮掩，後來又發現自己全身都希望遮掩，那乾巴巴的肌肉，那暴露在皮膚底下的肋骨，跟他的胯一樣羞澀。

可劉小敏給他的表情卻分明在說，我當然不怕給別人看光身子。

有一陣兒兒子似乎打算跟他站在一邊，他也覺得同學和老師對他的態度變了，不光是看他的目光變了，有同學還明明白白嘲笑他，如果這些他還可以忍受的話，那原來玩在一起的同學因為他們家現在吃的是救濟糧就拒絕跟他玩，卻又是一件令他接受不了的事情。他回到家裡來哭訴，就把吳本末哭到村委會去了。

劉支書沒在辦公室，他撲了個空轉身準備出門的時候，劉支書才進來了。這樣，他就把劉支書堵在門口說起了話。他說，我希望你們把我家的特困戶名稱抹掉。由於有了兒子站在他這一邊，他比平時多了一份勇氣，口吻要比平日硬梆得多。

劉支書像看一個怪物一樣看著他，問，特困戶不好？

吳本末說，你要覺得好你拿去。

劉支書覺得很好笑，就笑了起來。笑夠了，他才說，可你家婆娘同意嗎？

吳本末說，我兒子同意。

劉支書又笑。不是他這人愛笑，是他覺得這個人實在是可笑。

過了兩天，劉支書專門來到他們家，說陳鎮長決定與他們家結對子*，來問他們家同不同意。吳本末想都沒想就說不同意。劉小敏雖然反應慢了些，但她卻表示堅決同意，並早早地就表示出了感激。她甚至在心裡偷偷樂，因為她把這個結果看成是自己這一陣努力得來的成果。

劉支書說，你們家到底誰做主？

劉小敏說，當然是我。

吳本末說，兒子也不會同意的，少數服從多數。

劉小敏就把兒子拉進她的懷裡，說，鎮長與我們家結對子，兒子今後就斷了沒錢上高中上大學的擔憂了，他為啥子不同意？

兒子當真就果斷地點了頭，站到了母親一邊。吳本末盯著兒子看，就看到了一張老子的臉。他清楚明白地端著一臉城府，他讓吳本末看到了他的胸懷——他可以顧全大局。

* 結對子：中國政府對口幫扶政策的一種，由政府幹部（機關公務員、事業單位人員和軍官警官）以一對一的方式扶助弱勢群體，通常為留守兒童、空巢老人、殘障人、貧困戶等。

少數服從多數，劉支書用一種不可思議的表情看著他搖搖頭，呵呵笑著從他家離開，這件事情就定下了。吳本末想說點兒什麼，卻再沒人聽他的了。

3

這個消息給劉小敏和吳浩瀚帶來的激動是無與倫比的，一個光明的未來已經在二十米遠處等待著他們。他們深吸一口氣，想壓抑住自己的激動，讓自己變得穩重一點，但最終誰也沒有成功。深吸進去的那口氣很快就變成一串笑聲衝了出來，於是他們母子兩個乾脆抱在一起笑起來，笑就笑了個夠。

這回好了，你也可以上高中了。劉小敏說。

兒子說，我一定要把高中上完。

你不光可以把高中上完，你還可以上一下大學。劉小敏說。

兒子說，上過大學，我就是個大學生了。

是哩，你倒是該好好地上，不光是要弄個大學生名聲，最好能上出個出息來，就不用在這農村找媳婦兒了，到城裡找那細皮嫩肉的去。這房子也不用翻修了，到時候你也到城裡買個房子，接我們去享福。

這個時候，吳本末卻跑到鎮政府找陳鎮長去了。陳鎮長對他很熱情，像對老朋友一樣。可他卻顯得冷冰冰的，他表示他可不是來看老朋友的，他跟他也不是老朋友，他只是來問問他跟他們家結對子的事情是不是真的。

陳鎮長說，當然是真的，等到稍微空些了，他就抽空去看他們。他以為吳本末是著急有什麼事需要他幫忙了，他表示願意坐下來聽他細說，也願意隨時提供幫助。

可吳本末卻提出要他收回他的決定。我們家不需要跟陳鎮長結對子，也不需要救濟。他說。陳鎮長有點詫異了，問，是嗎？吳本末確切地回答，是。陳鎮長「嗞」地吸一口氣，又把那口氣吐出來，說，好吧，我考慮一下。吳本末如釋重負地鬆下兩肩，掉轉身子出門。陳鎮長又叫住了他，問，你是不喜歡結對子這種形式嗎？

吳本末說，我只是不喜歡被人戳脊梁骨。

陳鎮長皺著眉頭想了一會兒，說，誰會戳你的脊梁骨呢？這是一件好事情啦。

吳本末說，那你跟別人做你的好事去吧。

陳鎮長看了他很久，最後衝他點了點頭。點這個頭表達的是什麼意思呢？吳本末都沒有多想，就把它定義為「同意」了，但實際上他錯了，在陳鎮長那裡，是「可以考慮」、「要想一想」，或者就是「很不可理喻」的意思。一旦把心放到了肚子裡，他就回到了他自己很看好的狀態，窮者自窮，就等於清者自清，他又變得從容自若了。他隨便進了家店，為兒子買了包廉價薯片。他還想為劉小敏也買點兒什麼，可想半天也不知道買什麼最好，就買了瓶醬油。回家的路上，他還吹了一會兒口哨，還哼了一會兒歌。到了家，他看劉小敏的目光也回到了以前的溫柔，他還為他們家的貓扯回了一把青草。村裡幾乎家家戶戶都養著貓，也都知道貓偶爾會吃一點草，但從來沒有人為自家貓專門採過草，只有他。村裡的貓都很自由，要吃草，滿世界都是，也犯不著要主人專門為它準備，所以貓有時候並不買他的賬，他扯回來的草乾了，它也沒有去吃。不過，他並不因此就失去了這份興趣，想起來了就一定會帶一把草回去，因為多數時候，它還是很善解人意。

劉小敏拿眼睛一眼一眼地愣**他，問他幹什麼去了。他很自若地回答劉小敏說，他去了鎮政府。劉小敏問他去鎮政府幹啥去了，他說他去叫陳鎮長收回他的決定。劉小敏緊張地問陳鎮長是什麼態度，他得意地回答，陳鎮長答應了他。劉小敏就尖叫了起來，好像這個結果用了一種刺刀的形式插進了她的肉體。她喊的是「你這個瘋子」。

或許因為劉小敏喊得太響，這句話便有了一種口號的力量，很快，我們花河全都在說吳本末是個瘋子。除了「瘋子」，我們找不到別的詞彙可以形容他。況且，發明這種叫法的人是劉小敏，是吳本末的婆娘，既然一個最有發言權的人發明了這種叫法，那別人也再沒有必要發明別的詞彙了。

事實上，如果陳鎮長真答應了吳本末，事情也沒能鬧到後來那地步。那劉小敏喊完了，跑到村委會哭完了也就算了。劉支書想幫她，也沒辦法，陳鎮長都答應吳本末了嘛。可問題是陳鎮長並沒有答應吳

**愣：斜眼瞪人。

本末，他跟別人的不一樣不光表現在他能做鎮長別人卻不能，還表現在他不會簡單地看待一件事情。吳本末拒絕跟他結對子，在吳本末看來是一件極其簡單的事情，但他不這麼看。每一個人都習慣先站在自己的角度思考問題，陳鎮長不光是習慣，還有這樣的需要。作為一個站在一定高度的人，思考問題就必須要有一定的深度。陳鎮長首先想到的，是政府的工作沒做好，村民對政府有意見，有看法。要不然，他實在無法理解吳本末為什麼會拒絕跟他結對子。他其實很忙，但他還是把這件事情當成了大事，他很看重政府的形象問題。

陳鎮長擠了個時間約見了村裡的劉支書，想詳細瞭解一下吳本末，但劉支書卻草率地回答他說，那傢伙，就是個瘋子。

瘋子？陳鎮長雖然意外，但當他快速回想了一下吳本末的行為以後，又覺得有些相信了。

就是個瘋子。劉支書說。他還說，他婆娘就是這麼叫他的。他說，也只能是個瘋子，正常人哪會那樣？

神經有問題？陳鎮長想進一步確認。如果吳本末真的是神經有問題，那這件事情就簡單得不能再簡單了。

劉支書肯定地說，絕對是神經有問題。

哦——陳鎮長如釋重負過後，便更加堅定了要幫扶吳本末家的決心。這樣窮困的一個家庭，家長還神經有問題，這只能表明他的責任更重大了，原來他只擔了二十斤的擔子，現在他應該擔四十斤。他本來是打算有空了才去看望他的扶貧對子的，但現在他覺得必須提前，必須從百忙中擠出時間來做這件事情，因為他擔心，如果吳本末需要醫治的話，他們家肯定迫切需要一筆錢。

吳本末一點也沒想過自己可能需要醫治，實際上除了陳鎮長以外，再沒有第二個人想過他可能需要醫治，即使是我們這些十分肯定吳本末就是個瘋子的人。陳鎮長去他家的那天，吳本末還從街上買回了二十隻小雞，這二十隻小雞還小得看不出性別，但他堅信它們中間一定有十八隻母雞和兩隻公雞。這是一種新品種雞，據說長得很快，下蛋率高。他夢想自己能在一年之內將它們變成一個稍微龐大的雞群。這年頭還把自己的創業路設計得這麼漫長的人已經少得只剩下他一個了，吳本末也知道這一點，但他沒有買一百隻雞的本錢，也沒有借錢來買一千隻雞的膽識。他總是瞻前顧後，怕失敗。整個人世間都在嗤笑他的膽小，但他卻認為自己非常明智。別人嗤笑他的時候，他也反過去嗤笑別人。正如別人覺得他膽小得不可思議，他也覺得別人自不量力得不可思議。一個缺鈣的人就得清醒自己摔不起跟斗，他只有小心走路才是明智之舉。

他還有一個優點在於從不羨慕別人跑得快，前面的跑遠了，後面的呼啦呼啦從他身邊跑過去，也跑到前面去了，他也不急。他看起來對生活沒有多大激情，但又從不產生厭棄之情。不過，今天他一口氣買了二十隻小雞，還是能讓你看到他的激情的，雖然只有那麼一點兒。他給人的感覺就像剛從一隻布口袋裡出來，得以重見天日了，有一種重生後的新鮮感。我們都知道他這種重生感來自於陳鎮長的那兩下點頭，關鍵是他不求甚解自以為是地把那兩下看成是答應他的要求了。

他沒想到他在前面背著小雞回到家，陳鎮長跟著就到了。正擴胸吐氣哩，拿口袋的人又跟上來了，更不幸的，是他竟然沒想到那口袋還是衝自己來的，他以為他只是從他家門前路過哩。因為口袋的事兒兩人也很熟了，還因為對方把他從口袋裡放了出來，他心存著感激，所以發現陳鎮長就在身後的時候，他還認真站下來跟他打招呼，語氣還帶著一種感恩的熱情。他問陳鎮長，這是要去哪裡呀？是不是找到新的對子了？陳鎮長說，我不去哪裡，就到你家哩。陳鎮長還說，新對子再說，目前你們家是我們最應該關心的。天一下子就黑下來了，口袋又罩下來了。到這時候他才急了，他說陳鎮長你不是答應我不跟我家結對子了嗎？我不是跟你說過我們家不需要扶貧嗎？陳鎮長看著他，把全人類的同情都調度到表情裡了。陳鎮長沒有回答他的問題，如果吳本末是個神經病的話，那他最好還是少跟他浪費時間。

陳鎮長和劉支書徑直進了吳本末的家門，而吳本末卻還在門外站著，背上還背著他剛買來的二十隻小雞。小雞們喜歡熱鬧，在背兜裡嘰嘰哇哇吵成一團兒，吳本末卻把它們忘記了，他在一片黑暗中發著呆。

屋裡只有兒子吳浩瀚在，剛放學回來。他還沒有學會跟幹部打交道，很害羞。好在劉小敏很快就趕回來了。她聽說陳鎮長來她家了，就急忙趕回來了。陳鎮長能堅定信念地跟自家結對子令她感激不盡，她都想哭了。

聽到婆娘的聲音，吳本末這才回過神來。他攆進屋，杵到婆娘和陳鎮長中間，用一種快要窒息的表情對陳鎮長說，我再跟你說一遍，我們家不需要扶貧，請你選別人家去！陳鎮長卻更在意記者看不到勢頭，連這種鏡頭他們也在拍。他用一個手勢將記者們的鏡頭按了下去，才充滿同情地看著吳本末說，在你們木耳村，你們家都不需要扶貧的話，就再沒有人需要了。陳鎮長說的是有過調查研究的大實話，而且他是本著愛的原則在做這件事情，這一點，誰都看出來了。就連吳本末自己也看出來了，這就是他為什麼一時間竟然反應遲鈍，找不到合適的話來反駁陳鎮長。以至於讓旁邊一直想表態卻又一直沒輪上的劉支書見縫插針地擠了進來。

劉支書說，是啊是啊，別說你們木耳村，就是整個花河打著燈籠也找不到比你家更窮的呀。

劉支書在這裡玩誇張是為了更加堅固陳鎮長正在做的這件事情，一點也沒奚落吳本末的意思，語氣裡沒有，表情裡也沒有。但吳本末卻給他激怒了，他臉色由青轉藍，眼睛恨不能變成野獸的嘴咬上這傢伙幾口，最好咬下他那張損人的嘴巴。他說，你給我放明白點兒，我再窮也不會討飯。

這哪是討飯呢？劉支書給他一嚇，聲音也走了調。這一走調，劉支書自己知道是給吳本末嚇的，別人卻不知道，別人都聽出挑撥味來了。更何況，陳鎮長已經很煩吳本末了，況且吳本末那話也得罪了他。所以陳鎮長皺起眉頭了。陳鎮長一皺眉頭，別的人就緊張。當然除了吳本末以外。緊張的人就把唯一的這位不緊張的往門外推，要他出去，不要干擾他們的大事兒。劉小敏嘴裡不住地喊著「你這個瘋子」，叫上兒子生拉硬拽把吳本末拖了出去。還憑著她的機敏，在自己搶進屋門後關上了小門。這種小門，是在正經門外面多加的一個半截門，用處大概是擋雞擋狗，不能讓它們進出自如，同時又不像整塊門那麼擋光。因為以前的房子窗戶少而且小，關上門的話屋子裡就黑了，所以這種小門就有了它的必要性。我們花河如今還保留著這種門的人家已經少得可憐了，他家是其中一家。吳本末當然不是雞，也不是狗。他可以自己開了門進去。但兒子留下當看守，一直把他拖著。兒子本來是沒能耐拖住他的，但兒子有幫手。兒子的幫手是我們這幫來看熱鬧的，我們雖然是來看熱鬧的，但我們骨子裡具備著起碼的愛心，和是非。我們一看出吳本末會壞了他們家的好事，就主動伸手幫忙，我們將他和他的小雞們一起拖到了圈舍的另一邊，並團結一致地管制著他。不管吳本末有多大的意見，說話多麼傷人，我們都只當是瘋話。我們花河人歷來都大量，從不會跟一個瘋子計較。

因為吳本末的干擾，事情進展得很無趣。但陳鎮長那顆充滿著同情和憐憫的心顯得有些沉重，卻是由於他對吳本末的擔心。

他問劉小敏，有沒有想過把吳老師送去治療一下呢？

劉小敏愣住了。她忘了自己說過的話，更沒想到陳鎮長指的是那一說。

劉支書機靈，看她發怔，就解釋，陳鎮長是指你們家吳老師的瘋病。

這樣，劉小敏才恍然大悟。她沒忍得住笑，就咯咯笑了起來，用手捂著嘴，怕笑出一嘴牙來不好看。她差一點就說出那是她說的氣話，因為她確實沒有像個醫生那樣有明確的診斷書。所以，她當然就沒想過要把他送去治療。但她迅速地把到了舌頭尖兒上的話吞了回去，從而換回了一句更狡猾一點的「想治也治不起呀我們」。

兒子吳浩瀚被我們解放以後就一直巴在短門上關注著事態的進展，這會兒他覺得自己有必要澄清點兒什麼，所以他及時地說，我爸不是瘋子。

可劉小敏馬上就反駁了他，你爸他就是個瘋子！

陳鎮長不想聽他們母子兩個吵嘴，他用個手勢打斷了他們，奪過了說話的權力。他說，如果真是有病，就要治。你們治不起，還有政府嘛。既然你們家都是我的扶貧對子了，那我就不能不管。我先給你們點兒錢，你們先治著，治療費不夠，我們再想辦法。好嗎？

劉小敏真怕點頭點慢了，她一連說了六個「好」。

這樣，陳鎮長就從口袋裡掏出皮夾子，從裡頭數了兩千元出來，拉成了扇形。他偏愛扇形。劉小敏盯著那個漂亮的扇形熱淚盈眶，吳浩瀚也被那個漂亮的扇形弄得呼吸不暢。這也是為什麼後來他也承認他的父親吳本末是個瘋子的主要原因。當簇擁著陳鎮長的隆重隊伍離開他們家，母親劉小敏再一次摸出那兩千元錢來讓他過把眼癮的時候，劉小敏問他，這麼多錢都不要，你說你爸是不是個瘋子？劉浩瀚想都沒想就回答說，確實是個瘋子。為了證明他的大徹大悟，他還補充了一句，不光是瘋子，還是個傻瓜。到此為止，吳本末連這個唯一有可能被爭取到的陣容也失去了。

4

那時候吳本末卻一直跟在陳鎮長屁股後面追，扛著一大麻袋講話，但由於所有人都把他的話當瘋話，誰也不理他。對待一個瘋子最友好的辦法就是不理會他，這也是我們的經驗。但是追到快上馬路的時候陳鎮長停下了，他大概認為，即使是一個瘋子，他也應該具備起碼的禮貌。

還有事兒嗎？他問吳本末。

吳本末很意外，他說我跟你說這半天，難道不是事兒？

陳鎮長說，那事兒我們不說了好嗎？那事兒對你家有好處，你以後就知道的。

吳本末說，我現在就已經知道那事兒對我家沒有好處了，好處只是我們家多了點錢，但壞處卻是那些錢彌補不了的。

有壞處？陳鎮長已經表露出了不耐煩，但他依然大人大量地站著，很給他面子地等著他囉嗦。

吳本末指著自己的臉皮問陳鎮長，這是啥？

陳鎮長看看身邊別的人，笑了兩聲，用逗樂的口吻說，那是你。

吳本末說，是臉。

陳鎮長咯咯樂，說，對頭，吳老師的臉。

吳本末說，人活一張臉，樹活一張皮，這話你聽說過嗎？

陳鎮長說，正是因為這個，我才想幫你呢。你看看，這村裡村外，哪一個不是活得油光粉面的？就你瘦得一把骨頭，臉沒個臉形。

吳本末說，我們這臉上確實沒油，但原來是有尊嚴的，現在你給了我們油，卻把我們的尊嚴抹不見了。

陳鎮長哈哈大笑起來，說吳老師啊吳老師，你不做老師太可惜了。

吳本末說，我請你把你的錢收回去。

陳鎮長憐憫地嘆了口氣，嘆過了，就不容分說地撥開他，幾步走到馬路上，上了車。吳本末追著車屁股衝陳鎮長喊，你聽老人們講過有人因為家裡窮出門前先用肉皮抹一下嘴巴的事情嗎？

他的問題沒有得到回答。

沒有人會認真回答一個瘋子的問題。

吳本末發現自己身邊的人都在笑。他們並不打算忍一下，忍到等吳本末走開後再笑。他們笑得明目張膽，不計後果。

他把他的小雞們忘記了，它們餓得嘰嘰哇哇，是劉小敏往地上灑了半碗冷飯給它們。劉小敏的心情格外的好，這個從她看著小雞們時的神情裡可以看得出來。吳本末回來後，她對吳本末說，你就別犯神經了，下一場我們再去買八十隻，一口氣養上一百隻。她也是平生第一次說話這麼有底氣。

吳本末卻更像一個真空皮口袋，癟的。

一連好幾天，他的身上都保持著一種投降的神情，所以我們也以為，他從此認命了。我們以超快的速度忘記了他是否該去治療的事情，就連劉小敏也忘記了。只有陳鎮長，回去以後還牽掛著他的病，有一天專門打電話找劉支書打聽劉小敏有沒有把吳本末送去醫治，劉支書為了把陳鎮長的關懷轉達到劉小敏這裡，專門到他家走了一趟。那劉小敏才想起陳鎮長給的錢是為了醫治吳本末哩，就跟劉支書許諾說，他們很快就去。

劉小敏要帶吳本末去醫院，吳本末當然不同意。但劉小敏認為他們必須去，因為他們必須對陳鎮長有個交待。就連才上五年級的兒子吳浩瀚也知道，還必須是去醫瘋子的醫院。兒子看起來要比老子聰明得多，他把眼睛愣著，說出了連劉小敏也沒有想到的厲害。他說，不光要去看，還要從醫院拿出看病的條子。他一下子就提醒了劉小敏，他們不光要拿出看病的條子，還得是吳本末有病的條子，醫生證明吳本末有病，陳鎮長那裡才會有源源不斷的接濟。

吳本末雖然一副認命相，但他還是努力罵了劉小敏，我看你才有病！

劉小敏不生他的氣，她試圖說服他。

她說，你有病沒病，我們心裡都清楚。你當然沒病，你好好的哩。但現在人家陳鎮長把治療你的錢都給我們了，我們不給他個交待不行啊。

她說，你是有志氣，看不起這錢，但這些錢對我們家來說真的很重要啊，我們可以存起來給浩瀚上高中，上大學，你不是希望他有出息嗎？那要是上不起高中上不起大學，浩瀚怎麼個出息法呢？

她說，你再有志氣，你也不得不承認自己找不來錢是吧？那別人白白給你錢，你為啥子又不要呢？

她說，你以為我是為我自己啊？我也是為我們的兒子著想哩。你以為我就真那麼不要臉啊？我比你還怕臊皮呢，但我不是為了我們兒子今後能上得起學嗎？除非你能讓上頭再出一個上高中上大學也免費的政策，那我就可以不要陳鎮長的錢。你能嗎？

她說，我替你想了想，其實你現在這樣子倒來不去的呢，這全花河都在說你是個瘋子，你說你一定要做個正常人的話不是自找沒趣兒嗎？我想啊，你不如將計就計，裝瘋。實際上啊，你都不用太費力，你就像現在這樣，只要你跟我一起去醫院，就成了。

吳本末想站起來抽劉小敏一耳光，但他站起來以後，卻又改主意問他兒子，你認為你爸是瘋子嗎？

兒子說，媽的意思是叫你跟她聯手。

可是這個看起來那麼智慧的兒子第二天卻在學校被人打破了頭。據他說，本來一開始是他想打破別人的頭，但打起來以後，他又寡不敵眾，就反被別人打破頭了。跟他打架的是一群，這是他沒有預料到的。一開始叫他「陳浩瀚」的只有一個，別人都只是在旁邊笑而已。叫他「陳浩瀚」的依據是他們聽說陳鎮長是他的乾爹，但他們又不願意相信陳鎮長僅僅是他的乾爹，因為很多大人們都不信，大人們在一起議論，說可能事情沒那麼簡單，說不定那陳鎮長得過劉小敏的便宜，說不定那孩子還是陳鎮長的。「那孩子」指的就是吳浩瀚。大人們用這個來解釋為什麼陳鎮長那麼捨得給劉小敏錢，最關鍵的是這樣一來，吳本末的不可思議就變得順理成章了。吳本末原來是知道陳鎮長跟劉小敏有事兒的，所以他才堅決反對陳鎮長的關心，要不然，他怎麼會拒絕白送到手上的錢呢？原來吳本末是給醋熏得神經錯亂啊。吳浩瀚的同學們覺得大人們說得有道理，到了學校就不叫他吳浩瀚了，叫「陳浩瀚」。一開始他還納悶兒，以為同學在開玩笑。同學們也的確是在開玩笑，但他很快就發現這玩笑開得很大。他們這麼開玩笑不是為了玩兒，而是為了奚落嘲笑侮辱他，是正二八經地與他對陣，與他劃清界限。最關鍵的是，他倒楣地遺傳了吳本末強烈的自尊心，所以他也覺得受到了傷害。一開始他只跟他們爭辯，但後來他發現爭辯一點用都沒有，如果有用，那也是反的，只能無休止地給那幫不懷好意的同學提供快樂。而他，得到的卻是無休止的羞辱。

這樣他就決定打。他的初衷就是要打破那碎嘴同學的頭，好讓他閉嘴。他錯誤地估計了形勢，以為他的敵人只有一個。他想如果打起來，那幫先前一直在旁邊笑話的傢伙無非也就是歡呼一下而已。但事實上剛打起來，他們就已經不滿足於只站在賽場外邊喝彩了，他們一哄而上，積極地加入了進來。力量懸殊太大，勝負就不用說了。

五分鐘後，他就被老師送到了就近的鎮醫院，半個小時後，他就帶著一頭一臉的彩頭回了家。

吳本末得知兒子挨打的原因後第一時間竟然表現出一種幸災樂禍，他就用那麼一副表情看著劉小敏，問她，這回你還要不要跟姓陳的結對子呢？

劉小敏做了一番深思熟慮以後，確切地回答他，當然要。她明白現在別人在想什麼，全花河的人都在妒嫉她，看見她得到了好處眼紅。如果她投降，那她不是正中別人的下懷嗎？她不能讓別人陰謀得逞，不能讓別人先羞辱了她一通以後再接著高興。好吧，你們看著我得到一點好處就不自在是吧？那我就讓你們一直不自在，就不給你們自在的機會。還有一點她沒有說給吳本末聽，關於人家瞎謅她和陳鎮長那些話，她是以開心的狀態接受的。不管自己有沒有信心做那樣的夢，別人能把你往陳鎮長這樣一個人身上搭，就說明人家承認你不錯。你說那衣服，有人會把一件破爛搭到陳鎮長身上去試嗎？表面上，她是痛恨那些嚼舌頭的人的，但內心卻對他們抱著感激，感激他們這麼賞識她。她在心裡把他們當成一幫知心朋友，悄悄地衝著他們笑。嘴上，她說她不會理會那些傢伙，內心，卻渴望跟他們擁抱，抱著的時候還要拍一拍他們的後背，表達一下深情厚意。她甚至偷偷地希望，別人能把這種瞎扯繼續下去，扯得越遠越玄乎越好。當然，她還跟吳本末說到了大局：政府對老百姓好，一心想讓老百姓個個都好，共同富裕，你怎麼能拖政府的後腿呢？

吳本末看出了她的無可救藥，這或許是他想到了上訪的主要原因。

5

那一天天氣很惡劣，天跟地都被一層蛋皮狀的東西裹著，沒有縫隙可以透風，那蛋皮之外，卻是高溫。這樣的氣候，只有在孵蛋的時候才用得著。吳本末剛坐上中巴車，衣服就給一通油汗滲透了。這種天氣，出的只能是油汗。平日裡的汗，最多在襯衣上留下些鹽痕，汗水乾了，搓搓，就看不見了。但今天這汗，可以留下鉛筆才能留下的線條。等到了縣城下了中巴車以後，他的背心已經背上了鉛筆畫出的地圖。

這種天氣註定了人的脾氣好不起來，吳本末發現縣城街上的行人全都苦巴著臉，滿臉煩燥。他在向縣信訪辦走去的路上就看到過三處吵架，其中有一處還差點兒打了起來，然而據說吵架和差點兒打架的原因卻小得很，有過路時被人衣服角扇著的，有因為身前那人總是走得不夠快，卻又總擋在前面的，差點兒打起來那兩個卻是因為擦肩而過的時候擦得過猛。

信訪辦有空調。這應該是裡頭的工作人員親切友好的一個原因。吳本末也因此而覺得無論如何也應該在這裡多待會兒。他的汗水很快就斷流了，衣服也很快就乾了，但他的上訪才剛剛開始。在我們一貫溫和一貫有著如母親般的親和力的張主任仁厚的笑容面前，他連說了三遍「我也不曉得從哪裡說起」，每一遍之間還間隔著至少三分鐘的沉默，這些時間，誰也沒打擾他，他們都希望他能在這個時間裡想明白應該從哪裡說起。當這些時間都被他白白浪費掉以後，張主任只好說，你想怎麼說就怎麼說吧。她大概也感覺到吳本末是因為她看上去太親和，至於他不敢冒然開口，所以她把笑容收拾整理了一下，把她認為多餘的部分放回到皮膚底下去。

吳本末強迫自己鎮定了一下，決定從「肉皮」開始說起。

你們聽說過肉皮的故事嗎？

張主任表現出強烈的好奇心，說，說來聽聽？

從前，有些人家窮得吃不起肉，但他們的嘴天天都是油光水滑的。你們曉得是為什麼嗎？因為他們都在屋裡掛著一塊肉皮，出門前，每個人都先用肉皮抹抹嘴唇。

張主任迅速地笑起來，說，聽說過聽說過。說，怎麼了？你們村裡現在還有這樣的人？她因為好奇，身體下意識地朝著吳本末往前傾，實際上她的前面是一張威武的辦公桌，她這麼做也並不能達到更加靠近吳本末的目的，她的耳朵必須依然保持著早先的全神貫注。

現在沒有掛肉皮的人了，現在，吃不吃得上肉已經不是衡量一個人窮不窮的標準了。吳本末說。是的呢，現在富人反而講要吃素了。張主任呵呵笑。

我想說的是，人都有自尊心，都愛面子。人窮不怕，就怕別人曉得你窮。張主任能明白我的意思嗎？吳本末說。

張主任點點頭，說，是的，人窮不怕，就怕別人曉得你窮。

吳本末說，更怕別人敲鑼打鼓到處宣揚你窮。

張主任的表情漸漸變得有些嚴肅了，她大約感覺到了一點問題的嚴重性了。她點著頭鼓勵他繼續往下說。

吳本末說，所以我覺得我拒絕鎮裡頭的扶貧是在情理之中的事情，可陳鎮長不但不答應我的請求，還和別人一樣把我當成一個瘋子，還給我婆娘錢，要她送我去瘋子醫院醫治……吳本末的情緒一下子就起來了，不斷有誇張的肢體語言出現，那薄得不能再薄的皮膚下面血管鼓得像鋼管兒一樣。他覺得自己已經變得思路清晰，表達到位。他從張主任越來越顯得嚴肅的表情裡已經看到了自己的希望，他堅信十五分鐘或者二十分鐘過後，這個世界將誕生出一個能給予他充分理解的人。

出乎他意料的是二十分鐘過後，張主任卻皺起了眉頭說，她不明白他是什麼意思。

他對自己非常失望。他懷疑自己沒有說清楚。但當他打算再花上二十分鐘的時候張主任用了一個向下按的手勢叫了暫停。張主任打算用十二分的耐心來對待他擺在面前的問題，他的問題相當於一張色盲圖譜，她必須小心辨別，才不至於使自己犯錯誤。

你是說你們鎮裡先把你們家定成特困戶，後來陳鎮長又跟你們家結成了對子，對不對？由於必須認真面對面前的考試，她再也不打算微笑了。

吳本末說，是。

她點點頭，為自己取得的第一個進步而鬆了小小的一口氣，然後接著問，你來我們這裡的目的是想說他們這樣做錯了嗎？

吳本末說，是的。

你們家實際上並不困難對嗎？

困難，但我們並不需要扶貧。

你覺得並不需要扶貧是考慮到面子嗎？就是你剛才所說的，肉皮？「不怕窮，但怕別人曉得你窮」是嗎？

嗯。吳本末確切地感覺到自己的身體在輕微地顫抖，時間正在讓他走近一個能夠理解他的人，他正在接近他的希望。

張主任在這裡停頓了足足五分鐘，這五分鐘時間裡她看過吳本末三回，目光意味深長。她還喝了兩口茶水，第一口喝得很文雅，輕輕抿一口，無聲地咽下。第二口略顯得不經意，所以海飲了一口，那一口茶水鼓起了她的兩腮，她分兩次咽下，而且咽出了很響的聲音。而後她突然笑了起來，笑聲很得體，完全是一個接近老年的女人的節拍和聲息。笑完了，她又給吳本末續了一次水。那以後，她才認真地告訴吳本末，這樣的事情她還從來沒遇到過。真的，我做過十多年鄉鎮工作，又做了十多年政府辦公室工作，做信訪工作也十多年了，從來沒遇到過這樣的事情。她說。來信訪辦的人，說政府不關心他們的貧困，不解決他們的困難的人很多，但從來沒有過一個人來說政府幫助他們不對，傷了他的面子。說到這裡，她不得不先停下來笑一下，像個母親聽兒子說了一個不可思議的笑話那樣。

就在她忍不住笑的時候，吳本末卻顯得不比一般的嚴肅。他已經發現自己早先看到的希望只是一個假象，就像你在高速路上看到的，站在路邊給你敬禮的交警，走近了你才發現那其實是紙板做的一個平面圖，它的目的不是為了給你敬禮，而為了提醒你不要違犯交通規則。你如果在高速路上尿急了，你唯一的出路就是憋著，如果你隨便找個路邊停下來撒尿，對於你來說，是為了不違背生理學的規則，但對於交警來說，你是違犯了交通規則。吳本末違背的，還不是簡單的為了規範行為而特意制定的規則，而是完全自然而然，完全產生於情理之中，完全決定著世界和諧，決定著世界正常運轉的一種規則。你正渴哩，別人遞給你一碗水，你拒絕喝，因為別人的同情傷害了你的自尊。你餓得慌的時候，別人遞給你一碗飯，你也拒絕，因為他知道你很可憐了，傷了你的自尊了。你說這樣的事兒讓人如何能夠理解呢？

所以張主任笑完了就問吳本末，你說人們都說你是瘋子？

吳本末盯著她的臉看，就把她出於善意掩藏在皮膚底下的表情看出來了——她其實也同意這種看法。所以吳本末說，你也是這麼看的吧？

張主任沒有回答他的問題。她沒表示肯定，也沒表示否定。她覺得她應該對吳本末來一番教育，這個年輕人顯然缺了一些功課。她利用一分鐘時間來擼了擼思路，決定耐心地為他補上一課。

你剛才說，你婆娘因為想為兒子上高中和今後上大學存錢，所以也不答應把錢還回去是嗎？

吳本末喝水。他甚至都不再跟張主任對視了，如果不是這裡面比外面舒服得多，他已經在這裡待不住了。他很自我地認為，這個問題已經不需要他再說第二遍，而且他也沒情緒說第二遍。

張主任以一個國家幹部的大度看了他一眼，繼續問，你覺得你老婆這麼做是對還是錯呢？她或許不敢奢望他會回答她的問題，所以她自己回答了。她說，我敢說，除了你以外，全人類都認為她做得對。她說，維繫一個家庭的核心是什麼？我們傳統的看法是孩子。你的婆娘以孩子的前途為重，說明她是一個合格的母親，一個好母親，而你卻以自己的面子為重，是不是讓人無法理解呢？

她說，鎮政府也好，陳鎮長也好，都是出於一片好心，並不是為了掃你們家的面子才去幫扶你們家……

吳本末很沒禮貌地打斷了她。他說，可是事實上已經掃了我們家的面子了，我兒子還因此被人打破了頭，我現在也沒臉在人前走路了。

張主任及時地接著他的話往下說，可是對於兒子的前途來說，你的面子又算得了什麼呢？是兒子的前途重要還是你的面子重要？

這個問題真的很有力量，張主任像愚公一樣轟然將太行山夯到他的面前，他如果不想被碰爛腦袋就只有退回去。他最後選擇了原地不動，不進，也不退。只有這樣，才能保證他的自尊不至於破爛不堪。然而張主任把這個看成了一種面壁思過，她又看到了希望，所以她鍥而不捨地繼續她的功課。

她說，我完全能理解你說的面子問題，也完全能設身處地地理解一個人在接受別人幫助的時候的另一種感受。我打個你很可能極其反感的比方，一個乞丐在伸手跟人要錢的時候，肯定是難為情的，但他為什麼還要伸手乞討？那是因為他沒有辦法。如果他看重面子，他就只有餓死。如果乞討能讓自己活下去，那麼面子又算得了什麼呢？她後邊還有很多的比方，還有一大堆的諄諄教誨，但是吳本末卻不打算聽下去了，他衝動地站了起來，用下最後通牒口吻對張主任說，我來這裡只是希望你們能讓陳鎮長不要再去我家扶貧了！

下完最後通牒，他便拍屁股轉了身。即使外面那麼悶熱，他現在也希望趕緊回到那悶熱中去。這間涼爽舒適的屋子，已經無法為他提供足夠的氧氣。

臨出門，他又突然冒出一個比方，於是他回頭對張主任說，你說那馬戲臺上拿鞭子抽著老虎表演的人，一定是為了老虎好嗎？

張主任給他問得一怔，他已經快步離開了。

6

那以後，張主任就老在琢磨他臨走時拋下的題目。看起來這確實是一個極其簡單的題目，但由於張主任有著足夠的閱歷，她不可能天真地犯下輕題的錯誤。以她的經驗，出題者選擇簡單的題目，要的並不是題面上直接的那個答案，它的考點應該在於答題者與眾不同的思考力和創造力。

她認為她必須到花河走一趟。

一見到陳鎮長，她就把吳本末拋給她的題目轉拋給了他。「你說那馬戲臺上拿鞭子抽著老虎表演的人，一定是為了老虎好嗎？」她希望得到一個不同凡響的回答。但是陳鎮長愣了一會兒，卻狡猾地反問她是什麼意思。她說，這是你們木耳村村民吳本末給我出的題目。陳鎮長露出恍然大悟狀，哦——是那個神經出了問題的老師啊！雖然吳本末早就不是老師了，但這個時候「老師」一詞能簡單地將他區別於別人。

你確認他真是個神經病？張主任問。

花河人都這麼說哩。陳鎮長說。

可你覺得一個神經病出這個題目是什麼用意呢？張主任問。

陳鎮長說，他去上訪了？

張主任說，你說呢？

陳鎮長突然哈哈大笑起來，他覺得這個吳本末真是個不一般的神經病。

張主任說，我覺得他在懷疑我們的立場。說得不好聽一點，是在懷疑你幫扶他們家的立場，你是真為他們家好呢？還是為了別的什麼？

陳鎮長咬著嘴唇看著張主任，拼命把一個笑含在舌頭底下，直到它慢慢的退回肚子裡去。然後他才說，那依張主任你看呢？我是站在一個什麼樣的立場去做這件事情呢？

張主任當然不能說他是站在一個想自我表現的立場，那樣的話就成了人身攻擊了，就成了她的工作立場有問題了。她已經敏感地覺察到了陳鎮長的反感，她不想惹翻了他，他們畢竟還是同一條戰線上的戰友。因此她說，我覺得我們應該想一想，群眾為什麼會對我們的善舉產生懷疑。

陳鎮長說，什麼叫「群眾」呢？我們做過那麼多扶貧工作，就遇上他這麼一個，一個怎麼能算是「眾」呢？

張主任說，可是我們也不能因為只有一個就忽略不計呀。

陳鎮長說，你不覺得他是無理取鬧嗎？

張主任想了想，用另一個問題來作為這句話的回答，他跟你說過肉皮的故事嗎？

陳鎮長痛苦不堪地說，說啊，他見誰都說肉皮的故事啊，要不然，哪個曉得他是神經出了問題呢？他平常就是一個沉默寡言的人，他不暴露的話，別人也不曉得他是神經病啊。

張主任說，你覺得肉皮的故事沒有道理？

陳鎮長說，故事有道理啊。窮人怕沒面子，用肉皮抹嘴皮裝面子，可我們給他們肉，有肉吃了，還需要用肉皮來裝面子嗎？

張主任覺得她已經從陳鎮長這裡找到了滿意的答案。到這時候她才明白，自己來花河的真正目的就是為了找到這個答案。她去了一趟木耳村，但沒有見到吳本末，據說他下地去了。她見到了劉小敏。劉小敏當時正掃地，從裡頭往外掃。看她來了，急忙改變方向，把已經掃到屋中央的塵土又往回掃。這個細節逗樂了她，她跟劉小敏的交流便以她親切的笑聲開了場。

你是吳本末老師的家屬？

是呢。

我是縣信訪的，姓張。

哦……啊。

曉得信訪辦是做啥工作的不？

不太清楚哩。

群眾反應情況的地方。打個比方吧，你兒子在外頭被人欺負了，就會跑回來你們跟前告狀。

呵呵。

你們家吳老師昨天去了我辦公室，他去告陳鎮長的狀，覺得陳鎮長對你們家的幫扶很不妥當，而且他覺得你們家並不需要幫扶，你認為呢？

那個神經病的話你都信？不能信他，他就是個瘋子。

你也認為他是個瘋子？

不是我認為啊，是他本來就是個瘋子啊！你不信你去問問別人吧，沒有一個人不說他是瘋子啊。我正準備送他到瘋子醫院去治哩，縣領導你說我們這麼個困難的家庭，又攤上個瘋子，這日子咋過啊！

張主任從吳本末家出來以後，順便跟遇上的村民打聽了一下，確實沒有一個人不說吳本末是個瘋子。她沒想到事情辦起來竟然這麼簡單，如果吳本末真是一個瘋子的話，那這件事情已經可以畫句號了。

可陳鎮長卻覺得這件事情變麻煩了。吳本末竟然去上訪了。不管吳本末上訪的理由多麼站不住腳，他只要去上訪，就會產生不好的影響。一個鄉鎮幹部，你的村民老到上頭去告你的狀，那還得了？即使告狀的就是個瘋子，上頭也能正確對待，那也會造成相當惡劣的影響啊。

他到了木耳村，讓村幹部找來了劉小敏。

你說你們家吳老師，咋就跑到縣信訪辦告我去了呢？他一臉牙痛的表情，很上火的樣子。

劉小敏看起來也很上火，她說，那就是個瘋子哩，我們都拿他沒法。

陳鎮長說，這「瘋子」究竟是你的口頭禪還是他的確是個瘋子呢？

劉小敏說，陳鎮長啊，他真的就是個瘋子啊。

陳鎮長說，那要真是個瘋子的話，你們又為啥不送他去醫治呢？

劉小敏說，我要送哩，可他死活不去，我正在考慮請娘家的兄弟來幫忙哩，要不然，我一個婦人家，哪弄得動他呢？

吳本末捅大簍子了，他把陳鎮長惹火了。劉小敏感覺到自己的夢想搖晃得厲害，不注意，它就倒塌了。她看準了一根很重要的柱子，並且拼了命用雙手撐住它。她無論如何得拯救自己的夢，不能讓它葬送在吳本末的手上。這根柱子是劉支書，她突然轉身衝著劉支書抹起了眼睛，說話也發哽，她說劉支書哩，你是曉得的啊，我們家那人要不是個瘋子，我們哪能這麼窮啊。全木耳村都富起來了，就我們家拖著村裡的後腿哩。我常常說我們家給村裡丟臉了哩，給劉支書丟臉了哩，就因為我們家這一顆「耗子屎」，就影響了木耳村的聲譽哩。這一陣陳鎮長跟我們家結對子，我還在想，這回好了，有陳鎮長幫助，我們慢慢也會脫貧的，等我們家也富裕了，木耳村就可以成為示範村了，可是哪曉得那個瘋子咋想的呢，非要把這件事情攪黃不可哩……

陳鎮長說，你別哭了，我也沒說這件事情就黃了。

劉支書及時地提醒說，你把陳鎮長當什麼人了。

震感終於過去了，劉小敏轉悲為喜，一雙紅眼呈梨花帶雨的情景。她說，陳鎮長大人大量，好事做到底。要不然，我們這家人就永遠要拖木耳村的後腿了。還不止是拖木耳村的後腿呢，還要拖花河的後腿呢。

陳鎮長說，我哪裡是那種做事半途而廢的人呢？更何況這本身是一件好事情對吧？

劉支書和劉小敏都同時說是哩是哩。

陳鎮長說，只是你們家吳老師真的是個問題，如果他再去上訪，上頭給他整煩了，就怕我想繼續幫扶你們家都不行了。

劉小敏連忙保證，不去了不去了，一定不讓他去了。

陳鎮長說，你說這個人怎麼就一定要把一件好事情看成壞事呢？

劉小敏說，他就是個瘋子呢。

唉！陳鎮長深深地嘆氣。嘆完後說，最好早點把他送去治療，瘋病越早治療越好，晚了，就不一定治得好了。

劉小敏說，一定一定一定。她還想說「一定」，但陳鎮長又說話了。陳鎮長對劉支書說，你們村裡這幾天要把吳本末老師的治療當一件大事來抓，一是要保證他能得到及時治療，二是要保證他不再上訪，不再給我們的工作添麻煩。

劉支書跟劉小敏學舌似的，也說了一串的「一定」。

陳鎮長說，不能光嘴上說，這事兒要是辦不好，吳本末老師要再捅出簍子來，我就拿你這個村支書是問。

劉支書說，行行行。他還想多說些「行」，陳鎮長已經站起來走了，到最後陳鎮長的臉上也沒有雲開日出，劉支書的舌頭便早早就斷了勇氣。陳鎮長走出村辦公室又回頭提醒他這件事情的厲害：他只到縣裡上訪倒不怕，他要是往上走，那我看你這個村支書就別當了。

7

把陳鎮長送上車回來，劉支書就衝劉小敏大光其火。你說你們家，咋就整出這麼個破事兒來呢？他心裡恨不能抽劉小敏的耳光，但實際上他只能拍拍辦公桌。劉小敏做寒蟬的樣子，可憐巴巴地站一邊低著頭等罵。劉支書生氣是情理之中的事情，憑什麼他們家得好處卻讓他攤麻煩呢？劉小敏愧疚得很。

去把吳本末叫來，我要跟他談談！劉支書說。

十分鐘以後，劉小敏就和吳本末一起過來了。那時候，劉支書的氣已經平靜了些，他正抽著煙，吳本末進來後，他還能丟給他一支煙。後來又才想起吳本末是不抽煙的，又把丟出去的煙收了回來。

吳本末站著，準備著隨時離開。他叫他坐下。「你坐下來，我有話找你談。」吳本末便在他對面坐下。

劉支書對劉小敏說，你也坐下吧，別杵著，讓人覺得不舒服。

然後，他盯著吳本末看了一會兒，認真抽了幾口煙，說，我也不曉得你是真瘋還是假瘋。

吳本末說，我沒瘋！

劉支書說，好吧，沒瘋就好，沒瘋我們就可以正常溝通。我就不明白了，陳鎮長一番好意，你為啥就不知好歹呢？還要去上訪，你這不是狗咬呂洞賓嗎？

吳本末說，他確實是一番好意，但我們不需要他的好意。劉小敏著急得彈了起來，她說，他不需要我和兒子需要。

吳本末瞪她一眼，接著往下說，我去上訪，是因為你們沒有一個人把我的意見當回事，我只能找上頭去。

劉支書說，可是你婆娘和兒子都需要，你剛才也聽到了。

吳本末說，你們可以支持他們意見，為啥就不願意支持一回我呢？

劉支書說，他們需要幫助，我們就給予幫助，這是一件非常順理成章的事情，有什麼奇怪嗎？

吳本末說，他們需要幫助，有我呢……

有你？你能耐多大呀……劉小敏再一次站起來干擾吳本末，劉支書制止了她。

劉支書說，現在我們不討論你們家到底需不需要幫助，我只想吳老師跟我保證，再也不去上訪，不找麻煩了。

吳本末說，我為啥要保這個證？

劉支書說，那我為啥要為你們家的事兒擔風險？你們家得好處，我卻說不定哪天就為你們家的破事兒毀了前途。

吳本末說，很簡單，你讓陳鎮長把他的好意給別人去，我們就大家清靜。

劉支書突然決定停下來歇口氣，他表現出一種極度的疲憊和厭世，後來他用一種有氣無力的口吻對吳本末說，你說你不是瘋子真沒人信。原來我也不相信你瘋了，但現在我明白，你是真的瘋了。

吳本末似乎受到他的影響，情緒也非常的低。他甚至都沒有被劉支書的話激怒。他也好像被耗盡了力氣，他接下來準備了好大一堆話，他得勻著點兒力氣。

他說，我也始終不明白，這麼明擺著的一件事情，你們為什麼每一個人都要裝糊塗呢？我兒子為什麼被人打破了頭？是因為他的自尊心受到了傷害，他想找回自尊去跟人打架才有了這樣的嚴重後果。陳鎮長是好心不假，但有時候好心未必就都能辦成好事，他要是這麼繼續幫下去，就不是在幫我兒子，而是毀了我兒子。上高中，上大學，他都可以幫他，他把他的學費包了，但他能包他的自尊心不受到傷害嗎？他用著別人的錢上學，他就得承受別人的白眼，恥笑，還有自己良心的自卑、羞愧，這些他都能用錢補上嗎？像補衣服一樣，行嗎？有他的幫助，我兒子確實可以保證念上高中念上大學，但我兒子從此就一輩子都無法忘記是別人給錢送他上了高中上了大學，他即使有了什麼大出息，他也自豪不起來。如果是這樣的話，那還不如不上的好。他可以初中畢業就去打工，但那種靠自己的努力活著的日子裡總有那麼一兩件事情是自己引以為豪的。物質生活可能簡單了點兒，但心裡頭不憋，是暢通的，那就比啥都強。要是一個人活得抬不起頭來，那有再好的前途又有啥用，還不是低著頭走路？這麼簡單明白的道理，為什麼我一說出來，你們就把它當成瘋話呢？

劉小敏一直想打斷他，但每一次都被制止了，不是劉文書，就是吳本末，他們並不看著她，但當她一想張嘴，他們又都能及時地發現，並及時地用一個手勢把她的話堵回去。這一次，劉文書還打算制止她，但她不管了。她已經在劉文書的臉上看到了一種被說服了光景，他正在變得相信起吳本末來。況且她還發現自己也差點兒給吳本末說服了，她發現自己也覺得吳本末說得有道理。這是很危險的一件事情，一邊是可以爭取到的長期的資金來源，一邊是吳本末的話，前者一直被吳本末看得很小，但卻一直被她看得很大。如果吳本末贏了，那她和兒子的夢就只能白做了一場。因此她必須做出搶救，她幾乎是跳起來，一步跳到了吳本末的面前。她必須把他打回去。

你就是個瘋子，沒有一個正常人會像你這樣自私！你說的那些啥子自尊心，什麼自豪，全是你的，你怕別人白眼你，怕自己一輩子抬不起頭，所以你就不顧我和兒子的死活。兒子不想初中畢業就去打工，他想上高中，想上大學。你要是保證能有錢送他上高中，送他上大學，我們就可以不要陳鎮長的錢！她是指著吳本末的鼻子喊完這些話的，她的每一個重音都放在「你」上。

吳本末說，好吧，我保證只要兒子想上高中想上大學，就讓他上。

劉小敏尖叫起來，你？你拿什麼給他上？

吳本末說，我賣房子，賣血，行不？

劉小敏繼續尖叫，就你那破房子？就你那把乾骨頭？還想賣房子？還想賣血？

劉文書又給他們吵煩了，他擊了一下桌子，讓劉小敏剎住了車。他讓他們回家吵去。他心裡亂糟糟的。吳本末顯然不能算一個神經病，他不過是想到了別人想不到的，或者說，他不過是敢去想別人不敢想的事情罷了，最多只能算是一種反常。實際上，這些都跟他有什麼關係呢？可是這件事情就偏偏要跟他糾纏在一起了。吳本末離開村辦公室的時候，他用一種心力交瘁的口吻說，不管是你聽她的，還是她聽你的，我只求你不要再去上訪了，好吧？

8

那以後的好長一段時間裡，大家都相安無事。雖然當時吳本末並沒有答應劉支書什麼，但他似乎一直在遵守著一個「不再上訪」的諾言。劉支書一直防著他，他專門增加了聯防隊的人數，他們天天都在暗地裡關注著吳本末。我們不知道吳本末是不是知道這一點，他表現得很漠然，就像他根本就不知道自己在被監視一樣。那一陣，陳鎮長也好像把他們家忘記了，沒有再送錢過去，也沒有過問吳本末的情況，就連他是不是又去上訪了也沒過問過。時間越往後走，我們也不再拿他們家的話來嚼舌頭了，新鮮勁兒總是要過去的，所以吳浩瀚也再沒跟同學打過架。

年底就到了。

陳鎮長又習慣性地想起了他的對子，他想他應該讓他們也能像別人那樣過一個正經點的年。因為之前有過教訓，他打電話找劉支書瞭解了一下他們家的情況。劉支書怕再生麻煩，勸他別管了。但他還是來了。做事半途而廢不是他的性格，更何況隨便放棄自己的扶貧對子，也是要遭到白眼的。別人不白眼，自己心裡也不安。他在村委會辦公室裡是這麼跟劉支書講的：你看到人家吃不飽，才把你的飯分給他。可要是那以後，你就不再分給他了，你就不是在做好事，而是做了壞事了。你想想吧，你分給他飯以前，他雖然一直都沒吃飽過，但他的胃已經習慣於那一種狀態了，他的身體也已經接受那一種狀態了，沒有比較，他會安然於那一種半饑餓狀態。你讓他吃飽過一頓以後，就不一樣了。胃嘗過吃飽以後的滋味，就不喜歡再挨餓了。餓，在有飽過做對比以後，就顯得讓人討厭了，他會一直盼望著吃飽。是你讓他嘗到了飽的滋味，所以你必須對他的今後負責，負責他不再受到餓的折磨。

那要是吳本末又犯老毛病怎麼辦？劉支書真的很擔心，那樣的話，他就沒法過清靜年了。

但陳鎮長覺得，如果吳本末不是真的神經有問題的話，那他最終是會想通這件事情的。

可這個「最終」是哪個時候呢？劉支書急得兩眼發暈，他已經預見到自己沒法過年了。

我們花河冬天愛下凍雨，木耳村是沙地，那路面下過凍雨就沒法走。雖然那一陣兒並沒有下過凍雨，木耳村的沙子路面也並不像鋪了綠豆那麼滑，但劉支書跟陳鎮長一起去吳本末家的時候，卻走得十分的膽顫心驚。

後來吳本末也在「最終」一詞上糾纏了好一會兒，那個時候劉支書的心裡真的亮了一下，無論如何，他都寧願相信那是一種轉機。陳鎮長也對吳本末說，我做的這件事情，你最終是會理解的。陳鎮長用的是一種十分自信的口吻說的，吳本末是用一種頭痛的狀態聽的。他聽完以後繼續用一種頭痛的表情問陳鎮長，這個「最終」得是啥時候呢？他這麼問，劉支書便以為他認同了陳鎮長指的這條路了。最起碼他對陳鎮長指的這條路感興趣了。他本來一直朝著他自己選擇的路往前走，不顧所有人的反對一直往前走，這一天，他突然停了下來，因為陳鎮長站在一邊十分自信地告訴他，他最終還是要離開那條路的。陳鎮長給了他時間。他現在已經對這個時間感興趣了。他好像只是頭痛這個時間沒有一個準確的概念，好像只是頭痛這個時間顯得過於沒有邊際。所以劉支書寧願相信他有救了。

實際上這一次的影響並不像以前那兩次那麼大，年底的時候，是扶貧濟困的旺季，像他們家這種事情到處都在發生，我們目不暇接，根本就很難專門去說吳本末家的事情。何況那個時候大家都有過年的事情要忙，顧自家還顧不過來哩。所以我們都認為吳本末大可不必再那麼在意於別人的目光和舌頭。吳本末的表現也讓我們對他抱著這個希望。這一次，他沒有像前幾次那麼義憤填膺那麼暴怒。他看起來像是傷了風，頭痛得很。他帶著這種病態往街上走，我們以為他是要去醫院。結果他卻上了去縣城的班車。當然他被拉下來了，是村裡的聯防人員拉下來的。劉支書並沒有放鬆警惕性，因為他如果不想當村支書的話，那也應該是有了一個更好的去處。

吳本末一直是知道他被監視這個事實的，從他被聯防隊員拉下車以後的表情可以看得出來。他一點也不慌張，一點也沒表現出驚訝。他用一種知己知彼的平靜說，我並不是去上訪。甚至當聯防隊員問他「不是去上訪那是去哪裡」的時候，他也自如地回答說，我去縣裡買年貨。那時候劉支書已經趕到了（聯防隊員在成功阻攔下吳本末以後，第一時間就打電話報告了他），所以吳本末還不厭其煩地跟劉支書又重說了一遍，陳鎮長不是給了我們過年的錢嗎？我想到縣裡好好買點年貨。劉支書說，年貨鎮上也有，何必跑縣城去買呢？吳本末說，鎮上的肯定不如縣城的好。你看，我還從來沒過過鋪張年呢，今年想鋪張一點。劉支書稍微留意，就能感覺吳本末的語氣裡有一種怪怪的味道。更何況，為防萬一，他無論如何也不能相信他得太早。

他不讓他去縣城購年貨，他想以一個村支書的名義剝奪他的這個權利。吳本末未來的幾天都嘗試著看到他的轉變，希望自己能有哪怕那麼一次在他的疏忽中成功走向縣城，可是每一次都以他的失敗而告終。後來他不得不提醒劉支書，你沒有剝奪我去縣城購買年貨的權力。他已經很明顯地表示，他的耐心已經到了極限。但劉支書卻相反地表現出極大的耐心，他說，我並不想剝奪你什麼權利，我只是為了保證不讓你去上訪。到了這一步，吳本末的耐心決定掉頭了。他說，你們為什麼不想一想，我為啥要去上訪呢？它朝著來的方向前進了一步。劉支書不回答他的問題，倒是沉迷於吳本末終於招供帶來的快樂。他不適時宜地笑了，笑吳本末終於還是沒扛得住。他說，你看你真不夠堅強，我還沒用鞭子抽你，還沒拿烙鐵烙你呢，你就變節了。

吳本末說，我明白告訴你，我就是要去上訪，縣裡不行，我去省裡，省裡不行我就去北京，今天不行，就明天，明天不行，明年，你們有本事，就監視我一輩子，要不然，只要我不死，我就要上訪。

他說，到現在已經不是我們一家人的面子的問題，不是你們不尊重我的想法的問題，也不是你們惡意對我進行人身攻擊說我是神經病的問題，而是你們任意剝奪村民的權利，非法監視村民的問題。

他的耐心大踏步向前退回，離它出發的地點越來越近。

劉支書不是沒有覺察到這一點，但錯就錯在他太經驗化了，他從來沒見過瘦魚能翻大浪，所以他也不相信吳本末這樣的人能做出什麼大事來。他依然在笑，因為他剛才從吳本末這裡獲取的快樂還沒花銷完。他笑著說你別拿大話來嚇唬我們，我們曉得我們該做什麼，該怎麼做。吳本末說，既然是那樣，你們就該放我走，讓我喜歡去哪裡就去哪裡。劉支書說，那不行。吳本末說，到底行不行？劉支書說，不行。吳本末的耐心由於用勁過度在滑向起點的時候出了線，他給了劉支書皮臉一拳。聯防隊員及時上前制止，其中一個就挨了吳本末一匕首。事情的結果當然是吳本末被捆了起來，如果之前他們確實沒權力捆他的話，那麼現在吳本末算是給了他們這個權力了，因為他拿刀子捅他們了。

被捆起來的吳本末露出的是勝利者的表情，他等待著有人來問他為什麼要殺人，這個渠道可以為他提供上訪的捷徑，他就不需要那麼辛苦到處跑。他得暫時待在花河派出所的羈押室裡，不准見任何人。陳鎮長來看過他，但他什麼也沒說，只在臨走時長長地嘆了一口氣，而且是用鼻子嘆的，只見氣息聲，並不見聲帶的動靜。

簍子終於還是給吳本末捅大了，鎮政府不得不暫時放下其他工作，先集中精力處理這件事情。由於這件事情可能帶來的負面影響是相當嚴重的，鎮裡決定低調處理。陳鎮長做了一番深刻的反省和檢討，但鎮裡上下一致肯定，事情發展成這樣並不是他的目的。他的錯誤只是在於他的運氣不好，遇上了這麼個瘋子。花河人習慣把一切不可理喻的人都叫做瘋子，這樣便能減少許多理解上的障礙，也能減少許多處理問題時的麻煩。鎮裡上上下下都認為，陳鎮長和劉支書是不是會受到這件事情的牽累並不重要，重要的是吳本末的家庭將受到多大的影響。如果他將去坐班房，那麼他的婆娘，他的兒子將要承受的是什麼？本著保護群眾的原則，鎮裡決定還是不要小題大作。跟劉小敏做了一些商量，劉小敏和兒子吳浩瀚都情願在班房和醫院之間選擇醫院。我們花河上下好多人也都更願意相信吳本末確實是瘋了，所以吳本末就被正式認定為瘋子。雖然並沒有權威的醫生證明，更沒有一字診斷書，但大家認為他是瘋子，他就得去醫院。

吳本末沒想到自己只是美美地睡了一覺，就進了瘋子醫院。他醒來的時候，他的身邊圍著四五個人，他實際了是被他們的笑聲吵醒的。他們統一張大著嘴，看著他狂笑。看他醒來以後，他們笑得更狂，有人笑得捧腹，有人則指著他的鼻子，連手指頭都碰到他鼻子尖兒了。他們讓他覺得，他們正在觀看一個瘋子。就是說，他是瘋子，而他們，並不是。然而更具有諷刺性的是，他被鎖著，他們卻是自由的。

不管如何，他一旦變成了瘋子，他的一切努力就都白廢了。他盼望的審問沒有發生，因為一切都因為他是一個瘋子而得到了原諒。可他認定自己需要的不是原諒，而是計較，是深究，是依法追究責任。他想找到醫生，他要跟醫生說明他的情況，他得告訴他們他不是瘋子。但由於他被定為「武瘋」，一進來就被用鐐銬鎖上了。他可以從床上下來，可以有方圓一米的活動範圍，但他不能走出他的病房，如果醫生不主動走進來的話，他就見不著醫生。他試著掙脫鐐銬，但實際上就是身邊那幾個瘋子也看出這是徒勞。他們拼命地嘲笑他的愚蠢，直到他真的變成了一個瘋子。

他的狂喊引來了醫生。他終於見到醫生了！他們站在一米之外，他的活動範圍之外。是哪個人讓你們把我鎖起來的？哪個人給了你們這個權力。他想儘量使自己的語氣變得沉著，但卻無法抑制聲音裡的顫抖。

醫生是兩個，他們看著他。用的是審視一個病人的目光。一個說，眼睛強度充血，情緒亢奮。另一個就記。

這裡是瘋子醫院對頭不？他問。

醫生緊盯著他的眼睛，說，有間隙性傾向。另一個接著記。

你們為什麼要這麼做？你們把我送回公安局去，讓他們審問我……旁邊一個瘋子突然甩了他一耳光，而當他表現出愕然的時候，那傢伙卻拍著大腿哈哈惡笑起來，一邊的幾個便跟著狂笑。如果這之前他的確沒瘋的話，那麼現在他不得不承認他的確瘋了，徹底瘋了，他狂躁地跳，喊，像狗一樣嚎叫，罵人，吐口水，把手腕和腳踝掙出血來。

那醫生將自己的聲音拔高到他瘋狂的咆哮聲之上，說，狂躁型。負責記錄的醫生也扯起大嗓門兒說，他家屬說他是武瘋，看來不假。

這麼瘦的人能殺人的話就很能說明問題了。負責診斷的醫生說。

醫生們走了。那幾個瘋子繼續著他們的嘲笑。他一旦發瘋，他們就閉著嘴離他遠一點，他歇下來，他們就繼續。

9

然而在我們花河，除了看不到吳本末的影子以外，其他的什麼都沒有改變。劉小敏依然下地，趕集，兒子吳浩瀚照樣每週上五天學。陳鎮長依然和他們家結著對子，按時或不按時地給予他們家幫助。既然那件事情不過是一個瘋子所為，既然瘋子已經送進醫院了，正常人的工作和生活就不應該再受到什麼影響。送吳本末去醫院那天，劉小敏和兒子吳浩瀚都哭過，半路上一回，到了醫院看著睡死過去的吳本末被醫生接進去的時候又是一回，但這都沒有影響到他們之後的生活，起碼影響不大。那個年雖然沒有吳本末在家，但陳鎮長給吳浩瀚買了好些炮，五花八門的炮，因為有了陳鎮長給的錢，劉小敏也置辦了新衣服，買了好些往年沒有買過的年貨，所以那年只能是比往年更熱鬧更有意思。事實證明有些時候缺少一個人並不影響生活的氣氛，尤其是像吳本末這樣的有他不多無他不少的人。過完年以後，大家就都忙起來了，劉小敏感覺到的差異只是下地缺了個幫手而已。吳本末去年買回來的那二十隻小雞，現在已經長成了大雞，劉小敏喂雞的時候就會想起吳本末來，想起小雞剛剛開始顯露出性格特徵的時候吳本末的那個失望勁兒，她還會失聲笑起來。那二十隻雞並不是吳本末希望的那樣，是十八隻母雞，兩隻公雞。他買的時候雖然做過精心挑選，但結果實際上是十一隻母雞九隻公雞。過年的時候，劉小敏殺掉了一隻公雞，現在還剩下八隻。她尋思找個時間殺掉一隻滷了給吳本末送去，但她不知道那樣合不合適。

不過她決定試一下。春天的一個星期天，她帶著兒子和她頭天晚上殺掉的一隻公雞去了瘋子醫院。雖說是去看他，但她卻不希望被他看到。這一點，她沒有告訴兒子，她只是對醫生說，怕吳本末見了她做出過激反應，醫生就為她提供了一個只讓她看得見吳本末，吳本末卻看不到她的角度。她從那裡看到的是吳本末的側影，他抱著頭坐在地上，背靠著病床。她清楚地看到了他身上的鐐銬和鐐銬磨出的傷疤。兒子也看到了，他先哭了起來。她捂住了他的嘴巴。不過她把孩子的哭聲捂回去後，卻又管不住自己了，於是她不得不一隻手捂著兒子的嘴，一隻手捂著自己的嘴。

回到醫生那裡以後，她問醫生為什麼還鎖著吳本末，醫生回答說，治療武瘋必須這樣。她說其實吳本末不是武瘋。醫生啞然，他不明白同一張嘴為什麼前後說話這麼矛盾。劉小敏說，他一直都斯文得很，只是那一回，他傷了人。醫生模稜兩可地點了兩下頭，說，他確實大多數時候都很安靜，只有少數時間顯得狂躁。又說，不過這可能跟我們的用藥有關，因為治療狂躁型精神病患者我們必須大量使用鎮靜藥物。劉小敏一個勁兒地抹眼睛，卻無法截斷淚流，她下了很大的力氣抑制，才沒有讓自己泣不成聲。兒子學著她做著同樣的努力。

醫生卻突然想起了吳本末的那些信。

吳本末竟然試圖用寫信的方式來挽救這件事情。他利用每一次見到醫生的機會對醫生訴說他的遭遇，訴說他進醫院之前發生的那些事情，不管他們在沒在聽。醫生離開後，他便利用那些沒有被麻醉的機會寫信，紙和筆是他的病友幫忙從醫生辦公室偷來的，他也驚訝那位十分熱衷於嘲笑他的病友能聽懂他的意思，還能替他找來他需要的東西。他甚至有時候都懷疑他也是「被瘋」，如果他有時候拿來的紙不是皺巴巴粘著黃屎的衛生紙的話。

吳本末用那些病歷單或者處方簽或者衛生紙寫信，寫好後，拜託醫生幫他寄出去，寄到他指定的地方。但醫生一封也沒有寄。這些信只是在好長一段時間裡被他們拿出來反覆地看，有時候還要誦讀，不光為他們提供娛樂，還為他們提供了診斷的依據。他們因此而斷定這個病人屬複雜型。

由於病例特殊，醫生想多做一番研究。家屬來了，他就想起來做一些必要的調查。他把那些信給劉小敏看，是為了得到一些確切的依據。

病人是個有點文化的人對吧？他問。

劉小敏說，他以前是個民辦老師。

那麼他後來為什麼又沒做老師了？

考試轉正的時候沒考好，落實下來了。

是不是因為這個受了刺激？

劉小敏覺得不是，但她說的是「有可能」。所以醫生的下一個問題是，從那以後，就開始出現症狀嗎？

劉小敏不想說是，也不想說有可能，卻又不知道還有別的什麼答案更恰當。吳浩瀚在一邊說，那時候我爸還沒瘋。醫生把那些信給了劉小敏以後，劉小敏因為要回答醫生的問題，並沒有機會看，他便從母親的手上取了那些信去看。由於他太缺乏免疫力，他父親的那些信竟然成功地為他注入了正義感。所以當他從那些信紙上抬起頭來證實他父親那個時候並沒有瘋的時候，醫生和他母親都看到了他臉上的正義。

我爸那時候並沒有瘋。他把剛才的話重複了一遍。

醫生衝著他點了點頭，接下來問劉小敏，那他是啥時候開始瘋的呢？

劉小敏說，就半年前。

醫生問，是因為什麼呢？

兒子插嘴說，因為陳鎮長要跟我們家結對子，就像他這信上寫的這樣。

劉小敏用呵斥聲制止了他。「難道你也瘋了？」

醫生說，實際上病人的信也為我們提供了一些依據，從這些信可以看出，這件事情對他的刺激確實不小。他讓我們把這些信寄出去，給了我們好些地址。我們當然不能聽他的，他是病人，有些瘋狂想法是正常的。我們這裡還有過病人來委託我們去幫他殺人，我們要是聽他的，那不成我們是瘋子了嗎？

把心提到嗓子眼兒的劉小敏吐出一口氣，把心放回到了肚子裡。她突然莫名其妙地對面前這位醫生生出無比的感激，她把原本打算給吳本末的那隻滷雞給了醫生，說那是她專門為感謝醫生而帶來的。醫生卻料事如神地揭穿了她，並且表示心意他領了，雞肉還是給吳本末。他還答應，如果她本人不好給他，由他轉交也行。

劉小敏連尷尬帶感激，內心複雜得不行。好在醫生並不在這件事情上糾纏，很快她就過渡好了。她希望醫生把吳本末的鐐銬解了，她說那樣的話跟在班房裡差不多了。醫生說，那樣做主要是為了方便治療。醫生還說，實際上瘋子醫院並不比班房裡好很多，不過，區別在於班房裡關的是犯人，瘋子醫院關的是瘋子。

劉小敏說，實際上，除開那次以外，他這輩子連雞都沒殺過一隻。

醫生聽了便看了看她手上的雞。他說，我們會認真考慮病人家屬的建議的。

劉小敏提出臨走前再去看吳本末一眼，而且這一次可以讓他也看得見他們。她認為這樣有助於醫生的正確判斷，她說要是吳本末看見她之後不發狂，就說明這段時間的治療有效果了，就可以考慮解掉他的鐐銬了。醫生答應可以參考。

醫生為劉小敏母子打開了病房的窗戶，他們沒有吱聲，但由於吳本末的各種感官都很正常，所以他還是及時地把臉扭向了他們。但他看起來很意外，像是不相信眼前這一切都是真的。那枯竭的眼眶慢慢溼潤，最後湧出了兩行白亮的淚流。來得好，來得好……他不住地說「來得好」，他想走過來拉住兒子的手，但他做不到，鐐銬不給他這個權利。於是他叫兒子進去。兒子進來。他說。進來爸爸有話跟你說，爸爸要托你辦件事，大事。他說。兒子要進去，醫生卻猶豫。劉小敏說，讓他進去吧，出了事情我們負責。醫生就為吳浩瀚打開了病房門，兒子抱的是去跟父親擁抱的心，卻衝到跟前又改變了主意，他害怕。但他說不清是害怕父親，還是害怕他身上的鐐銬。吳本末又拿出了一摞信，從他的病床底下拿出來的。這一回，他還做了信封，並且把信封了起來，認真地寫著地址。他拜託給醫生的那些信落了個石沉大海的命運，他再不打算把信交給醫生了。這就是他為什麼一個勁地說兒子來得好的原因，他其實正盼望著兒子來看他哩，他早就打的是讓兒子把這些信帶出去的主意。他交待兒子一定要保護好這些信，並且到郵局替他寄出去。兒子為了表示決心，點頭的時候把淚珠子砸到信封上，砸得「吧吧」響。

兒子離開的時候，他們擁抱了一下。但是吳本末催他快走，因為他希望那些信能儘快地走出這家瘋子醫院。

兒子當時也是這麼想的，他有一種強烈的要營救父親的衝動，一種想做英雄的衝動。那種衝動使他爆起一身的雞皮疙瘩，汗毛也全都朝著一個向上的方向積極伸展，腿似乎比他還著急，從醫院出來以後，他就一個勁兒地跑，想以最快的速度找到郵局完成父親的心願。但瘋子醫院太偏僻了，他的那份衝動還沒等到他走到街上找到郵局，就已經沒有了。仿佛那份衝動是一把沙子，而他用來裝沙子的口袋又有一個漏洞，他走到有郵局的地方的時候已經漏完了。當然最大的原因是因為他的母親，他的母親劉小敏起先也跟他一樣有著同樣的衝動，因為她的懷裡也揣著醫生給她的那些信。但是從醫院出來沒多久，她就開始權衡上了。

兒子，我們這樣做對頭嗎？

你不想上高中了？

還有大學？

要是我們把這些信寄出去，你爸就得到班房裡去待著，還有陳鎮長……要是那樣的話，你想他還會給你上高中的錢嗎？

他本來可以好好地用手護著那個漏洞的，但由於母親總是分散他的注意力，沙子便漏光了。這個結果令他十分洩氣，他一屁股坐到地上就哭了起來。父親給他帶來的那身雞皮疙瘩已經完全消失，汗毛也不再向上豎著了，他只剩下哭。

10

為了信念不至於動搖，劉小敏完全依賴於時間。時間就像個沙漏一樣，一點點把他和兒子的內疚和不安過濾掉，只留下了他們的現實需要。吳本末在半年後都感覺不到那些信引起的動靜，也不見婆娘兒子去看望他的情況下死了心。那天他拿起筆卻突然決定不再寫信，他很無聊地在牆上畫了一個巨大的圓圈。那之後，這個無意間畫出的圓圈被他用來計算時間，每天晚上睡覺前，他在這個圓圈的邊上添上一個小圓圈，表示又過去了一天。這些小圓圈每天都要帶走他一點信心和理智，在他畫滿三百六十五個小圓圈之前，他的身體裡還殘留著那麼一點不服，當那個巨大的圓圈像向日葵一樣圓滿地綻開的那天，他的腦子裡轟然一聲悶響，便再也找不到原先的那種充實感。他掉轉空空的腦袋，看到身後的幾個病友正盯著他那個巨大的圓圈看。於是他哈哈大笑起來！他指著他的作品得意地告訴他們，向日葵！哈哈！向日葵！於是，病友們也哈哈大笑，笑得捶胸頓足。

第二天，他在另一面牆上又畫上了一個圓圈，當天晚上，圓圈上又長上了一個花瓣。這一回，他是認真當向日葵來畫的，花瓣是橢圓形，花盤上還認真打上格子再用一些小黑點表現瓜子，如果可以的話，他還想把花瓣畫成黃色，把花盤畫成綠色。他每天晚上往上畫花瓣的時候，總有那麼幾個病友來捧場，他畫完他們就笑，他們笑的時候，他也跟他們捶胸頓足地笑。

他已經很早就不受鐐銬之苦了，他也同他們一樣自由。有一天晚上他不想畫花瓣了，他想逃，想離開醫院。但他又被抓回來了。醫生把他推到還沒完工的向日葵跟前，說，接著畫你的向日葵吧。他只好接著畫。

他是在第四朵向日葵畫到一半的時候才逃出來的。瘋子醫院為了防備瘋子們逃跑，在建築物上下了很大的功夫。但那都是為了防備瘋子，他不是瘋子，所以，終於有一天，他還是成功逃了出來。

他回到家的時候已經是大半夜了。他實實在在地把劉小敏嚇著了。她看清是他的第一時間她差一點兒沒暈過去，等她醒過神來，便壓著嗓門兒喊，我的老先人，你咋回來了！

吳本末卻關心的是兒子。兒子呢？他滿屋子找兒子。他想死他了。

兒子要週末才回來哩。劉小敏說。

他在瘋子醫院畫向日葵這些年，兒子已經完成了他的九年義務教育，並以優異成績考進了縣裡最好的高中。已經上高二了。據說成績好得沒法，完全是奔清華北大的料，學校裡拿他當寶貝哩。

可是令吳本末激動的，卻是另外一個問題，兒子上高中的錢是不是陳鎮長給的。

劉小敏說，不是他還能有哪個呢？不過，現在他不是陳鎮長了，是陳縣長了。

這個，倒好像對吳本末的刺激很大，他在劉小敏這句話後面發了好久的呆，好不容易腦子又才轉動起來。我的那些信呢？你們沒有寄吧？是你不讓兒子去寄對不？劉小敏卻擔心他被別人發現了，趕緊關了燈，把他往房間裡拉，還要叫他說話小聲點。她不回答他有關那些信的問題，她說你既然逃出來了，就不要回去了，那裡頭的日子肯定不好受。但是你暫時不要露面，等緩緩，我們再想辦法。吳本末說想啥辦法呢？再灌我一杯安眠藥，把我送回瘋子醫院？劉小敏說，我不是說不讓你回去了嗎？吳本末說，多謝。劉小敏說，但你得保證不要再去告。吳本末說，為啥？劉小敏喊起來，天啦！你在醫院裡待了四年時間，還沒治好你這腦子啊？吳本末突然哈哈大笑起來，但他很快就剎住了車。完全是故障，是因為劉小敏的話引起的故障。當他發現這種笑聲在黑咕隆咚的家裡並不合適的時候，就果斷地剎住了。然後，他倒頭就睡。

第二天劉小敏把他鎖了一天。她其實不用那麼做的，這一天，他根本就沒有醒過來。他只是在中途笑過兩回。

那天正好是週五，兒子接到母親電話後，當晚就趕回來了。兒子到家的時候，他還在睡。兒子站到床前去看他的時候，影子罩到他臉上，他就醒來了。他真有些認不得兒子了，長高了，高得太離譜了，嘴唇上還長了一層絨毛。他坐起來，讓兒子坐床沿上。

上高中了？他問。

嗯。兒子說。

陳鎮長，不對，陳縣長給的錢？

還是副縣長……兒子的回答縮頭縮腦，羞答答答非所問。

他一直跟我們家結著對子？

他……還認我做了乾兒子。

真的？

兒子點頭。

哈哈哈！他的腦子又出了故障。但這一回他沒有管，任自己捶著胸膛大笑。他笑得很累，上氣不接下氣。他說，應驗了應驗了。

兒子把頭埋得很低。

我的那些信呢？他問。

兒子就把頭埋得更低。

你媽叫我不要再告了，你覺得呢？他問。

兒子把頭抬了起來，而且這一回一下子就抬得很高，高到他找不到父親的眼睛在哪裡。當然，不知道他是不是需要找到父親的眼睛，或許他就是為了找到這樣一個角度呢？他說，爸，老師說我完全可以考清華和北大，我有這個實力。

兒子吃飯的時候，他也吃飯。兒子吃完飯漱口的時候，他去上廁所。上完廁所，他就沒進屋。發現他已經不見了以後，母親和兒子都擔心他又上訪去了，趕緊打了幾個必要的電話。但他其實是回瘋子醫院了。

他是第二天天黑才回到醫院的。進去前他在醫院外面撿了一塊巨大的石頭，他找準醫院大門口有玻璃的地方把石頭用力砸過去，裡頭就來人把他接進去了。那幾個素日跟他要好的病友似乎一直在等他，他們一見到他就張嘴惡笑，於是他也跟著他們一起惡笑，一起捶胸頓足。他發現竟然有人在他的向日葵上動了手腳，有人為他把這兩天缺下的補上了，那傢伙畫功太差，致使添上去的幾個花瓣非常難看，像給霜打過，給蟲子咬過。他有點生氣了，拿了筆槍斃了它們。他把氣全部撒在筆尖上，那幾個醜陋的花瓣被他悶死在厚厚的黑色蛛網下面了，看不見了。然後，他拿起筆在他能到的地方的牆壁上都畫上了圓圈，一個又一個，巨大的向日葵花盤，他告訴病友，告訴醫生，告訴醫院裡所有的人，這些都是他的。他對他們說，記住了，這些都是我的向日葵，別人不能碰！然後他開始尋思，誰知道後面的日子是多長啊，這些夠不夠喔？

他回到病房的時候，有人在哭。那幾個醜陋的花瓣是他添上去的。

康復

1

冬天七點，夏天六點，這是呂正午二十多年不變的起床時間。鬧鈴響起，他睜開眼睛，回想一下跟前的那個夢，也是二十多年不變的習慣。夢本來就飄浮，經鬧鈴一嚇，便如受驚的羽毛，滿天亂飛，他就得想辦法抓回每一片羽毛，儘量將它們拼湊完整。這個過程得花上兩三分鐘時間。之後，他關掉鬧鈴，正式起床。

他沒有當過兵，但每次起床，第一件事就是把被子折成豆腐塊，床單抻平，床上整齊了，才開始穿衣服。他喜歡整齊。辦公桌前的椅子、辦公桌上的電話機、筆筒，甚至筆筒裡的筆，等等，都很整齊；書櫃裡的書，檔案櫃裡的檔案、病人們的病歷，也都很整齊。你要是打開他的衣櫃，就會發現他的衣服也掛得十分整齊。

如果突然發現某處有那麼點兒歪，不管那時候他正在幹什麼，都會放下手上的事兒，先去將它擺正。二〇〇五年夏天的這個早上，正穿褲子的時候，他突然發現電話機歪了一點，便將穿到一半的褲子停下，光著一條腿走過去將它們擺正。為此他差一點被褲子拌了一跤。

他的白大褂永遠都板板正正地掛在門背後，跟它挨一塊兒的，還有一面穿衣鏡。鏡子沒有框，是一塊裸鏡，直接貼在門邊牆上的。穿好白大褂，整理整齊了，他才走向檔案櫃。

這間屋子裡，最氣派的就是檔案櫃，六個，排了一整面牆。檔案櫃編著號，1、2、3、4、5、6，前面五個是滿的，都掛著鎖。第六個櫃子，下面兩格還有空餘，每格裡只有一本檔案夾。他拿了這兩個檔案夾，打開門，打起了口哨。

他總是一出門就打口哨，就像他打開的不是門，而是他的嘴。他的口哨打得非常好，一首曲子該的有婉轉、纏綿，或者高亢、激越，他都打得行雲流水。就好像，他嘛起的嘴巴裡面藏著一個樂器。

「烏潮窪康復村」門診部設在山頂，山頂林子大，鳥多，鳥們也是愛打口哨的種，因而早起出門那會兒，呂正午嘴裡的曲子總是被打斷，因為他喜歡跟鳥們鬧，或學舌，或對歌，鳥們也都認他，只當他是這山上的另一種鳥，從不生分。他腳步不停，口哨不停，頭也不抬地隨口將各種鳥叫聲穿插進嘴裡的曲子，竟能插得天衣無縫，很多時候甚至能使嘴裡的曲子錦上添花。

他所處的山不大，也就是一個小山包。這一帶是喀斯特地貌，到處都是這樣的小山包。康復村（外面的人又叫痲瘋村）在山下，在幾個小山包圍成的一塊方正的窪地裡，三排整齊的土牆房。

一首曲子沒完，他就到了山下。

村長趙大祥照例比他起得早，即便這裡的三十六間房只剩下他和朱迎香的兩間開著門了，他也依然要每天早上巡視一圈兒。他跟呂正午一樣，也喜歡整齊，巡視的時候，看哪個門口的掃把倒了，就扶起來，有垃圾，就掃掉。這個村特殊，所以他這個村長的事兒也不多。

村子裡最熱鬧的時候，有三四十人，那是二十多年前的事了。但那時候趙大祥還不是村長，前任村長叫孫大衛，康復村最熱鬧的時候，是孫大衛的時代。那時候孫大衛年輕氣盛，敢和外村人吵架，別人拿石頭打過來，他敢拿石頭打回去。這一點，在康復村便是魄力，所以大家都推他當村長。

但跟著康復村人漸漸的少下去，孫大衛的精神頭也日漸減少了。就年紀而言，也日漸變大了。有一次他送一位已經宣布康復的村民回家，回來後，就宣布自己再不想做村長了。原因是他送回家的這位村民，家裡人不接收。不接收就不接收吧，回康復村就是了。他就是這麼跟那一位說的。他還說，這種情況又不是你一個人遇上，前面那些個巴心巴肝要回村的，不也都沒回成嗎？他們回不成家，不也都重新回到康復村了嗎？可他沒敢說，他們回來後不都好好的嗎？因為那些在家裡吃了閉門羹，重新回到康復村的村民，大都是一蹶不振，很快就去了「陰村」。就這一位，也沒除外。

孫大衛退休後，趙大祥接了班。現在這裡只剩下他和朱迎香了，一個村長，一個村民。算上呂正午，就還有一個醫生。三個人的村莊。

跟在趙村長身前身後的，是一條雪白的土狗，叫天麻。除此之外，他們還有一頭老牛，因為他們人多的時候，是要耕地的。呂正午還有一隻貓，負責逮康復村的老鼠。三個人，三隻牲畜，這就是眼下的康復村。

山頭山腳，隔得並不遠，呂正午一打口哨，山下就能聽見。當然，前提是你的耳朵還沒失聰。趙村長的耳朵過完年就有些不聽使喚，呂正午的口哨聲，聽起來也就有一聲沒一聲的。再加上鳥們的喧鬧，他的耳朵裡便多數是噪音了。

趙村長把那些鎖著的門一一看了一遍，踩死了三條馬陸，搗爛了五張蜘蛛網，呂正午就到他的門前了。

一到他門口，呂正午的口哨就停了，永遠是這樣。對於耳朵有些背的趙大祥來說，這反倒成了信號。天麻小跑著迎過來，把頭拱進呂正午伸出的手裡，蹭上兩三下，搖半會兒尾巴，趙村長就到跟前了。趙村長快八十了，步子卻依然矯健，臉上的光景也不錯。如果你不看他的手，也沒見過他的腳趾和後背，就不相信他會跟麻風病有關。

兩人見了面也不打招呼，彼此太熟了，完全用不著。

趙村長進了屋，把衣服脫下，坐到窗戶前，讓呂正午檢查他的後背。他的後背不像後背，倒像一塊乾旱了二十年的地。呂正午先小心地檢查一遍那些毫無規則可言的裂縫，再小心切下一點皮屑裝進那只貼了「趙大祥」標簽的玻璃管兒裡，最後才替他抹油。

背上涼悠悠舒服上了，趙大祥扭著脖子說：「孫大衛那間屋子漏雨了。」因為耳朵有點背，他說話的時候，聲音就提得很高。

呂正午手上沒停，回話的時候很是漫不經心：「你看見了？」他的臉就湊在趙村長的耳朵跟前，沒必要太大聲。

但趙大祥依然要喊：「剛才看見的。」有時候你跟別人說話，重要的不是考慮別人能不能聽見，而是自己得知道自己說出了什麼。

呂正午問：「昨晚下雨了？」

趙大祥問：「你不曉得？」

呂正午說：「不曉得。」

趙大祥「哈哈」大笑，因為耳朵背，他的笑聲也很誇張。他說：「年輕人瞌睡就是大。」

呂正午也笑，但他笑的是趙村長的笑聲。笑完了，油也抹完了。他小心幫著趙大祥穿上衣服，才喊道：「過會兒我去看看，撿一下瓦，把漏洞補上。」

趙大祥喊：「補啥補，孫大衛都死五年了。」

呂正午喊：「那你又說。」

趙大祥動動後背，讓自己身上舒服一點，喊：「也就是說說。」

呂正午坐一邊做記錄：二〇〇五年六月三日，趙大祥，背部潰瘍，切片、抹油。等切片結果出來，他就再補記一筆：無異常。

多年來，趙大祥每天的記錄都是這一句，惟一的變化就是前面的日期。

做完記錄，呂正午就要去隔壁了。

隔壁是朱迎香，七十五歲的人，看上去像八十。但也就是面相出老，實際上還耳聰目明，身子也很利索。這康復村只有她一個女病人，至始至終都是。因為她從來就出老，看上去總是比實際年齡大上幾歲，村裡的人都叫她朱大姐。呂正午做孩子的時候，得到過她的許多照顧，他則叫她朱媽媽。但呂正午不是那種嘴甜的孩子，小的時候也並不見得整天把「朱媽媽」掛在嘴上，大了，就更少這樣叫了。事實上，他跟康復村的這些病人，也都熟得不能再熟了，那些日常性的招呼，也就顯得並不重要。更重要的，反倒是他們之間的那份默契。一個眼神，一個微笑，一個頷首，甚至什麼都不用做，你只需往跟前一站，他們就什麼都明白了。比如，早上這一趟，只要呂正午來到了門前，他們就知道是該做每天的例行檢查了。

老太太已經做好了早飯，正等著呂正午來做完例行檢查，她好吃早飯。朱迎香的症狀生在胸前後背整個上半身，那是滿滿的一身蛤蟆疙瘩，就像一件蛤蟆衣穿在身上一樣。呂正午前腳邁進門，老太太就開始脫衣服。雖然蛤蟆疙瘩都長一個樣，但每一次呂正午都要全部檢查一遍。那個仔細，就像他檢查趙大祥後背上的每一條裂縫一樣。有時候，朱迎香甚至懷疑他每天都要一個個把她身上的蛤蟆疙瘩數一遍，所以有時候她會問：「多出一個沒？」或者就是：「今天少了一個沒？」

今天她又問：「數清楚沒，到底有多少個？」

呂正午信口就說：「二三十個吧。」

朱迎香癟嘴，說：「是二三十千個吧？」

呂正午正從一顆疙瘩上做切片呢，說：「你等我一會兒好好數一遍。」

可等他做完切片，朱迎香就開始穿衣服了。她也就是開個玩笑，還當真呢。

她都掩上衣服了，趙大祥的敲門聲還把她駭一大跳。那聲音可太響了。她慌張地緊著衣服，大呼小叫地問是誰。這村裡就三個人，這裡已經有了兩個，還能有誰呢？喊完了又覺得問得多餘，於是衝著門外吼：「趙村長你要死啊！等我穿上衣服！」

趙大祥在門外喊：「我找小呂。」

朱迎香吼：「呂醫生才從你那裡來，你又找小呂！」

趙大祥那邊沒聲音。他可能根本沒聽清。

呂正午這裡已經做完了記錄，便匆匆開門出去了。

「小呂啊，吃完早飯，來幫我理髮。」趙大祥喊。

呂正午喊：「是大後天，你是每月六號理髮，都理了一輩子了，今天怎麼忘了？」

趙大祥喊：「這次不同。」

這樣說著，他又薅了薅手，示意呂正午到他屋裡去。呂正午跟著他進了屋，他才神祕兮兮地對呂正午的耳朵喊道：「我要走了。」

跟他們一起生活了幾十年，呂正午知道他這話的意思。但他不相信，因為趙村長怎麼看，都不像個快要死的人。但趙村長自己卻堅信這一點。他喊道：「真的，就這兩天了。」

他讓呂正午坐下來，他也坐下來，似乎說來話長。

呂正午喊：「你剛才也沒說這個。」

趙大祥喊：「我是剛剛才曉得的。就你出門後，我從椅子上起身的時候曉得的。」

呂正午不相信地喊：「是？」

趙大祥平靜如常地著點頭，就好像他說的是今天早上太陽準時升起了。

呂正午嘛起嘴沉默了一會兒，他沒有問老頭子是從哪裡曉得這一點的，他在算一個趙村長理髮和離開人世的時間差，得出的結論是：「就是說，你等不到大後天了？」

趙大祥肯定地點頭。

呂正午又問：「可是，你走的時候，不剃光頭？」

見趙大祥臉上疑惑，又解釋：「我是說，既然大後天就要剃光頭，今天又何必理髮？」

趙大祥說：「一碼歸一碼嘛。」

呂正午想了想，覺得也是，就點了點頭。見他點頭，趙大祥便開心了，叫他趕緊回去弄早飯吃，他這裡也抓緊吃早飯，完了他們好理髮。

呂正午是他們的醫生，但村裡人的髮，也都是他替他們理。

2

回到山頂的門診部，呂正午將兩個病歷檔案夾整齊擺放好，脫下白大褂抻平了掛門背後，準備做早飯。他很看重早飯，每天只在這頓飯上下功夫，悶上一鍋飯，做上兩個小菜，認認真真吃了，午飯和晚飯，就胡亂就著剩菜剩飯對付。廚房在隔壁，他悶上飯，又過來了。突然想看看趙大祥的病歷檔案，歷史以來的。

待打開櫃子，找到那幾個厚厚的檔案夾，他又不想看了。又回到廚房做菜。他要炒一個西紅柿雞蛋，涼拌一個黃瓜。西紅柿切成均勻的片，像倒伏的多米諾骨牌放在盤子裡，黃瓜條碼得整齊劃一，他又回了隔壁。還是想看看趙大祥那些病歷。一、二、三、四、五，趙大祥存檔的有五本病歷，第六本正在繼續，但今天聽趙大祥的意思，第六本也很快就該存檔了。每一本檔案，都標記著時間段，一九六一——一九六三；一九六四——一九六六……一九八一——一九八三斷了檔，那個時間是趙大祥康復後回了原籍。但八三年年底他又回烏潮窪來了。

趙大祥重回烏潮窪那年，呂正午剛好畢業分配回來，他父親也剛好退休，所以一九八三年以後的檔案，才是呂正午做的。

翻著父親做的那些檔案，呂正午又想了想父親，把它們放回去了。將它們排放整齊，又用雞毛撣子撣了撣灰，重新鎖上。回到廚房，發現飯已經悶好，便開始仔細做菜。五分鐘後，他炒好了西紅柿雞蛋，也涼拌好了黃瓜，規整地擺上餐桌，認真吃起來。

廚房有個窗戶，餐桌就在窗邊，他扭頭看向窗外，就能看到山下那三排土牆房，再仔細一點，他就能看到趙大祥跟朱迎香的屋門。兩人原來並沒挨著，是村裡只剩下他們兩人了，趙大祥才搬到朱迎香隔壁的。人太少了，他擔心朱迎香晚上害怕，但他跟朱迎香說的是他害怕。他對朱迎香說：「我夜裡害怕，挨著你就不怕了。」

吃完早飯，認真洗漱了一番，又嚴肅地蹲了整整五分鐘廁所，呂正午拿了理髮的工具出了門。照例是一出門就打口哨，照例是跟鳥們鬧了一路。當趙大祥從耳朵裡的喧鬧聲中捕捉到一些零碎的口哨聲，便端了椅子，端正地坐到了院子裡。他的旁邊，是用來洗頭的一盆溫水，放在另一張椅子上。

隔一米遠，呂正午便喊過去：「早飯吃了？」

趙大祥喊過來：「你吃沒？」

都沒有回答，但都知道吃了。

看趙大祥已經準備好了，呂正午便給他圍上圍布，讓他坐在水盆跟前，替他洗頭。洗著頭，兩人閒扯起來。

呂正午問：「朱媽媽又放牛去了？」

趙大祥說：「放牛。她把那頭老牛當兒子侍候著，怕是今後想要老牛替她送終。」

呂正午說：「那頭老牛都十三歲了吧？」

趙大祥說：「十三歲。這個我清楚。」

呂正午說：「這村裡，除了林子裡的鳥有多少隻你不清楚外，別的你都清楚。」

趙大祥「哈哈」大笑，笑完了說：「我走了，你願搬下來陪你朱媽媽住不？」

呂正午停下來想了想，說：「搬。」

趙大祥的頭給呂正午攥手上，沒法點頭，只好伸出一隻手來薅了一下。他大概是想豎一下大拇指，但他那隻手上，只有半個小手指。

開始理髮了，呂正午又聊起了趙村長。

「村長你還記得自己是哪年來康復村的吧？」他問。

趙大祥說：「一九六一年，那年我二十九歲。那時候還沒你哩。」

「是的。」呂正午說。

末了又說：「八一年你回去了，八三年又回來了。」

「對的。八一年，我康復了，就回去了。可回到家，土地已經承包到戶了，因為我在這裡，分地的時候就沒我的份兒。那年頭，沒地，怎麼活人呢？我就回來了。我問你爸，可以不？他說，可以，就留下了。你爸是個好人。」

「這些我都知道，你不想說點兒我不知道的？」

「當年村裡人看我像是得了麻風病，差點沒把我燒死，他們把我捆到老槐樹上，跟前放了一大堆柴，只差點火了，繩子就斷了，我就跑了。」

「繩子自己斷的？」

「我掙斷的啊！看到自己要被燒死，我一直在掙啊，哈哈，繩子哪會自己斷。」

「這個你沒跟我們說起過。」

「我八一年回去，那些人還想燒死我。」
「為啥？」
「他們不相信我康復了，你們開的那個證明沒人相信。」
呂正午手上停了那麼一下。停下來想想，想通了，又繼續。
「這回我沒讓他們綁，發現情況不對，我就逃了。」趙大祥因為自己的機靈，樂得又是兩聲大笑。
「你從來沒說起過你的親人，不想我去找他們嗎？」呂正午問。
這二十多年來，康復村的人離開人世時，後事都是呂正午在操辦。這後事裡有一項，就是替他們找到親人，把他們過世的消息告訴他們的親人，最好還能爭取到親人的送終。
趙大祥不顧頭頂正飛舞著剪子，扭過頭看著呂正午。呂正午兩手舉在半空，靜靜地和他對視了半分鐘。
半分鐘後趙大祥又把頭扭回去了，他說：「我的確有個兒子。」

3

理完髮，趙大祥就催呂正午上路。但他儘管催，呂正午也還是一副不緊不慢的樣子。趙大祥的老家在湖南，再急，他也只能到市裡去趕火車。他算了算，再快，他也得三四天後才回得來。他用玩笑的口吻問趙大祥：「村長你等三四天是可以的吧？」

趙大祥說：「難說。」

呂正午說：「那我去收拾，你呢，去找朱媽媽，問她有沒有東西要帶出去賣，或者帶回來啥的。」

趙大祥說：「她有吧，我前兩天還看見她晒天麻。」

呂正午說：「那就去問她，要不要帶出去賣。」

於是，接下來，趙大祥找朱迎香去，呂正午回山頂收拾行李。

因為剛才說起了天麻，上山的時候呂正午就想起了那隻叫「天麻」的狗。現在它去哪裡了？跟朱媽媽放牛去了吧？那狗是朱媽媽放牛的時候撿回來的，所以朱媽媽放牛，自然就少不了它了。

每年夏天，朱迎香放牛的時候也尋天麻。據朱迎香說，那一天，她一鋤頭下去，就看見了狗崽，就像是結在天麻窩裡的，是天麻精變的一樣。於是，這隻狗就叫天麻了。

呂正午還記得，天麻被帶回來的時候，是黃突突的，大家都以為是隻黃狗仔。可經他們一洗，就不那麼黃了。長長，竟又成了白的了。

開門的時候，呂正午已經不想那條狗了。他開始收拾旅行箱。要帶的衣服，得折成方方正正，但又不能太用力，不能讓衣服拿出來穿的時候，帶著那麼明顯的折痕。輕輕地放進去，重的放下面，比如褲子；輕的放上面，比如襯衣、T恤。事實上，這大熱天的，要帶的衣服少，完全沒必要帶一個箱子，但如果是隨便一個什麼旅行包的話，要想讓衣服放得規規整整，還不要留下太深的折痕的話，就太不容易了。為此，他專門準備了一隻最小的旅行箱，十六吋的。

收拾完箱子，呂正午還得添滿貓糧。

要去幾天呢？趙村長說最好能在後天就回，說帶得回人帶不回人，都最好是後天回。那就得備足三到四天的貓糧。

呂正午下到山腳，朱迎香也回來了。給了他一包天麻，還有一包麥冬，請他帶出去幫賣一下。

趙村長歇在一邊，不知道是因為急，還是身體的原因，他臉膛紅得有些異常，呂正午問道：「村長沒事吧？」

趙村長很不耐煩地衝他揮著光禿禿的手說：「你抓緊你抓緊。」看來還是因為性急。

呂正午嘴上笑著他太性急，動作上卻快了起來，又說：「那你千萬等著我啊。」就走了。

天麻尾隨著送了他一程。

花河是有一個山貨販子的，從蛇蟲、野獸、死牛爛馬到藥材，什麼都收。這件事情，沒有一個花河人不知道，但就是沒有一個人會揭露。因為誰也不敢保證自己一輩子都碰不上一條蛇，只要碰上了，就誰也看不見蛇的危險和陰毒，只看得見鈔票的美麗。捉到了蛇，就裝口袋裡悄悄提到山貨販子那裡去。除了死牛爛馬和藥材，別的買賣都是祕密進行的。不過，針對呂正午來說，就是藥材也得是地下交易。

在別人那裡，怕的是法律，在呂正午這裡，怕的是病菌。雖然烏潮窪康復村離花河鎮上有十里路，但呂正午因為是麻風病醫生，照樣能成為花河婦孺皆知的名人。他所到之處，人們總是與他保持著一米左右的距離。人們可以跟他打招呼，甚至比跟別的任何人都打得殷勤，但這個距離卻是雷打不動的。呂正午也很自覺，一出門就戴上他的醫用手套。說是醫用手套，他上班時間卻很少戴。但出了康復村，他還是希望那雙手套能給別人帶來一點安全感。不過，人的想像力是不可估量的，就這樣，人們也還是怕。

十五年前就發生過一件事，當時呂正午因為肚子壞了，實在是憋不住了，就偷偷蹲到一糞坑沿上拉了一回肚子。結果這件事情被糞坑的小主人看見了，嚇得急忙跑去告訴了他媽，他媽又嚇得急忙跑過來求證。呂正午雖然已經穿好了褲子，但糞坑裡的證據還在，而且呂正午也沒想賴帳。兩大人尷尬上了，那當媽的回頭就甩了孩子兩個嘴巴，隨後風一樣跑進屋，提了一瓶煤油出來，不容分說就咕嘟嘟潑到那攤證據上，一根火柴就點了。

看著想像中的病菌在糞坑裡掙扎著死去，他們才都鬆了口氣。

但孩子跟著又挨了打，因為那瓶煤油太可惜了。呂正午要賠煤油的錢，人家卻趕緊逃了。

到這份兒，我們就該明白，呂正午要賣點兒山貨啥的，就得有些講究了。先前那些時候，他是將要賣的東西先放在離販子家三十米遠的那條乾河溝裡，那裡有一籠竹林，竹林下有一口人家廢棄的苕坑，東西先放苕坑裡，拿乾草掩了，再假裝從販子家門口路過，遠遠地喊販子的名字。販子回答的時候見是他，兩個便一邊假裝打著招呼，一邊遞著眼色。隨後，他趕他的集去，販子自己到那裡去取貨。趕完集回來，同樣是假裝路過，假裝打招呼，然後，他去販子家屋後的一個祕密地點取錢。

因為呂正午是痲瘋病醫生，他的貨也都必須比別人的貨賣得便宜。關於這一點，販子站一米遠的距離壓低嗓門費勁地跟他解釋過：「收你呂醫生的貨，我是擔著很大風險的。第一，我怕染上痲瘋病，第二，別人要曉得這貨是從你那裡收來的，我就賣不出去了。」

當然，要說完全沒人知道，那肯定是假的。只是知道的人，也都不說。反正販子收來的貨，都是賣到外面去的，何必多那個事呢？只是有那麼一兩個出於善心，曾關心過販子：「你可真是要小心啊！那痲瘋病要是染上了，就完了。」

販子就向他們保證：「每次我接貨都是戴起手套的，完了我就將手套和他裝貨的口袋都一起燒了。」

「貨呢？那些貨就是痲瘋病人的，貨才是關鍵。」

販子說：「這個我也曉得的，所以他拿來的貨，我都要噴兩遍酒精。」

並沒有人能證明酒精能殺死痲瘋病菌，但也並沒有人去深究這個。關心販子的人，只管販子是不是懂得起，這懂不懂得起，就表現在他舍不捨得請他們喝酒。

這些開支，也都得算在呂正午頭上。所以，針對販子的壓價，呂正午完全沒有意見。

如今，呂正午有了手機，販子家也有了座機，事情就顯得簡單多了。他把貨放那茖坑裡，打電話告訴販子。完了販子告訴他已經收下了，是多少斤，多少錢，啥時候去那個祕密的地方取錢就行了。

據說，一個孩子曾發現過放錢的那個祕密地點。他當時跟著母親，小手被母親牽著，他們從那裡路過，他看見了錢的一點身影，便大驚小怪地要他媽看，說那裡有錢。他媽卻只飛了一眼那個地方，便扯著他加快了腳步。

他媽告訴他：那是呂醫生的錢，你也敢去拿？！

所以說，這一回，他跟販子通電話的時候，說他要去外地一趟，得三天後才回來。販子說，那三天後我才給你把錢放過去。他卻說，不會有問題的，你啥時候放都行的。販子在那邊笑，他也在這邊笑。他們都知道，他呂醫生的錢，是安全的。

4

呂正午選的是當晚k字打頭的那班車，想的是能快點。位置是窗邊兒，好看書。他的正對面是一位幹部模樣的人，挨著他的是一對中年夫妻，女的要嗑瓜子，便選了呂正午跟她男人的中間，為的是能靠小桌板近一點兒，好放瓜子殼。小桌板下面是有垃圾簍的，但因為垃圾簍是有蓋子的，女人嫌麻煩，便在小桌板上放了一個塑料袋來做中轉。

女人嗑瓜子也特別，她不是拿在手上嗑，是丟進嘴裡，而且遠遠地丟，從下往上丟，還丟得相當準。嗑出瓜子，瓜子殼並不馬上吐掉，而是嘟嚕出嘴，讓它們掛在嘴巴沿兒上。它們依靠她的唾沫，像水中撈月的猴子扭結成團，快吊不住了，她又才將它們擼下，放進小桌板上的塑料袋。那塑料袋、還有那些帶著唾沫的瓜子殼在呂正午眼裡實在是亂，但一開始他並沒有管。坐火車的時候，他喜歡看本隨便什麼書。是什麼書並不重要，重要的是看著書便相對清靜。但今晚這樣，要清靜就有點難了，女人嗑瓜子嗑得很響，處理瓜子殼的辦法又很特別，再加上她每放一次瓜子殼就會碰響他跟前的塑料袋，他就沒法清靜看書了。他忍不住想把那個塑料袋擺弄一下，讓它變得稍為整齊一點。忍不住，就得做。他認真放好書，把塑料袋整理了一下。

這個動作讓同座的幾個人都很驚訝，但看上去他們最驚訝的，不是他看不慣一個跟自己無關的垃圾袋，而是他大熱天竟戴著一副橡膠手套。事實上，他們早就關注到他那雙手套了，只是因為沒有一個搭訕的由頭，也就沒好提。這下，算是有由頭了。

對面那幹部模樣的男人問：「有潔癖？」

嗑瓜子的女人癟了一下嘴，說：「是醫生吧？」

她男人說：「是醫生也不用坐車也戴著手套啊，我看……是強迫症。」

呂正午略帶點抱歉地衝大家笑笑，什麼也沒說。在康復村附近那些地方戴手套，是因為那些人都認識他。走出那塊地方，誰知道他呂正午是誰呢？所以說，他為什麼走出這麼遠，依然要戴著那雙手套，是一件很難解釋清楚的事情。或許是良知在作怪？就呂正午自己也不敢保證自己是不是沒有帶著麻風病病菌？或者根本就是戴習慣了？不過這些重要嗎？重要的是你一旦說出真相，這一車箱的人就都得嚇成一鍋粥。那可不是呂正午想看到的。

他繼續看書。一本兒《知音》，出發前在火車站的報刊亭買的。他正在讀上面的一個愛情故事。

在閱讀問題上，他這個人也沒什麼特別的愛好，不挑。比如有的人專愛讀文學類的，有的人專愛讀時尚雜誌，還有的人只讀報紙上的新聞，他呢？撿到什麼讀什麼，什麼又都能讀進去。事實上，他也說不上特別愛讀書。他的閱讀都是隨緣性的，比如像現在這樣，出門的時候，遇上有報刊亭的地方，就隨便買上一本拿在手上，路途中就用它來打發那些無聊而漫長的乘車時間。再比如，在家那些閑餘時間，就從書櫃裡隨便拿出一本來。他的書櫃裡各種書都有，有文學名著、文學期刊，有暢銷小說，有時尚雜誌，還有醫學方面的學術書籍。除了學術方面的書箱是特意買的，其它書箱都是隨緣買來的，比如曾經正好路過一家書店，又正好不那麼急，就進去了，進去後也沒多想，隨手就買了兩本文學名著或者暢銷小說。遇上在路上的時間長，手上的書就能讀完。不夠長，就讀不完。但不管有沒有讀完，他都會帶回來，整整齊齊放書櫃裡。下一次要讀，也不一定非要去拿那本沒讀完的，完全隨性。

坐了五個多小時的火車，他把那本兒《知音》全部讀完了。接下來，他得坐一個小時的中巴車。一個小時，是中巴車司機告訴他的。按趙大祥給的地址，司機估計一個小時後就能到。一個小時，這個時間又激起了他買書的願望。他到車站外四處張望，看到了一個報刊亭，走過去買了一本雜誌。

剛回轉身，就聽見廣播裡在催上車了，正是他的那班車。就趕緊跑。上了車坐下來，待認真去看手上那本兒雜誌，才發現似曾相識。把包裡那本拿出一比，果然，兩本一模一樣。這又怎樣？把先那本放回包裡，這一本照樣讀。

儘管廣播裡一再催，乘車的人還是磨磨蹭蹭。通往鄉村的班車，乘客比較複雜。有大包小包帶著貨的小商販，有進城來賣雞沒賣著的農民，還有跟著爺爺或奶奶進城來，卻沒能得到半點兒好處的孩子。鄉下的孩子，偏偏又不夠大方，想要個什麼東西，從來都不敢明說，無非是扯著大人的衣袖，哼哼嘰嘰，支支吾吾個沒完，非要大人自己弄明白他，給他買了，他才打住。可鄉下的大人們也都摳，通常情況下都假裝不懂，而且還非常有耐性，他哼就由著他哼，從頭哼到尾，就要回家了。照大人的意思，上了回家的車，他就斷了念頭了。可這也只能是個別孩子，大多數孩子是不行的。他不讓你上車。這逛了半天街，你糖不捨得買一顆，糕不捨得買一塊，就連最廉價的雪糕也不願意買一支，那車站旁邊小攤上的袋裝冰水總算可以買一個吧？不幹，就撒潑。大街上不好意思，到了這裡就顧不上那麼多了。最後大人只好投降，讓司機再等一分鐘。一分鐘後，孩子滿意地吸著一袋冰水，被大人拖上了車。

全車人就等他們了，進座位的時候，他們挨著的是一抱雞的，人沒什麼事兒，那雞意見很大，還撲了幾片雞毛起來，在中巴車很有限的空間裡亂飛。乘客們趕緊捂住嘴鼻拼命扇風，堅決不讓雞毛飛到自己跟前來。司機生了氣，吼：「哪個把雞都抱上來了？」抱雞的人屏住呼息，堅決不吱聲。但那功夫，雞毛已經不再飛舞，司機也沒再追究。

車終於動起來了。

呂正午的座位自然還是窗邊，挨著他的是一對母子，母親還相當年輕，如果她不是抱著一個嬰兒在餵奶，你就不敢相信她是一位母親。呂正午不經意地瞟過她一眼，發現她自己還像個孩子。比如那乳房吧，才一核桃大，怎麼奶孩子呢？

女人大概是會讀心術的，在他這麼想的時候，咳嗽了一聲。當然不是真咳，只是一種特殊的回應而已。這樣他就禁不住又想扭頭去看她，結果就碰上了對方的目光。女人的目光很熱烈很簡單。她點了點頭。於是呂正午也慌忙點了個頭。這就算是打過招呼了。

呂正午繼續看他的雜誌。

女人也繼續奶她的孩子。

雖然雜誌是上午才讀過的，但他還是把上面那個愛情故事重讀了一遍。完了他發現旁邊的母親已經睡著了，她懷裡的孩子卻在瞪著他看。孩子的眼睛很大，圓溜溜的。因為看得專注，小嘴巴流著口水。呂正午給看得不自在，擠了擠眼，又誇張地做了一個咧嘴大笑的動作，孩子就笑了。看上去還沒到能笑出聲的年紀，只是咧開了嘴，讓更多的口水淌了出來。呂正午再逗，孩子就撲楞了兩下手臂，發出了一個稚嫩的歡聲。

母親就醒來了。

呂正午想躲的，又沒躲，乾脆問女人：「多大了？」

女人說：「五個多月了。」

呂正午猜：「男孩？」

女人說：「是的。」

她把孩子的坐姿稍做了一下調整，讓他好跟呂正午正面交流。這樣一來，呂正午便不好意思忽略他了，他得認認真真逗他笑，雖然那會很無聊。

孩子看上去很喜歡他，不光一直盯著他看，還總跟他笑，有時候還笑得手舞足蹈。他母親，則一直在擦他那長河一般的口水。

突然間，孩子不笑了，他像是給噎住了一樣，只聽一聲異響，一股屎臭沖天而起，呂正午皺起鼻子，孩子又笑了。

孩子拉屎了。

母親打開他屁股上的尿布，果然是一屁股稀黃。周圍都在捂鼻子，有人還在嘀咕「好臭」，有人去開窗戶。這大熱天，車窗本身能開的就都全開著，也要去推一推才釋懷。女人卻什麼事兒沒有，她讓孩子趴下，將沾滿稀屎的尿布卷巴一下，將就著擦孩子的屁股。卷巴一下擦一下，再卷巴一下，又擦一下。地兒太逼仄，孩子的頭只好搭在呂正午腿上，口水流了呂正午一腿。

擦得差不多了，母親乾脆把孩子揣給呂正午，又從他的面前把那團屎片扔出了車窗。也就是這時候，女人才發現呂正午手上戴著一雙醫用橡膠手套。她從頭頂的行李架上拿下一鼓鼓囊囊的掛包，從裡頭翻出一塊尿布，幾張一碰就灰塵滿天飛的劣質衛生紙。她把孩子從呂正午手上接過來，重新替他把屁股擦乾淨，墊上新尿布，才問呂正午：「醫生？」

呂正午笑笑。

「就是醫生，這下又不是上班時間啊。」女人笑著說。

呂正午又笑。

「潔癖吧？我見過這樣的人。」女人說。

呂正午不笑了，再往下問，他就不敢保證自己不說實話了。女人卻沒有接著往下問。女人突然說起了自己，她說她這輩子可想當醫生了，做夢都想。她說她中考的時候，就想考個醫專的，但沒考上。說，沒考上吧，還可以複讀重考的，但她又聽了男朋友的話，跟他一起去了廣州。

最後她還神祕兮兮地說：「現在我就想，自己做不了醫生，乾脆以後就嫁個醫生。」說完她還縮著脖子捂著嘴笑成一團。

呂正午只好陪她笑。但他心裡卻在嘀咕，這都抱上孩子了，還「以後嫁個醫生」？

女人卻突然問他：「你結婚了吧？」

呂正午搖頭。

女人像是走路不小心一頭撞上她的夢中情人一樣，驚喜地張大了嘴。可很快她又趕緊捂上，只留一對笑彎的大眼衝著呂正午。

呂正午想，她不會覺得我正好合適吧？

那之後，孩子又要吃奶了。女人趕緊擼胸，將那核桃大的奶全部暴露出來，努力送進孩子的嘴裡。

呂正午只好接著讀他的雜誌。過了一會兒，女人和孩子也都睡著了。孩子還咬著奶頭，夢裡時常還會動動小嘴。女人的頭歪在呂正午這邊，呂正午發現她的睫毛長得像刷子。

那會兒突然下起了雨，還不小，人們趕緊關窗戶，車裡一下子就悶熱得像蒸籠，於是車窗又被打開一點，有人寧願淋雨，也不願忍受那種讓人窒息的悶熱。呂正午也將窗子留了一條一寸寬的縫，讓自己半邊身體澆著雨。但這樣能保證呼吸暢快，也蠻好。

女人孩子一起被這動靜驚醒過來，一看窗外，女人突然喊了起來：「啊！我到了。」她的話音剛落，車就停了，司機扭著脖子衝後面喊：「那個到沙田村的，這就到了啊！」呂正午一聽就知道這是在叫自己了，因為他上車時叮囑過司機，叫他提醒一下。

這又巧了，他將和這對母子在同一個地方下車。女人大包小包提了很多行李，手上又要抱個孩子，很有些忙亂。呂正午想都沒想，就替女人接了兩三個包袱，女人也沒客氣，專心抱著孩子往前擠。過道上堆了很多包，下個車還真是艱難。呂正午看她那樣子，像是行走在一塊沼澤地裡，一腳下去，人就陷進去半截，拔出一條腿得使出吃奶的力氣。車外雨下得嘩嘩啦啦，女人走到車門前又頓了一下。可又不能不下呀，便曲起一支手臂擋了孩子的臉衝了出去，呂正午提著她的大包小包跟著。幸好，停車的地方有一戶人家。門鎖著，沒人在家，但他們站在人家屋簷下，勉強能避雨。

「你怎麼也在這裡下？」女人問呂正午。因為雨聲大，她不得不用了最大的嗓門。

「我到沙田找個人。」呂正午說。

「這裡就是沙田。」女人的手不空，便用下巴劃拉了一下，算是把沙田這個地方介紹給呂正午了。末了又說：「我家就住這裡。」

「那你認識趙春生嘍？」呂正午滿含希望地問。

「認識認識，你就找趙春生？」女人問。不知為什麼，孩子又不高興了，哭起來，女人只好把他橫了，又用奶哄他。

呂正午收回目光的路上便叫起了好：「這下太好了。你知道他家住哪裡吧？」

女人說：「當然知道。」

呂正午的目光從地上繞了一圈，最後還是回到了女人的臉上。他說：「那太好了，一會你給我指指路。」

女人問：「你找他幹什麼？」

呂正午說：「他父親快不行了，想見他最後一面。」

女人喊起來：「他父親？」她說：「我從沒聽說過他還有父親。」

呂正午說：「有的，他父親叫趙大祥，在我們村，是我們村的村長。」

女人說：「你們村叫啥？」

呂正午說：「叫烏潮窪。」

女人說：「這名拗口，不過聽上去像在水邊。」

呂正午笑，說正是在水邊。

女人問：「他父親得了啥病？」

呂正午愣了一下，又才意識到她指的是「快不行了」。他說：「老病吧。人老了，就都要走的。」

女人做了個恍然大悟的表情，嘀咕道：「也是，春生叔都奔六十的人了。」

兩人相視笑笑，就都看著雨。

5

雨沒多久就停了。女人的家也不遠，她抱著孩子領著呂正午到家的時候，她母親正在院壩裡晒豆。剛才那場陣雨來得突然，她來不及收，便堆巴堆巴用一張塑料紙蓋了。這陣雨一走，太陽又出來了，她又得把豆鋪開。

女人老遠就開始喊「媽」。

那花白頭髮，肥胖油膩的媽尋聲回頭，便看見他們了。但她只認識自家姑娘，別的都不認識。所以她眯著眼呆愣著，一直等他們走到跟前了，才醒過神兒來了。姑娘見了她那副呆樣，「咯咯」笑著把孩子揣進她懷裡，說：「別傻頭傻腦的了，這是你外孫，抱好。」

「咋搞的……細牙子都有了？」那當外婆的，抱著個天上突然掉下來的外孫，竟像抱了個刺猬一樣，生怕扎著了自己似的。

女人卻風風火火招呼呂正午和她那些包袱去了。包放哪裡，人坐哪兒，又叮叮咣咣，終於為呂正午找到了一隻乾淨玻璃杯，然後便大呼小叫地問她媽，茶葉在哪裡。呂正午趕緊推，說茶就不喝了，他馬上要走了。女人卻固執上了：「不用慌，趙春生家就幾步路，等喝好了茶我給你指路。」

當媽的也沒告訴她茶葉在哪裡，她也沒再問，自己找。自己的家，雖然離開了很長時間，但家裡放東西的習慣一般也不會變得那麼快。

門外那祖孫倆正互相瞪眼哩，像玩那種誰先眨眼誰就輸的遊戲。最後當然是外孫輸了，因為他看著看著的，突然就咧嘴笑了，還發出一個稚嫩而短暫的笑聲，一個單音節笑聲。於是，外婆也閃電似地假笑了一下。那之後，她開始瞪呂正午。呂正午坐的地方正好對著門，跟她，就是門裡門外一條直線。她沒看呂正午的時候，呂正午還看著她呢，她一眼看過來，呂正午就趕忙把她的目光接住。因為那目光來得重，呂正午感覺有點兒緊張。

「多大了？」門外那位問進來。

呂正午一時間不明白啥意思，扭頭去看正泡茶的女人，女人飛快地甩了一下頭，把答案扔了出去：「五個多月了。」

外婆飛快地瞪了懷裡的外孫一眼，像夾個包袱一樣夾著孩子快步進來了。她二話不說，直接將孩子揣進了呂正午的懷裡，呂正午趕緊接過孩子，不知道該如何是好。

外婆在生氣：「你出門時還是個姑娘，回來時就帶了一家子，細牙子都半歲了，你媽還啥都不曉得……」她數落著姑娘，眼睛卻瞪著呂正午，目光在他臉上和手上掃來掃去，很顯然，她誤以為這一切的不可思議都是呂正午造成的。但看上去這位審判長最最費解的，又是他那雙橡膠手套。

呂正午給她盯出了汗，女人才打斷了她媽的話，過來將茶放到呂正午旁邊，把孩子抱了過來。她衝當媽的癟嘴笑笑，意思是她太大驚小怪了。然後她便坐一邊把起了孩子的尿，嘴裡「噝噝」打著口哨。

那位生氣的母親，當然還生著氣。只是看上去礙於誰的面子，一直在忍氣吞聲。

孩子尿上，呂正午就站起來要走。這種情況，他也指望不上女人為他指路了。既然不遠，自己問問不就行了？

他這裡要走，女人那裡一急，把孩子的尿閃了回去。她胡亂擼著孩子的尿布，又胡亂把孩子揣進氣鼓鼓的母親懷裡，趕著往前面為呂正午帶路。

孩子給閃了尿，在外婆懷裡撒潑，也聽不見外婆哄。呂正午就叫女人回去，說指指路就行了。女人聽不得孩子哭，也沒堅持，就伸出手把一條看不見的路指來指去：「前去往右拐，再往右拐，從張家院子過去，在他家豬圈那兒往下走，過了一丘水田，就能看到春生叔家了。他家在溝對面，屋前有籠竹林。」

呂正午聽得滿腦子糊塗，但他道了謝。

他一路走過了幾間房屋，遇上過幾個老的、半老的男女，還有幾個走的、爬的孩子，又走過兩條田坎，遇上了一條飛奔的蛇、幾隻蹦得老高的青蛙，便到了趙春生家。

一開始他打聽趙春生家的時候，別人就指給他，趙春生家在哪裡。可到了趙春生家，卻見家門緊閉，大門中間掛著張蜘蛛網，一看那蜘蛛的老樣，就知道它在這裡已經生活了很久了。

他正面側面、遠的近的，仔細打量過那房子。又回轉來跟人打聽：「請問趙春生，是不在家嗎？」

「趙春生啊？他出門都好幾個月了。」人家這樣回答。

「他去哪裡了？」呂正午問。

「不知道啊，只清楚他出門是為了去尋孫子。他孫子不見了，他沒法跟兒子交差，就發誓要把孫子尋回來。可這年頭，人販子多得很，哪曉得孫子去了哪裡？」

「他孫子給人販子拐了？」

「都那樣想。你想啊，細牙子都三歲了，怎麼那麼容易丟呢？不是人販子拐跑了，他要不就回來了？」

「也怪那趙春生，一輩子就好個牌，一趕集，別的啥都不幹，一頭就扎進茶館，唉——那頭就像在牌桌子上生了根一樣。他兒兩口子在外面打工掙錢，生下個細牙子就讓他帶著。小時候還好，他打牌的時候就背在背上。管他是拉了他一背的屎還是尿溼了他的半邊身子，他只管打牌。哎，細牙子能走了，能跑了，他那一走神，還不就丟了？聽說細牙子丟了，他兒子回來要找他拚命，媳婦也當著他的面兒要上吊，他便在小兩口跟前發下了毒誓，這輩子要是找不到孫子，他就不回來了。這不，就找孫子去了。都出去大半年了，還沒回來，估計還沒找到吧。」

呂正午沉默了好一會兒，利用這個時間試著消化了一下這個消息，才問：「那就是，沒法找到他了？」

人家就問：「你找他做什麼？」

呂正午想了想，問：「你們還記得他父親嗎？趙大祥？」

「啊！」對面那張臉突然變得驚愕了，而且正在變得驚恐：「他爹？那個麻風病？」

呂正午沒有說是，但人家已經本能地向後退了幾步，看他的眼神已經十分恐懼了。

呂正午說：「他父親快不行了，想……讓他去送個終。」

或許是這句話的原因，對面那張臉終於恢復了一點人色：「趙大祥……現在才死？」

呂正午做了個勉強的笑臉給對方。

對方意識到這話不妥，尷尬了一下，解釋說：「很多年都沒人提起他了。」

呂正午不知為什麼突然來氣，便沒好氣地問過去：「當年想燒死他的，也有你吧？」

對方臉色一變，反問回來：「你是誰？」

呂正午已經走了。

6

呂正午又回到了那對母子跟前。他們看樣子是被趕出了門，兩人正相依為命般坐在院子裡，屋裡是那傷心的母親如雷一般的哭聲。看呂正午回來了，女人衝他笑。呂正午也笑。她腳跟前有幾個摔傷了的土豆疙瘩。女人自嘲道：「我媽的手榴彈，用來炸我的。這會兒我背上全是青疙瘩。」

又問：「見著春生叔了？」

呂正午說：「沒見著，聽說他找孫子去了。」

又問：「你能幫我找到他兒子的聯繫方式嗎？趙春生的兒子。電話號碼？」

女人扭頭就喊「媽」，媽就不哭了，打著哭腔問「咋了」，女人問：「你曉得小橋哥的電話號碼嗎？」又跟呂正午解釋：「趙春生的兒子叫趙小橋。」

媽出現在門口，紅著眼抹著一臉的淚水狠狠地問：「你找他做什麼？」但她的眼睛卻並不看自家姑娘，而是一開始就找到了呂正午。她雖然在裡頭哭，卻並沒有放過外面的動靜。聽姑娘在外邊跟人說話呢，只是沒想到又是這個陌生男子。當頭一棒的感覺令她完全丟失了城府，因此她張口就來了一句：「滾！」

呂正午一臉意外和迷茫，可他還沒反應過來，屋裡已經飛出了如雨的土豆疙瘩，外加一聲聲「滾」，真可謂戰火硝煙，他趕緊抱頭鼠竄了。

女人追著他，有意替他擋著「嗖嗖」而來的土豆。這就追出了院壩，逃出了有效射程。那媽，又一次號哭起來。聽上去，一點也不像勝利號角。

女人卻忍不住笑，還笑得直不起身子。

呂正午沒問是怎麼回事，但他的眼睛問了。

女人說：「沒啥大不了的事兒。我出門前是個黃花姑娘，回來就抱了個孩子，這是丟老祖宗臉的事兒，我媽氣不過。」

旁邊正好嘟嚕著兩塊院牆石，女人撿一塊坐了，又指給呂正午一塊。呂正午沒坐。這種情況，他怎麼坐得住呢？

女人也沒堅持，只管說她的話：「這要是一起帶個女婿回來，也還說得過去。都這年頭了，一個人出門，帶回一家子的事兒也多了。可關鍵是我一個人帶了個孩子回來。」女人說到這裡還衝呂正午癟了一下嘴，意思是，看這多具挑戰性吧。

她說：「你別怪我媽對你發火，她一開始把你當女婿了。可後來才知道，我連你叫什麼名兒都不知道，你就完全是陌生人一個，就火冒三丈了。這叫惱羞成怒。」

這又才突然想起似的問：「對了，你叫啥名兒？」

女人一臉熱烈的笑容，兩排白牙跟米粒似地閃著玉光。

呂正午說了自己的名字。

於是女人也禮尚往來地說了自己的名字。她叫楊小英。

呂正午很想知道她女婿的事兒，但又沒問。他問了一句：「那……你打算怎麼辦？」

女人迷茫了兩眼，咕噥了一句「怎麼辦」，又說：「我得把孩子交給我媽帶著，這樣我才能回去掙錢啊。」

她說：「別的都不怕，我就怕我媽把我兒子扔了。」

呂正午的心猛跳了一下：「扔了？」

女人說：「她剛才就說了，我要是把兒子放家裡，我前腳一走，她後腳就把他扔了。」

呂正午心裡沉甸甸地問：「那咋辦？」

女人說：「咋辦？她要是給我扔了，我就是花一輩子，也要把他找回來。」

呂正午暗地裡鬆了口氣。

女人說：「我相信我媽不會那麼毒。她只是說氣話。」

又說：「但是這種事兒是有的，還多。當然，有像我這樣的，還是姑娘就有了孩子，都不等爹媽去扔，自己先就扔了。」

「在農村，私生子就是坨屎，我們這就是把屎盆子往老人們頭上扣你知道嗎？」說這話的時候楊小英忍不住笑，因為她太喜歡自己這個比方了。

笑完了又說：「主要是他們太封建，在城裡，這算個什麼呢？」

「不過，政策也是個問題，名正言順的夫妻想多要個孩子，還得偷偷生哩。我家兒子這樣的，上不了戶口，因為我屬未婚。所以，即便我媽能頂得住別人的唾沫星子，也得把這孩子藏著掖著。要想兒子能正大光明地活人，我就得趕緊為他找個爸。」說到這兒楊小英又癟了癟嘴，意思是這種政策讓她哭笑不得。

說了半天自己的事兒，她突然意識到這些事兒都跟呂正午無關，才又關心起他來：「那你打算怎麼找春生叔呢？」

呂正午問：「你能替我找到趙春生兒子的聯繫方式嗎？」

楊小英說：「應該能，只是時間問題。我得等媽消了氣，去村裡給你打聽。你等得了嗎？這天也快黑了，你要不，就在我家住下？」

呂正午說：「我還是回縣上住。」說著從包裡掏出一張名片來，上面寫著他的名字和手機號碼，說如果有消息就打這個電話。

楊小英接名片的時候，又注意到了他的手套，便忍不住又問：「不會是假肢吧？」

「假肢？」呂正午愣了一會兒，才明白她指的是什麼。他三兩下擼下手套，把手送到她眼鼻子跟前，要她認真看。楊小英果真就認真看了，還用手摸了摸，最後她「噗嗤」一聲笑起來。

她說：「對不起啊，我心裡太陰暗了。」可她臉上卻燦若千陽。

呂正午跟著咧了咧嘴，但沒笑。他其實有點兒惱，但對面那張笑臉又讓他沒法惱。他把手套扔一邊草叢裡，說：「那我走了。」

可剛扭頭要走，他又覺得手上少了個東西，於是又折回去將手套撿了回來。

7

他回到了剛才下車的地方。中巴車司機說過，可以在這裡等回程車。等著車，他把手套看了又看，又看看自己的手，兩手還互相摩搓了一陣。這當然不是假肢。他心裡說。她怎麼會想到假肢呢？戴了幾十年了，說什麼的都有，還從來沒人說過假肢。

身後的人家已經開著門了，門口還坐著位老漢。老漢用一根長長的竹根煙斗抽著旱煙，一副很享受的樣子。兩人對上目光，他突然想跟他打聽一下趙春生，可老漢顯然是個聾子，又是那種不願意承認自己是聾子的聾子，而且又恰好具備了一個機靈人的腦子。他估摸著這個陌生人肯定是等車，問的肯定就是車啥時候來，所以他從嘴裡拔出煙斗，射了一泡口水，回答呂正午說：「快了，大約五分鐘後就來了。」

呂正午第一時間沒意識到他是個聾子，又趕著說出了「趙春生」這個名字。

老漢以為他說的是「五分鐘」，於是很肯定地點了點頭，說：「五分鐘。」

不過，這一點他倒是掐得真准，五分鐘後，中巴車就真來了。

上車前，呂正午慌忙戴上了手套。幾十年如一日，一出村莊就戴上手套，手和手套，有點像蝸牛和蝸牛殼的關係了。

說起來，這才是一雙手套呢，一開始那會兒，可不止一雙手套，而是罩衣、口罩，外加手套。那是哪會兒呢？是上學那會兒。一聽說他是從麻風村來的，班裡就沒有人敢挨著他坐。不挨著坐也罷了，他們還把他趕出教室，再不讓他回去。這種時候，老師的態度很關鍵，可關鍵是當老師知道他是從麻風村來的後，也不想看到他。同學們拿泥巴拿石頭將他打出教室，老師也就假裝沒看見。這樣一來，同學們就不光是不容他進教室，而是不容他進學校，他們在校門口設下崗哨，把他堵在校門外。

早先那會兒，呂正午堅持在校門外捱到放學才回家，後來他覺得長期這樣下去不行。再說，天天捱在校門口也很無聊。校門口有塊稻田，田裡有多少棵秧苗，田坎上有多少棵野草，他都數過好多遍了。於是，他回到家，把自己的遭遇一五一十地告訴了父親。

父親想了想，又把這件事情跟村裡其他人說了說，第二天上學的時候，他就有了一身罩衣，一雙手套，一個口罩。口罩和手套都是父親提供的，罩衣是朱迎香用父親的舊白大褂改的。

他穿了這身行頭去學校，情況竟真有所改善。雖然依然沒有人挨著他坐，偶爾也依然有人拿泥巴團子打他，但他畢竟可以坐在教室裡去了。他被老師安排在邊上一組最後一排的角落上那個位置，他的前排空著，過道那邊的第一個位置也空著。就這樣，離他最近的同學還依然別著身子上課。但那段時間，他們似乎更害怕他那身行頭。出於好奇，他們有時候還會靠近那麼一點，為的是把他那身行頭看得更清楚一些。當然，他一旦表現出想靠近他們，他們就立即逃得遠遠的。雖然上學和放學的路上，他們依然撿泥巴或者石頭打他，依然罵他「麻風病」，叫他「滾遠點」，女生們還拿口水吐他，但他畢竟可以坐在教室裡上課了。有了那身行頭後，老師的態度便有所改變，如果有人還想把呂正午攆出教室，他們多數情況下都會出面干涉，說呂正午已經夠意思了，要大家不要得寸進尺。

至於在路上，呂正午可以逃，可以躲。上學時，他儘量縮在最後。放學時，他儘量跑最前頭，儘量跑得比那些飛石還快。

回到家，父親問他，今天如何？

他歡天喜地地回答：「很好。」

父親說，很好，那就這樣了。

從此，那身行頭就沒離開過他。從小學一年級，到初中三年級，整整八年時間，他記不得自己戴爛過多少手套、口罩。他長得快，每兩年得換一件罩衣。每一件都是朱迎香替他改的。朱迎香是個仔細人，他一上初中，她就把罩衣改了方向，由後面拴繩兒改為前面扣扣子。也就是改回了白大褂的模樣。習慣了罩衣的同學們，曾怪聲怪氣地說他：哼，明明是個傳染病，還把自己當醫生了。他們說話的時候把眉毛擠到了頭頂，一臉的厭惡。可他卻衝他們開心地笑，因為他覺得自己那個樣子，真像個醫生。

初中畢業那年，父親讓他報考了「撒拉溪衛校」。「撒拉溪衛校」是全國四所麻風病衛校之一，又是離他們最近的一所，專門培養麻風病醫生的地方。他沒有問為什麼，倒是反而慶幸這世上竟然有這樣的學校。中考的時候他很努力，再加上想去那種學校的人也非常少，結果他真就考上了。

那年頭，衛校畢業生是管分配的，撒拉溪衛校還有一間附屬醫院，那裡也有三五十位病人，呂正午可以留在那裡。可畢業後，他還是回到了烏潮窪康復村。這裡醫生最多的時候也曾有過四五位，但到呂正午畢業的時候，已經只剩下他父親了。而且他一回村，父親就該退休了。

接了父親的班，做起了麻風病醫生，他卻反而把手套和口罩拿下了，只把白大褂留在了身上。病人們都問他，咋不戴上口罩和手套呢？他笑著說，我這些年，在家裡從來就沒戴過呢。人家說，你現在是醫生了，得像個醫生啊。他扯扯身上的白大褂，說，有這個就像了。

但是，一要出村，他就還是要把手套戴上。他放棄了口罩和罩衣，因為那時候，人們已經普遍瞭解到了，麻風病不屬呼吸傳染。而他自己也很清楚，自打他小學畢業以後，村裡就再沒收過一位新的麻風病人。而且麻風病人只需兩個週的化療，就能消除傳染性。

又況且，這時候他出門時面對的已經不是那幫年少的同學，再戴個口罩就是多餘，出了醫院還穿個白大褂又顯得很傻。留下手套，或許是為了安慰那些談麻色變的人，也或許是因為時間長了，那雙手對手套已經形成了依賴。就像你穿慣了褲子，就不敢光著屁股示人，是一回事。

反正，這一戴，就又是二十多年了。

回程的路上，他沒有讀雜誌。他一直把雙手夾在腿縫裡，生怕同座的人再注意到他的手。

8

吃了一碗「湖南面」，呂正午回到房間裡看電視。電視裡正在播《神雕俠侶》，他的手機就響了。竟然是楊小英打來的。他趕緊關掉電視機聲音，認真接電話。楊小英找到了趙春生兒子的聯繫電話，他拿起床頭的鉛筆記下了那個號碼，說了「謝謝」。楊小英又告訴他，趙春生的兒子叫趙小橋，要呂正午打電話的時候說找趙小橋。這原本是多餘，因為傍晚的時候，楊小英告訴過他這個。但呂正午還是認真在號碼旁邊寫下了「趙小橋」，又真誠地說了兩聲「謝謝」，末了還加了一聲「非常感謝」。事情已經辦完了吧，可楊小英沒有說再見，而是說起了呂正午的手，她說對不起啊，我那樣說你的手。這明顯是無話找話了，但他卻因為這一點而滋生出幾絲竊喜。

他說：「又不是你一句話，我的手就真成假肢了。」

楊小英在那邊「咯咯」笑，說：「你還真幽默。」

呂正午想，這也叫幽默嗎？

到這裡，天又幾乎聊到盡頭了吧？可楊小英又問：「你這會兒在幹什麼？」

他說：「我在看電視。」

楊小英問：「看的什麼電視？」

他說：「《神雕俠侶》。」

楊小英喊起來：「好看，我看過。」

呂正午說：「的確好看。」

楊小英問：「平時你都看啥電視劇？」

呂正午說：「電視裡放啥看啥。」

楊小英笑起來，說：「我也是。」

呂正午說：「有時候我也會選台看。」

楊小英說：「我也是我也是。」

眼看著這天又聊不下去了，可楊小英又起了勁：「我聽媽說，春生叔的爸……是個麻風病？」

呂正午腦子裡像突然掉下一隻秤砣，他動了動嘴，卻沒說出什麼話來。

幸而這當口，楊小英的孩子終於哭起來了。在母親那裡，孩子永遠是第一位的，於是，她草草地掛了電話，哄她的孩子去了。

呂正午鬆了一口氣，卻又有些悵然若失。

他抓緊給趙小橋去了電話。

那是一個座機號碼，一聽說找趙小橋，接電話的人就扯起嗓門兒喊「趙小橋」，「趙小橋！叫趙小橋接電話！」電話那邊十分嘈雜，聽上去應該是在一個工地，聽見遠遠的有人在喊：「誰找我？」這邊接電話的沒好氣地喊回去：「你他媽的接了不就知道了？」

又過了一小會兒，就依稀能聽見小跑而來的腳步聲了。

「誰呀？」趙小橋的嗓門很大，應該是太吵的原因。

「請問是趙小橋吧？」呂正午問。

「真的假不了。」趙小橋說。

「你是趙春生的兒子吧？」

那邊說：「是又怎樣？」似乎突然間氣不打一處來。

他說：「我想找到你父親，我想找趙春生。」

那邊說：「你找他幹什麼？」

他說：「他爹快不行了，想請他去送個終。」

那邊問：「他爹？」

他說：「就是你爺爺。」

那邊問：「我爺爺？還沒死？」

他說：「就這兩天了。」

那邊沉默了，只聽見背景裡那一片嘈雜。

呂正午只得又「喂」過去。

那邊清了一下嗓，又喊起來：「我找不到我爸了，估計他已經死在外頭了。」

「那……」輪上呂正午沉默了。

這樣，對方就把電話掛了。

想了一會兒，他又打過去。

看樣子那邊也並沒有離開，或許他料到這邊還會打過去，因為這回第一個接電話的就是趙小橋。

「又要咋樣？」趙小橋有點不耐煩。

「你爸不在，你可以嗎？」呂正午問。

「我？」

「是啊，你不是孫子嗎？爸不在，孫子也可以給爺爺送終啊。」

「我從來都沒見過什麼爺爺……我爸也沒跟我說起過他。」

「這有啥關係呢？現在不有人說起他了嗎？」

「我倒是聽旁人說起過，他大概是得了麻風病？」

呂正午感覺給噎了一下。他說：「這個不假，但他現在已經要死了。」

「切！你讓我去看一個麻風病？」那邊說。

「可他是你爺爺啊。再說了，他現在也不傳染人，你怕啥呢？」他說。

那邊又沉默了一會兒，才說：「你還是找我爸去吧。再說，我這裡也走不了人。」

呂正午問：「那我怎樣才能找到你爸呢？」

那邊說：「你自己想辦法吧。」說著就把電話掛了。

他只好再一次重撥過去。這回趙小橋卻已經離開電話機了，接電話的又不是他。聽說找趙小橋，那邊又扯起嗓門兒喊了幾聲，他又才回來了。「還想搞什麼？」趙小橋氣呼呼的，一聽就知道他的耐性已經瀕臨滅絕了。呂正午沒說自己想搞什麼，他問趙小橋是在哪裡，幹什麼工作，一個月能掙多少錢，有幾個子女，子女多大了。

趙小橋給問得一頭霧水，便又吼了一句：「你是誰，你到底想搞什麼？」。

呂正午說：「我是你爺爺的醫生，我要是找不到你爸，就得替他打聽一下這些，回去我好告訴你爺爺。」

趙小橋便呼啦啦把自己的情況胡亂扯了一通，便吼著說自己是在加班，再囉嗦他就要遭工頭罵了。說完便「啪」地扣上了聽筒。

9

真要是連趙小橋都沒法找到趙春生的話，呂正午能找到的可能性就非常的小了。再說了，誰又能保證找到了趙春生，他就一定能跟自己去呢？這些年來，康復村又有幾個病人在離開人世的時候得到過親人的送終呢？不耐煩的人，根本就不想跟呂正午談這事兒，稍有點耐心的，都只是為了警告他，最好別舊事重提，讓他們的下下一代還受那屎蛆的影響，一輩子身上都沾著屎臭，都不敢靠近人前。事實上說過「屎蛆」的只有一人，還是一個孫子輩的人說的，但呂正午卻永遠銘記了這個詞彙，而且每當遭到拒絕，就讓他想到這個詞彙。

呂正午只好寫信，寫給臨死，或者已經等不及送終就已經死去了的人。以他們親人的名義寫。這種信，都在他回去之前就準備好，一回村，就得用上。臨死時沒見到親人的面，能見到他們的信，也是好的。那等不及的，雖已經死了，卻總是磨蹭在奈何橋這邊不肯往前，能聽上親人捎來的幾句話，也能得到安詳。

掛了趙小橋的電話，呂正午關掉電視，開始寫信：

敬愛的父親，您好！

這些年，您雖然一直不在身邊，做兒子的卻沒有一天不想您。一晃幾十年就過去了，如今，您兒子也老了，也有了自己的兒子，兒子也有了兒子。這些年，年輕人都不刨地了，都在外面打工掙現錢了。您孫子一個月能掙三千，孫子媳婦也能掙一千多，日子過得寬綽了。對了，雖然計劃生育政策嚴格，但您孫子兩口子在外打工，依然能偷著生。老大是個姑娘，老二還是個姑娘，他們就在外面偷偷生了一個兒子。細牙子金貴，怕在外面帶不好，他們將他交給我，讓我好好帶著。我也的確好生帶哩，屎一把尿一把，我天天背在背上。可您老人家不知道，這輩子因為缺少您的教育，您兒子養成了好打牌的習性，改不掉。這天，老天爺終於懲罰了我，讓我在打牌的時候丟了孫子。您要是在跟前，一定會抽我耳光。該抽！我自己也抽我耳光。可抽完了耳光，我還得找孫子去呀。這下您應該明白了，這大半年，我都在找孫子呢。找不到孫子，我就沒臉回去見兒子媳婦啊！還好，就昨天，已經有了點眉目，通過公安局抓到的一人販子那裡追查，孩子有可能是他的同夥偷的，只要抓到了他的同夥，就有可能找到您曾孫子了。父親啊，只要找到了您曾孫，我第一時間就帶著他回來見您。

這輩子我們雖為父子，兒子卻一直沒能盡到孝道，兒子不孝，還望父親原諒。我知道，您也不希望我放棄您曾孫，我要是不能找到孫子，不能帶著他去到您的跟前，您又怎麼願意見我呢？這兩天，我分分鐘都守在派出所門口，我把全部希望都寄託在這幫公安的身上。他們要是找不到我的孫子，我就還得自己去找。您不知道，您曾孫丟了以後，我有多急，有多愧，有多悔，我把腸子都悔青了，我把頭髮全急白了。我要是找不回孫子，我只好到兒子兒媳跟前上吊了，我非得用我的命抵了孫子的命，才有臉去見您，去見趙家列祖列宗啊。

兒子這一輩子雖不成器，老了還養成了敗家的惡習，但兒子還有良心，還有孝道。聽說您老人家臨終前想見兒子一面，兒子巴不得長對翅膀立馬就飛到您老人家身邊，可是，可是您的曾孫子才剛有了點眉目，我實在不敢走開啊！父親啊，敬愛的父親，您就當兒子不孝吧，反正這輩子您也沒享受到兒子的孝道，您就當這個兒子不存在吧，兒子這輩子既沒為您養老，也不能為您送終，不就等於沒這個兒子嗎？您老走好！等我找到了孫子，我來陰間找您，到時候我給您磕頭，您讓磕多少就磕多少，您不讓起我就不起。還有，陰間那些罪，我都替您受。反正我也是一身的罪了，虱多不癢，在生我不能盡孝，死了來盡吧。

就寫到這裡了，祝老人家安詳！

此致

敬禮

不孝的兒子：趙春生
二〇〇五年六月六日

趙村長是聽完這封信才閉眼的。

他屬少有的那種對時限掐得很准的人。從他敏感到這個時限，到催呂正午出門，到呂正午回來，他掐好了三天時間。不管呂正午帶回來的是一個活人，還是像大多數時候那樣只有一封信，他都能等到那一刻。

果然只有一封信。看呂正午一個人進來，他就知道只能是這個結果了。他虛弱地笑了笑，那是在自嘲。他說：「村長的結果，也是一樣的。」或許是人之將死，也不管別人能不能聽見了？也或許，人一旦踏進陰陽之界，感官就進入到超自然狀態？反正他說話不再喊了，他的聲音聽上去非常虛幻，像來自很遠的某一個山洞。他跟呂正午出門前完全判若兩人，就像呂正午離開的不是三天，而是三十年。據朱迎香說，自呂正午一走，趙村長便水米未進，只等著上路了。呂正午很為自己沒能帶回他的兒子而愧疚，但他知道趙村長能夠理解，也能夠原諒。不知道為什麼，康復村的這些老人，全都是那麼善解人意。

呂正午什麼也沒說，只是從口袋裡掏出自己昨晚寫的那封信，認真折開，唸了起來。

這是呂正午這些年來總在做著的一件事情，即使他回來得晚了，床上的人已經咽了氣，他也要認真完成這個儀式。倘若有人走得不甘，死了還閉不上眼，聽他讀完信，就能安詳地閉上雙眼。事實上，這裡的老人們也都很有自知之明，都知道這樣的送別方式對於他們來說已經很不錯了。所以，往往也都很珍視呂正午的那封信。

趙大祥一直是微笑著聽完那封信的。那個微笑，成了他最後留給這個世界的一個表情。

10

康復村的人臨走時都有一副大棺材，統一的尺寸，一視同仁的顏色，這是康復村人的福利。剛開始那會兒，人人都引以為自豪，因為就他們所知，別村的人，可不一定人人死後都能得到這麼一副好棺材。剛開始那會兒，村裡人還多，那棺材越重，他們心裡就越滿足，因為越重就越能體現棺材的品質。

後來這些年，村裡的人越來越少，棺材的重就成了他們不能承受的優點了。孫大衛之前，這裡就依靠外村的人來抬喪了。

剃光了頭髮，洗淨了身子，穿好老衣，呂正午拿出了幾個新鮮物件。那是他專門從市裡買來的矽膠假手指和假腳趾。替趙村長戴上前，他讓朱迎香仔細地看過，還摸過。朱迎香很讚賞那一堆小東西，她說：「真像啊！」

呂正午說：「可不是嗎，越來越像了。」

康復村人總是缺點這，少點兒那的，臨走的時候，呂正午都儘量讓他們看上去顯得完整。作為康復村的人，在生時的殘缺不全是迫不得已，到了另一個世界，最好還是以完整的模樣示人。這是呂正午的想法。自他接了父親的班，他就是這樣做的。只是，以前的那些假肢，看上去並不如希望的那麼好。而趙村長的這些假手指、假腳趾，卻是逼真得很。

看著他一個一個小心翼翼地替趙村長戴上，朱大娘忍不住讚嘆：「趙村長是趕上好時候了。」忙活完了，呂正午直起身來欣賞他的傑作，也邀請朱迎香一起欣賞。他們都覺得，不仔細的話，還真看不出是假的。那之後他們都不經意地看過趙村長的臉一眼，潛意識中，都希望他也很喜歡這些小東西吧。

接下來，朱迎香替趙村長穿老鞋，呂正午去下門板。康復村人，一人一間屋，一間屋一扇門，死了都用自己的門板停屍。

門板用兩高腳板凳架了，鋪上床單，放上壽枕。呂正午和朱迎香將著裝整齊的趙村長抬上門板，讓他以最舒服最尊嚴的樣子躺了，用老被蓋了身體，草紙蓋上臉。然後，朱迎香去準備油燈，呂正午準備出村請人。

呂正午回到山頂，背上掛包下來，朱迎香已經在門板底下放上了油燈。人死了，去的地方黑暗，一開始都不適應，得替他點個燈照明。

看看這裡都停當了，呂正午跟朱媽媽招呼了一聲，走了。

烏潮窪生得非常特別，三面環山，一面是河。山是那種高山，是喀斯特地貌中最能叫山的山，有懸崖，有梁子，所以人們寧可在另一面架橋，也不願往那三面去翻山。康復村連接外面的路是一座鐵索橋，幾根鋼索兩邊扯了，鋪上木板，走起來晃來晃去的那種。

最近的村子叫河灣村，原本緊靠著康復村跟前這條河，有了康復村後，村裡人嫌離麻風病人太近，便都把房子往遠了移，逐漸地就把村子挪出河灣去了。但村子依然叫河灣村。這也沒什麼大不了的，就喪事而言，河灣村有道士，有抬喪的，要啥有啥，這才是最重要的。只要呂正午不講價錢，他就不用跑別的路，只在河灣村就能把要找的人找全。可他們往往要價又都超出了呂正午的預期，也遠遠超出了康復村的治喪標準，這都是因為死人很特殊。死人是麻風病人，他們去抬喪，去做道場，那都是要擔被傳染的風險的。你說他們已經不傳染了，是不會有人信的。他們站在離呂正午一米遠的地方跟他討論著風險和後遺症（他們做完這活，得很長一段時間遭到別人的歧視和嫌棄）的問題，直到呂正午在他們提出的價錢面前妥協了，才會跟他走。

這一次，河灣村竟沒有一個年輕人在家。但老人們雖老，卻並不降價。而且他們還拿當年包穀種的價和今年包穀種的價來做比較，比孫大衛那會兒上漲了很多。因為人老了，身體裡的力氣就少了，他們還建議呂正午多請幾個人。孫大衛死那會兒，去的是八個人，那是抬喪的標準，寓八抬大驕的意思。他們中間有人曾抬過孫大衛，甚至更前面的也抬過，所以他們知道康復村人那副棺材的重量。這一次，他們估算得十個人才能抬得動那副棺材。所以，他們建義呂正午請上二十個人。因為他們即便是十個人，也沒法一口氣堅持走完全程，中途得有人換肩。

康復村人都有一個集中的墓地，叫陰村。呂正午試圖以改變趙村長的去處為由，跟他們討價，說他們可以將趙村長埋在近一點的地方，大路邊，那樣就省勁很多。可他們一聽就炸開了鍋，說，那哪行啊？康復村的人死了都在陰村，趙村長是村長，不去陰村哪成？說，再說了，死人埋在哪裡，你呂醫生說了不算，任何人說了都不算，得道士先生說了算。

但呂正午其實心裡清楚，他們心裡想的，又是另一回事。

原本見呂正午進了村，那道士就知道自己的活來了，早一邊坐著抽煙呢。等抬喪的人議好了價，就該輪到他了。這會兒大家就都看向他，問他，是吧？

他也就慢吞吞吸吐完了那口煙，才說：「其實，也不是我說了算，是死人的命說了算哩。」

呂正午笑，他說：「照先生這麼說，那康復村的人都一個命啊？」

道士也笑，依然慢條斯理，他說：「要不是一個命，他們為啥子會一輩子聚到一起，還一個下場？」

這都帶著哲理了，呂正午不得不服了。那就照他們說的價定吧，這人都沒了，就不要在乎送葬那幾個錢了。

道士先生卻順杆爬。他要的是五年前的兩倍的價，而且要的是兩份。他保證自己並沒有坑呂正午，他讓在場的村鄰證明，他眼下掙的就是這個價。至於雙份兒，那是因為他的弟子不幹了，進城了，他得一個人做兩個人的事。這意味著，三天道場，他得白加黑黑加白地做，得三天沒囫圇覺睡。

道理在那兒擺著，呂正午也只能認了。要他徒弟在，你請兩人，不也一樣是兩份工錢嗎？

談好了價錢，人們便表現得積極起來。搶著時間回家換上破衣服，就跟呂正午走了。換破衣服，是為了從康復村回來，燒起來不可惜。到康復村掙過了錢的那身衣服，是沒人會留下的。每一次，呂正午都覺得自己要帶回去的，是一支丐幫的隊伍。但你不得不承認，這幫人倒還保留著他們最根本的東西，那就是本分和厚道。他們只要跟呂正午來了，就會把事情做得一絲不苟。他們平平穩穩地抬著死人上路，即使中途換人也決不讓棺材碰到地面。那道士，也真是不折不扣地做了整整三天三夜的法，把該兩個人唸的經一個人唸了下來。那真是，把眼睛也熬紅了，把嗓子也唸啞了。而據他自己說，還大傷了元氣。所以他額外跟呂正午要了一罐「麥乳精」，他說：「改天你得給我買罐『麥乳精』補身子。」

不管如何，當陰村多出一個新的墳堆，當道士唸完最後一句經，趙村長也就安息了。

呂正午和朱迎香都鬆了口氣，可縣皮防中心主任卻批評了呂正午，因為趙村長的喪事用費超了標。主任很年輕，比呂正午還年輕。那會兒我們已經提倡領導幹部年輕化了。更年輕就意味著思想更解放更超前，他說：「時代在變，我們習俗也可以變。」

他說：「以前得做三天道場，那是人們的思想都還很封建。現在，人人都解放思想了，為什麼不可變成一天，甚至把道場免了？」

他說：「別人不相信人死了就是泥巴一堆，難道村長也不相信？村長沒那個覺悟，難道你呂醫生也沒那個覺悟？」

呂正午試著插了句嘴，說：「再怎麼，也得公平吧？」

主任就閉眼做頭暈狀，末了又露出狡黠的笑，壓低了聲音，像說什麼祕密一樣說：「人都死了，他咋知道公不公平？」

又說：「這一次，多出來的錢得扣你的工資來抵，你覺得這公不公平呢？」

這皮防中心，原本是因麻風病醫院而生的，隸屬於建國初期的皮防系統。而這個皮防系統，正是因為我們建國初期的時候有五十多萬麻風病人，皮膚病便被看成了新中國醫防的重中之重，於是，我們特別設立了一個與普通衛生系統區分開來的垂直系統，叫做皮防系統，專門搞皮膚病防治。因而，哪裡有麻風病醫院，哪裡就有一個皮防中心。但到了八十年代中期，我國麻風病已再無新增病例，縣級以下的皮防中心便被當地疾控中心收編，成了縣防疫站的一個科室。再後來，縣防疫站也順應了新的醫改大潮，將皮防中心搞了承包。呂正午遇上的這一位皮防中心主任，正是剛被承包的皮防中心的主任，所以，我們就別怪他那麼勢利了。

11

呂正午的鬧鈴在六點鐘準時響起，他照樣是驚夢亂飛。在收拾殘夢的那會兒，他竟然撿到了一個有楊小英的碎片。他拿著那個碎片發了會兒呆，其它碎片便飄走的飄走，化掉的化掉了。最後，只剩下他手上那一片。有楊小英的那一片。

起床、關鬧鐘、疊被、穿衣服，習慣性地規整一下本來已經很整齊的書桌，然後從門背後拿下白大褂抖抖，穿上，走向檔案櫃。眼前那一格，只有一個檔案本。是朱迎香的。趙大祥的那一個，已經封存起來了。

他感覺今天這個早晨，跟前面那些早晨多少有點不同。但出門後，他還是一路口哨。

朱迎香那會兒在正在村子裡轉。趙大祥走了，她主動撿起了早上的巡視工作，把村裡那幾排土牆房都查看上一遍，踩踩馬陸，搗搗蜘蛛網。她的身邊，依然跟著她從山裡撿回來的那條叫天麻的土狗。

聽到呂正午的口哨聲，她加快了進度，草草收了工，和呂正午同時抵達房門口。

她進門脫衣服。呂正午進了門照例要替她把門關上，她說：「不用關了。」呂正午明白她的意思，就停下了。門只關了一半，之後就那樣半關半掩著。

呂正午照樣用的是要把朱迎香那身蛤蟆疙瘩數清楚的態度，進行著每天早上的例行檢查，朱迎香跟他扯著閒話。

「今天花河趕集，早飯後，把牛牽去賣了吧。」她說。

「嗯，你不想放牛了？」呂正午漫不經心地問。

「我也要走了。」朱迎香說。

「嗯？」呂正午弱弱地嚇了一跳，這趙村長剛才走，她怎麼又要走了？

「我老家還有個侄女，我親哥的姑娘。我哥只那一個姑娘，就招了上門女婿。聽說那上門女婿為人很好，跟鄰里關係都處得不錯。我哥雖然沒了，但我親嫂子還在，不怕他們不認我。我想回老家去。」朱迎香說。

「認歸認，你敢保證……他們會收留你？」呂正午轉到她身後，開始檢查她的後背。

「這些年你幫我賣了那麼多藥材，我有些積蓄。我給錢。」朱迎香說。

儘管朱迎香用的依然是閒聊的語氣，可這句話還是把呂正午震了一下。他停下來，很認真地扭過頭看了看她的臉。人們在不太相信對方的一句話的時候，往往都想求助於表情。

朱迎香卻在衝他笑。她的表情在說，這是件十分尋常的事情。

「那又何必呢？」呂正午繼續檢查。

「你一個醫生守一個病人，荒廢。」朱迎香說。

「就為這個？」呂正午說。

「你也老大不小了，該成家了。我走了，你也走吧。回到縣裡，做個不招人嫌棄的醫生，好好地找個媳婦成個家。」朱迎香說。

「歷史就是歷史，到哪裡我都是治過麻風病的醫生，而且還是這麻風村長大的，不招人嫌棄是不可能的。我爸就是個例子，你又不是不知道。」呂正午小心地切下一片皮屑，放進玻璃管裡，說。

「你爸是你爸，你還年輕得很嘛。」朱迎香說。

見呂正午沒有反應，又說：「那你難道就打算打一輩子光棍？」朱迎香顯得有點生氣。但跟著她又出起了主意：「你找那對你不熟悉的姑娘嘛，先不告訴她你的底細嘛，結了婚，生米煮成了熟飯，她嫌棄也來不及了。」她正穿衣服，呂正午正做登記，沒及時應答她。做完登記，呂正午腦子裡便閃了一下楊小英的樣子，於是他告訴朱迎香：「你別說，我還真遇上一個人。」

「啥人？」朱迎香瞪了眼問。

「她說她想嫁個醫生。」呂正午說。

「她說這話的時候知道你是醫生？」朱迎香繼續瞪著眼問。

「我沒說我是醫生，是她猜的。她說她原來也想做醫生，但沒考上醫專。所以，自己沒當成醫生，她就想嫁個醫生。」

「啊呀，這是人家在跟你表態吧？你們都發展到啥程度了？」

「就互相知道了名字。」說著這話，呂正午的腦子裡又浮現出那個夢的碎片，那個特寫的楊小英的笑臉。於是他告訴朱迎香：「她很愛笑。」末了又加強了一句：「可能是因為她的牙好看吧，她老愛笑。」

朱迎香「噗嗤」笑道：「這就好了，這我就放心了。抓緊回去吃早飯，今天就去賣牛，明天送我出山。」

可吃完早飯，呂正午卻沒去賣牛。他把牛牽出去放了一個上午，就牽回來了。他撒謊著牛不敢過橋。

朱迎香說他扯謊，牛來的時候，也是從那橋過來的。

他說，那是小時候，小時候膽大，現在它老了，走上那搖搖晃晃的鐵索橋，眼花，不敢。

朱迎香沒做過多計較，由著他吧，反正她一走，這康復村就空了，病人都沒了，醫生也就留不下了。那牛，遲早也是得賣的吧。

那下午，他們為牛割回兩大背青草。第二天臨走前全放牛圈門口，這樣它就挨不了餓。狗食也準備了兩天的。但天麻看出了狀況的不對勁，送行的時候一直在「嗚嗚」，眼神也比平時稠。要不是那座晃來晃去的橋讓它發怵，它是要一直跟著的。它在橋頭望而卻步了，還一直盯著那兩個家人的身影哼哼，直到他們過了橋，回頭跟它作別。

朱迎香說：「回頭，你讓天麻也跟你去縣裡吧，你肯定捨不得隨便把它送人的。」

呂正午說：「嗯嗯，再說吧。」

朱迎香看他一眼，以為他是在這個問題上猶豫。她試著問他：「那……要不，我把它帶走？」說著就做出要放下包袱過去接狗的樣子。

呂正午問：「為啥？」

朱迎香說：「你不是為難？」

呂正午說：「為啥難，你一走，我就只剩下它了，那頭老牛又笨，說個話它都聽不懂。」

朱迎香鬆了口氣，說：「老牛不笨，是你跟它不熟。」

呂正午說：「哦。」

這就要走了，朱迎香又來了勁，說：「當年，你爸就是在這裡撿到的你。當時他正從縣裡回來，一到橋頭就看見了你。」

呂正午說：「當時是正午，所以爸給我起名叫正午。」

兩人相視一笑，接著走路。

12

呂正午突然又想起了楊小英，準確地說，是想起了楊小英的孩子。就因為他也曾是一名棄嬰，所以當時楊小英說起她母親要將孩子扔掉的時候，他心裡會一緊。所以這會兒朱迎香提起他的歷史，他會想起那個孩子。這是典型的同病相憐。那孩子不會真給扔掉吧？把我扔這兒的是誰呢？是外婆還是母親？我的母親又是誰呢？呂正午總是在這個問題跟前猛然剎車。他從來沒跟任何人打聽過他的母親是誰，也從來沒人在他面前提起過關於他母親的話題。父親叫呂曉東，他叫呂正午，他有父親。呂曉東沒有別的孩子，也沒有老婆。因為他是一名麻風病醫生，沒人願意嫁給他。康復村不止他一個醫生，但別人都是流水兵，來一陣兒就走了，來一陣兒就走了。這麻風病不僅外人害怕，就連麻風病醫生也害怕。因為沒人願意長期留下，呂曉東便長期留下了。有了呂正午，呂曉東就有了一個家，但呂曉東自己不會帶孩子，病人們便幫著他帶。康復村就是一家子，誰也不嫌棄誰。

呂正午就在一堆麻風病人中間長大，又穿著罩衣戴著口罩上完了小學初中，衛校畢業後又回到這裡接了父親的班。他作為醫生分回烏潮窪康復村的那個時間，也曾有三兩個別的醫生陸續分來，但那些個醫生就像是來旅行一樣，玩膩了那座鐵索橋，賞完了這裡的風景，便都離開了。

父親退休後也回了縣裡。他在那裡有一間十五平的紅磚房，是縣皮防中心分的。他把康復村交給了兒子，企圖重新回到社會。他像所有退休老人那樣，早起買菜，上午逛公園，哪裡人多，往哪裡扎。可到最後他發現沒有人願意跟他交朋友，沒有人敢來串他的門。他若主動一點，別人就退避一點。人們可以跟他說笑，跟他閒聊，但決不跟他坐一起喝茶，決不跟他扎堆打牌。因為他是位醫生，人們也都敬著他。但又因為他是一位麻風病醫生，人們又都敬而遠之。

後來，他乾脆又回到了康復村。兒子業務上還不夠精熟，他正好可以帶帶他。他每天陪著兒子做病人的例行檢查，幫他打下手，有時候，還同他一起去縣裡送檢。

就這樣又過了十年，有一天早上他再沒醒來。呂正午將父親葬在了陰村。這不是父親的遺囑，但他相信，跟病人們在一起，父親會更自在。

坐上去縣城的班車，兩人挨著，朱迎香突然沒頭沒腦地說：「假的。」

呂正午用眼神問她，什麼假的。

朱迎香笑，說：「你那些信，全都假的。」

呂正午驚訝：「怎麼是假的？」但他其實驚訝的是她怎麼知道是假的。

朱迎香一直在笑，像不打陰的太陽：「都知道是假的。」

呂正午啞然，愧形於色。

朱迎香不笑了，她嚴肅起來：「你做得很好，我們都很感激你。」

呂正午蠕動了兩下嘴，沒說出什麼來。

朱迎香又笑了，她說：「我就不用麻煩你那麼費心了。」

呂正午臉上笑著，心裡卻在呻吟：她侄女能收留她嗎？

13

第二天下午時分，他們到達了朱迎香老家。遠遠見了半隱於竹林裡的那間土屋，朱迎香就激動起來，連說到了到了。因為心急，腳下竟有些不穩。近了，她又看出了變化：「我出去的時候，頂上是草，現在是瓦。」

一條長得跟天麻非常像的土狗，歇斯底里地衝著他們狂吠。屋簷下坐著一老人，卻根本感覺不到。朱迎香攆著狗，一步步走近那老人，問：「嫂子？」敢情那老人不光耳聾，眼睛也迷糊。看面前杵著兩個人影，瞇眼看了半天，才扯著大嗓門兒問：「你們找哪個？」

「我是迎香啊！」看明白是怎麼回事，朱迎香便自然提高了嗓門兒。可狗依然叫得很凶，她懷疑對方依然聽不見。

她扭頭告訴呂正午：「我十四歲就去了康復村，那時候哥還沒娶她，她又是外村人，根本不認得我。」

一提康復村，她便下意識地緊了緊衣服。她其實很安全，下巴跟前的扣子都扣上了。呂正午嫌狗礙事，從口袋裡摸出半邊車上吃剩下的饅頭賄賂過去。狗撿了饅頭，果然就閉了嘴。吃人的嘴軟，吞下那半邊饅頭，它也變得平和多了。

朱迎香還在費力地跟她的嫂子講話，試圖告訴那皺得像個乾核桃似的老人，她是誰。呂正午杵一邊沒事，倒是很欣慰地發現，朱媽媽跟她嫂子比較起來，要富態圓潤得多。

這當口，他們身後出現了一位中年婦女，懷裡抱著幾個小南瓜。看狗的姿態，就知道她是這屋的主人。朱迎香則一眼就認出那是她的親侄女，第一時間竟生了撲的衝動。不過這個衝動還在萌芽狀態就給她自己掐滅了，她突然記起了自己是從哪裡來的。她激動地緊著衣服，嘴上親昵地叫著她的名字。她叫小敏，朱迎香只記得這個小名。小敏卻不認得朱迎香，因為她從來就沒見過這位姑姑。她用懷疑的目光看著兩位來客，卻又真誠地送上懷裡的瓜，說：「吃黃瓜。」原來南瓜下面還藏著幾根黃瓜。

呂正午禮貌地撿了一根，想想又為朱迎香撿了一根。朱迎香不吃黃瓜，她忙著說話。

「我是你姑啊，小敏。」她說。

「你爸沒跟你說起過我？」她說。

相比她過度的熱情，小敏卻顯得稍為有些冷。她兜著那一懷兜瓜進了屋，把它們安全放下了，才又出了門，抖巴著瓜們可能留在衣服的泥巴，問：「你們是從哪裡來？」

朱迎香打了個頓，一句話給她掐在了舌頭底下。

呂正午說：「我們從康復村來。」

小敏又問：「你們來做啥？」

朱迎香說：「我回老家哩。」她的臉上突然起了陰雲，像要下雨。這裡曾經也是她的家，她的底氣正來自於這個。

小敏似乎也突然意識到了這一點，她在支吾。她說：「我是聽說過姑，但……不是……」

朱迎香說：「我已經好了。完全好了。」

她很響地拍著自己的胸脯，但襯衣下面那硌手的蛤蟆疙瘩卻又讓她有些洩氣。她說，你看看，我像病人嗎？但這句話已經不是那麼硬氣了。好的是她還有呂正午，呂正午及時地站出來替她做了證明，說她真的早就康復了，說他是她的醫生，他敢保證這一點。況且他還有醫院證明，證明上還蓋著「烏潮窪康復村」的公章。

可小敏只瞟了一眼那個證明，並不放在心上。誰證明都沒用，「痲風病」就是鬼，鬼死了也還是鬼，沒人不害怕鬼。

情急間朱迎香想起了錢，她兜裡揣著一筆不小的錢。這可是她積攢了二十多年的錢，這二十多年它跟她相濡以沫，比一起生活了二十多年的老夫妻還要相親相愛。這會兒，正是它那溫柔的安撫，讓她變得溫和起來。

她說：「我老了，要回來養老。」

她說：「我有錢，我不會白吃白住。」

話說到這份兒上，小敏終於就有了反應。是錢刺激了她的神經，令她活躍了起來。她說：「姑說的啥子話呢，見外了。」她的目光閃了兩下，像撞了兩下有毛病的火機。

說：「這裡就是姑的家哩，你住這裡吃這裡，都是正該的哩。」

這話朱迎香愛聽，聽完了便掏出了她的積蓄，揣到了侄女的手裡，回頭就衝那耳聾的老人喊道：「老嫂子，這回我給你做伴！」

老人也沒聽真切，但她回答了她。「啊哦！」老人說。

小敏假裝要把錢還給姑，但伸到半途又縮回去了。看上去她突然意識到還不還錢已經不重要，重要的是她得下決心收留老姑姑。錢一直握在手上，她一直掂著它的分量。促成他下決心收留老姑姑的，正是它的分量。她很果斷地甩了一下頭，這就把那些鬼念頭甩到了爪哇國，跟著她便果斷地把老姑姑迎進了屋。

小敏將老姑姑的包袱放進了堂屋後面的一間小屋，那裡通常是臥室。那意思，是朱迎香從此就可以睡那間屋了。看她拎著包袱進了那屋，朱迎香衝呂正午露出了勝利的笑容。

她對呂正午說：「你回吧。」

呂正午正吃著那根黃瓜，他決定吃完了黃瓜再回。

他說：「過陣我來看你。」

朱迎香說：「看啥看，做你的正事去。」

他知道她說的「正事」指的是什麼。他笑。

這當口，他已經吃完了黃瓜，小敏也放好包袱出來了。於是他謝過了她的黃瓜，跟大家一一告了個別，走了。

14

當晚住在縣城小旅館裡，呂正午一門心思想著楊小英。於是，煎熬到八點半的時候，他終於照著手機上楊小英的那個來電號碼撥了過去。接電話的是個男人，聲音還沙啞。聽說他要找楊小英，就問他「哪個楊小英」。意識到不對，他問那邊是哪裡，那邊說是沙田，他便說他就找沙田村的楊小英，可人家說他那邊是沙田鎮，不是沙田村。又說：「沙田村屬沙田鎮管，但它們各是各的地方。」

這就明白了，楊小英是從沙田村到沙田鎮用公用電話打給他的。

很遺憾，他若一定要找到楊小英，看來只有直奔她家了。直奔她家也好，還能看看那孩子。楊小英是不是已經留下孩子，自己進城了？那樣的話就只能見著孩子了。但總可以通過她母親得到楊小英的聯繫方式吧？她母親，她母親不會已經把那孩子扔了吧？就像當初我被扔掉一樣。我也是被狠心的外婆扔的呢，還是母親扔的？我的母親是誰呢？她現在在哪裡？我要不要去找一下……

多數情況下，頭天晚上颳過的頭腦風暴，都不會影響我們第二天醒來後的正常生活。就我們這顆腦袋而言，白天有白天的思維秩序。記起昨晚那些胡思亂想，呂正午忍不住在心裡自嘲了一番。完了該幹嘛還得幹嘛，他得回到康復村，將那些病人檔案收拾裝箱。沒了病人，康復村就該撤了。

馬不停蹄地趕了一天的路，天黑時他回到了康復村。天麻在橋那頭迎接他，昏暗中像一個跳來跳去的光團。那傢伙從來沒經歷過村子裡沒人的孤獨和淒涼，這會兒見了呂正午，激動得直嗚咽。待呂正午過完橋，它便抓住他就不放，生怕他再離開它似的。呂正午一邊安撫著它，一邊抓著它的兩前腳，像攙扶一個學步的孩子一樣拖拖拽拽向前走，走了一段兒，看天麻實在是走得困難，他才把它放下了。那之後，天麻便腳前腳後地貼著，儘量像長在他身上的一樣。

康復村沉寂得像個夢境，黑暗中，那幾排土屋顯出從來沒有過的陰森。呂正午知道自己得趕緊上前去打開路燈，只要有了燈，村子就能活回來。

緊趕慢趕，他終於摸到了路燈開關繩，「哢嚓」一聲，路燈亮了。人和狗都鬆了口氣。

村子裡一共六個路燈，分別安裝在每一排房屋的兩頭。呂正午將它們全部打開，康復村也就徹底活回來了。他沒等放下行李，先去看老牛。老牛或許是不怕黑的，正懶洋洋地反著芻。他們臨走前備下的青草已經給它吃完了，水也喝乾了。呂正午從旁邊抽了一把乾草給它，又為它添了水，才開始上山。

不用說，天麻一直跟著。

天麻一直都是朱迎香在喂，所以平時多數時間它都睡在朱迎香的門口，只是偶爾跑上山來跟呂正午過夜。在呂正午這裡，它睡床邊。它和呂正午的貓要好，貓睡床上，它睡床邊，睡前呂正午會看會兒書，一貓一狗就有一下沒一下地撩鬧一會兒。

貓天生就喜歡孤獨，也喜歡黑夜，所以並不像天麻那樣反應強烈。三天沒見，它依然是優雅地邁著貓步走過來，在呂正午褲腿上蹭幾下，嗲上兩聲，告訴他，它的飯吃完了，僅此而已。

呂正午做了一頓飯，人貓狗一起吃了晚飯，洗洗上了床。被單鋪得平平整整，貓跳上去弄皺了，他又伸手撫撫。卻並不責怪貓。貓也不管那麼多，跟床邊的天麻鬧，拿巴掌去敲天麻的頭，天麻不理會，它就一直敲，天麻一有回應，它便立即躲，被單就又皺成了一團，呂正午便又伸手去理。他在看書，但偶爾伸手理一下被單並沒影響。他理被單，貓便改躺為坐，屁股放到床沿，故意拿個尾巴去掃天麻的臉。天麻閉著眼由著它掃，它看上去甚至很享受。等主人抻平了被單，貓收回了尾巴，又換躺了，還拿爪子去撩天麻的頭頂。天麻一開始照樣一動不動，後來突然一起身，貓駭得像彈力球樣一彈老高，完了就把腰拱成老橋，別著個身體，豎了一身毛，擺了個打架的姿勢。這一點最令天麻鄙視了，大驚小怪。貓就是這樣，天生頑皮，但你真要跟它玩，它又是最玩不起的那一個。天麻咕噥一聲，重新躺下，貓又才把腰放平了，把毛也順了回去。它還要繼續鬧，呂正午卻衝它說要睡覺了。呂正午說要睡覺了，意思就是叫它們不要鬧了。於是，當呂正午再次抻平了被單，貓便老老實實臥下。

呂正午關了燈，睡下了。

15

次日早晨在鬧鈴聲中醒來，呂正午依然在鈴聲的喧鬧中發了會兒呆，才下了床。可等他折好被單，抻平床，又去穿門後的白大褂，才意識到今天跟二十多年來的那些早晨不一樣了。貓應該早就神遊去了，狗還老老實實趴床邊盯著他。

他走到檔案櫃前，拿出朱迎香的病歷本愣了一會兒，又放了回去。他開了門。因為手上沒了東西，他不知道手該往哪裡放。想了想，最後把它們背上了。他依然打著口哨下山。天麻的情緒不是很高，在他身後跟得悄無聲息。

下了山，看過了老牛，他開始在村子裡巡走。就像當初趙村長每天早晨那樣，從第一排房屋開始，一間一間地走走，看看。照樣有很多蜘蛛網，他也伸手撈，給它扯個稀巴爛。照樣有很多馬陸，他卻不敢踩。那玩意兒他見了頭皮就發麻。於是他叫天麻踩。他指著馬陸衝天麻喊：「踩！踩死它！」天麻就真伸出爪子去踩，但事實上那叫拍，力度總不如踩，馬陸沒一下子給踩成肉醬，只是給拍昏了，拍傷了，醒過神來還想逃，天麻只好動了嘴，拼命齜著牙，用牙尖叼起甩甩趕緊扔掉，如此幾下，也能將馬陸送上西天。呂正午表揚了天麻，說要給它記功。

那天吃過早飯，呂正午和天麻一起放了一上午的牛，回來又上房撿了孫大衛那間屋的瓦。原本打算吃過午飯就開始整理檔案櫃，可這時候，他突然又特別渴望去找楊小英了。

他跟天麻說：「看來，老牛還是得賣了。」

算算，明天正好又是花河趕集呢，那明天就去花河賣牛？

第二天吃過早飯，呂正午便牽了牛去趕集。牛老了，走得慢，他也不急那一會兒，跟著它晃悠。天麻發現了一條蛇，烏梢蛇。呂正午也看到了。但當天麻要去追，那蛇黑影一閃就不見了。天麻在附近的草叢裡轉了半天，也沒找到。呂正午沒理會那事兒，他打著漂亮的口哨，手上甩著半截牛繩，牛若是想偷個嘴，他也由著它。就這樣搖晃了半天，他們才來到了橋頭，呂正午依然打著口哨晃悠著朝前走，臨了卻給牛拉了回來。

原來，老牛果真不敢過這橋。

呂正午覺得這多少有些巧，想笑，就笑了。他衝著老牛喊：「你果真怕？」

老牛扇了兩下耳朵，眨了一下眼。他就當它是回答了。

呂正午打了兩聲「哈哈」，拍頭問天：「這可怎麼辦？」

老牛卻已經向後退了。看樣子，站在橋頭也令它眼花。

呂正午試著拉住它，還想動員它試一下。他說：「你試一下，一點都不怕。」他站橋頭跳了兩下，輕快地晃給它看。但牛給他那兩下驚著了，不管鼻子給繩子勒著有多痛，它逃了。這會兒它看上去完全沒了老態，四蹄跑起來可快了。天麻跟在牛屁股後面追，頭卻始終向著身後，看著呂正午，一副幸災樂禍的樣子。

看來這牛是賣不成了，呂正午只好跟它們後面回村。

「那我只好跟你請假嘍！」他衝著牛屁股喊。

牛像是聽懂了這話，腳步竟慢了下來。它實在是跑累了，呼哧呼哧，喘出的氣流能把地面吹出個坑來。

那天下午，呂正午決定不再去想楊小英。他認認真真將幾櫃子病歷檔案裝了箱，等著向中心匯過報，讓中心派人來搬。朱迎香的檔案暫時得放在一邊，她最後那個切片報告還沒歸檔。他尋思，要麼明天去站裡拿回報告，要麼乾脆等這裡撤回去的時候再拿，反正這些檔案到時候也是存在中心，倒免了拿來拿去這趟周折。

晚上的時候，他又把自己的書和雜誌也都裝了箱，封好。康復村要是撤了，他也得撤，打包是遲早的事兒。

睡覺前，他還是決定要去一趟那個叫沙田村的地方，因為他一閑下來就忍不住要去想楊小英，而只有那裡才有可能找到楊小英。

這天早起為老牛割回了兩大背青草，備足了水，又安頓好了貓狗，他上路了。不過，到了縣城，他又猶豫上了。真要去找楊小英？去還是不去呢？去還是不去呢？他一路問著自己，從車站走出來，又吃了一碗牛肉粉，最後決定不如先去拿朱迎香的報告。他喜歡整齊。報告拿回去歸了檔，那才叫整齊。

就打了個車去了中心。

化驗室的小劉正看著一本書，懶得理他。他歪下頭看了看那本書的封面，也沒看清是什麼書，而且也並不那麼想知道是什麼書。待取的報告單都放在窗前的一個紙盒子裡，他自己從中找到了朱迎香的報告。正要走，小劉突然抬起頭問他：「你那兒只剩下一個病人了？」

他想說一個也沒有了，但想了想，卻又反問回去：「你怎麼知道？」

小劉銜他手上嚕嚕嘴，又挑起一個嘴角笑了笑，這不就明白了？

於是他也笑。

小劉說：「等他們死完，你準備去哪裡？」

呂正午不笑了，他不喜歡小劉這樣說話。

小劉乾巴巴笑了一下，說：「回這裡？還是另謀出路？」

呂正午說：「另謀出路？」

小劉看看四周沒人，壓低了聲音用力說：「我聽說中心馬上要優化組合了。什麼叫優化組合？就是優勝劣汰吶。你我這樣的，肯定是淘汰對象了。」

呂正午一時間無法接受自己屬「劣」的說法，急得問了句「為啥」。

小劉認真看了看他，又用這個時間認真想了想，用只有他們兩人能聽見的聲音說：「除非你願意同他們一起做缺德事。」

呂正午還是那副傻頭傻腦的樣子，喃喃道：「缺德事？」

小劉用眼神示意他去看窗口的另一個紙盒子，那裡裝著一堆化驗報告單。呂正午隨意翻看了一下，沒看出什麼所以然來。

小劉說：「這是返回來的報告單，要我重做。」

她把身子向著呂正午傾過來一點，說：「他們要我做假。要我把這些只是得了黴菌感染的人，全做成淋病、梅毒、甚至艾滋病，這樣中心才有錢賺。」

她在那只盒子裡毛毛躁躁地翻出一張報告單來，遞到呂正午眼前，說：「這一位，明明生的就是扁平疣。」不等呂正午接，她又將它放回盒子，拿起了另一張。「這一位，僅僅是黴菌性陰道炎。」

她說：「中心馬上就要多出一塊牌子了，叫『道縣艾滋病、性病治療中心』。主任說了，找個好日子就掛牌。」

說到這兒，小劉竟笑了，那是一個幸災樂禍的笑。她說：「你的麻風病已經過時了，你回到這裡，就沒你的事兒了。」

完了又變嚴肅了。她說：「反正我是不想在這裡幹了，我怕缺德事幹多了，沒有好下場。」

她說：「我男朋友也支持我另謀出路。」

呂正午認真想了一會兒，又點了點頭。拿了報告走人的時候，他竟是一副沒了魂兒的樣子了。另謀出路？出路在哪裡？一出中心大門，他又想起了楊小英，真要去找楊小英？去還是不去呢……

他感覺楊小英就像隻風箏，然而線卻並沒有拽在自己手上，他就那樣跟著追，跟著追，一路追著到了車站，又站到了售票窗口前，裡頭問他去哪裡，他隨口一說，說的竟是去朱迎香老家的那個方向。正發愣，票已經遞出來了。他給了錢，又接了找回的錢，愣愣地拿著票走出來，哭笑不是。

「既然是這樣，那就先去看看朱媽媽吧。」他對自己說。

但信念總歸不穩，他還得加強一下自己的思想工作：你總不能把朱媽媽扔老家就不管了吧？這都一個星期了，你不正該去看看她？看看她到底在那裡待不待得下去，她侄女對她怎麼樣？

這樣一來，心也就安定下來了。大不了從朱媽媽那裡回來，再去找楊小英，反正我現在有的是時間。他想。也就是推遲兩天而已。他想。從朱媽媽那裡回來，得先回去招呼一下老牛和天痲，那也頂多耽誤兩天時間。他想。反正我現在有的是時間。他想。

16

他到達朱迎香老家的時候，是傍晚時分。夕陽掛在天邊，像老天爺下巴上的一顆朱砂痣，晚霞將半個天空燒得通紅，以至於呂正午感覺自己像掉進了一桶紅湯。

那條狗已經認識他了，所以見了他也就只吠了兩聲。況且這一次他還專門為它準備了禮物，而且還是它做夢也不敢想的火腿腸。乾核桃樣的老嫂子永遠坐在堂屋門口發著呆，狗叫她也聽不見，呂正午不走到跟前她也看不見，所以她完全沒有知覺。呂正午擺平了狗，走到她眼鼻子底下，對著她耳朵喊話，她總算是活過來了。

「你來了？」她喊著問。

「我來了。」呂正午也喊。

「朱媽媽呢？」他又喊。

老人機械地轉了一下身子，指了指屋裡。呂正午照著她指的方向看進屋，卻沒看見朱迎香的身影。

老人說：「怕。怕她傳染。怕別人曉得她在家裡，不好！」她說起話來竟有你意想不到的力氣。

呂正午心頭閃過一片陰雲，就看到了一把鎖。正是那間屋子。香龕後面那間屋子。來的那天，小敏就說讓她姑住在那屋。現在那間屋子被一把大鐵鎖鎖著。

呂正午滿心狐疑地走近那門，敲門，喊「朱媽媽」，朱迎香果然就在裡面應聲：「呂醫生？」

呂正午說：「是我哩。」

朱迎香說：「你來做啥子？」

他說：「我來看你。」

朱迎香說：「看我做啥，我好好的。」

就這還叫好好的？呂正午聽得腦子直暈，這樣也叫好好的，那什麼才是不好的？他正尋思回頭跟老人要鑰匙，一扭頭就跟老人撞上了。敢情老人就杵在他身後呢，這會兒竟精神得像那千年的龜精。

呂正午向老人伸出手，說：「給我鑰匙。」

因為他一時忘了她耳聾，第一次無效，只好提高嗓門喊了第二次。這回，老人似乎又給他的嗓門嚇著了，竟愣愣的，只剩下轉眼珠子的勁兒了。

朱迎香卻在裡頭喊：「嫂子沒有鑰匙，鑰匙在小敏手上。」

又說：「你拿鑰匙幹啥，你走吧，忙你的正事去。」

呂正午有點怒火中燒了，他問小敏去了哪裡。既在問朱迎香，也在問面前的老人。朱迎香根本不可能知道小敏去了哪裡，老人才知道。老人說小敏下地去了，天黑就回來了。她讓呂正午安心坐下來，等小敏回來。這種時候呂正午要是還能安心坐下來，那就日怪了。他琢磨著房間都應該有個窗戶吧，便繞到屋後把那個牛眼大的窗戶洞給找著了。

老土屋的窗戶都小，也就一尺見方的那種，幾根豎著的木條子欄著，沒有玻璃，但有塊尿片大的簾子。這會兒簾子沒拉，呂正午把臉堵上去，正好把光全部擋完，所以裡頭就跟黑夜一樣，什麼也看不清楚。

朱迎香卻在裡頭說：「呂醫生你咋又來這了？」

呂正午後退一點，臉側一點，讓一絲光線從臉側透進去，就看見了朱迎香。可那分明已經不是先前的朱迎香，她看上去那麼枯萎，那麼灰敗。呂正午希望這是因為光線太暗的原因，要不然，你怎能讓他相信，那就是才一個週沒見到的朱迎香朱媽媽呢？

他小心地問她：「朱媽媽你還好嗎？」

朱迎香肯定地說：「我很好。」

他說：「那你走幾步我看看，你為啥老坐床上？」

朱迎香說：「我不想走，這樣坐著舒服。」又說：「你走吧，忙你的去。」

呂正午一急，又把整個頭臉堵到了窗戶上，他說：「你是不能走吧？你的腿怎麼了？」裡頭太暗，他只好又稍退後一點。他說：「你下床來走幾步我看看？」就那會兒，他感覺到什麼冰涼冰涼的東西碰了他手一下，一激靈，就看見了一個飛馳的小身影，他斷定那是一條四腳蛇。它來這裡幹什麼？這一問，就看見了一條巨大的馬陸，定定地巴在離他僅十釐米遠的牆上。那麼四腳蛇是衝這條馬陸來的了？這馬陸，啥時候巴這裡的？我剛才怎麼沒發現？可不管如何，呂正午的汗毛豎起來了，跟著雞皮疙瘩也爆起了。這一嚇非同小可，他向後退的時候腳下一硌，竟摔了一坐墩。這一摔，他便炸了。就像他是一顆手雷，那種撞一下就能炸的手雷。他起身的時候大著嗓門罵了一句髒話，而後便氣勢洶洶回到了堂屋，而且在屋裡找到了一把斧頭，三兩下就把鎖給砸了。

門口那老人嚇得「啊呀啊呀」亂叫，直喊「小敏」。

呂正午一腳踢開門，不容分說，進門將朱迎香背了就走。剛出門就迎上了小敏，那閃著汗光的肥胖身體堵了半扇堂屋門。呂正午背著朱迎香從她身邊出門，沒有看她。他怕自己罵出髒話來。

他就這樣帶著朱迎香走了，留下朱迎香的老嫂子和侄女小敏杵屋簷下發著怔。

這事兒起的突然，朱迎香也好一會兒才反應過來。那會兒他們已經來到了坡下，那裡是一小片梯田，梯田中間有條灌渠，渠邊有塊光滑的石板，朱迎香看到那塊石板，便叫呂正午把她放下來。從呂正午背上下來，她其實還站立不好，是呂正午扶著她，她才準確地坐到了那塊石頭上。

夕陽已經落山，但霞光依然明亮。這回，呂正午看得很清楚。朱媽媽的確變了個人，就像這些天她是在這裡抽脂減肥，而且成效還很顯著，她全身的脂肪都不見了，血色也不見了，皮膚沒了水份，眼裡也沒了光，整個人也沒了精神。

她在嗔怪呂正午：「看你，這做的是啥事兒？」

呂正午氣乎乎地說：「她們怎麼能那樣對你？」

朱迎香說：「我很好。」

呂正午壓低聲音卻拔高了調說：「你還敢說你很好！」

他說：「這才一個星期，就成了這樣，我要是再不來，你就該……」後面的話他沒說出口，不忍。

朱迎香嘆了口氣，解釋說：「我這是活膩了，想去那頭了。這人啊，活的不是這身肉，活的是個心，這心要是死了，這肉也就得一點點兒死掉，所以你也不要大驚小怪。」

呂正午說：「好好的，咋就活膩了，咋心就死了呢？」

朱迎香又嘆氣，說：「這活得好與不好，都得看自家個兒怎麼看。」

呂正午小心地問：「是我哪裡做得不好嗎？是我做得不好，所以你才要回老家？」

朱迎香嗔道：「哪個說你做得不好了？康復村哪一個不曉得，你是天底下最好的人了。」

她說：「這人心啊，就是個窟窿，你呂醫生就是個太陽，也有照不著它的一面呢。再說了，我想回老家，不就圖個落葉歸根嗎？哪裡是你的問題？」說了這大堆話，朱迎香耗掉了大量元氣，不得不緊喘幾口。

呂正午說：「那也得是好好的落，好好的歸根，你這算啥子？」

他說：「像這樣歸根，還不如和大夥一起待陰村呢，大家一起待了一輩子了，早都是一家人了不是？」

他說：「你雖是這裡生的，可你一輩子都是在康復村過的，很難說哪裡才是你的根。」

他說：「想想你在康復村的日子，大家都是病人，誰也不嫌棄誰。大夥兒生在一起死在一起，今後待在陰村，也沒人會嫌棄你。」

他還要說，朱迎香突然說：「你扶我起來洗個臉，我這身上臭死了。」

他便扶她起來，到了水邊。灌渠裡的水在夕陽的餘輝下生了一張花皮，呂正午搗爛那張花皮，為朱迎香捧了一捧水。朱迎香整個洗臉的過程都是顫顫巍巍的，就好像她有多少年沒見過這水，正在承受著一種久別重逢的激動。但呂正午清楚，那是因為她身體虛弱。

她就那樣洗了臉、又抹了抹脖子，搖搖晃晃站起來，抻抻衣服，對呂正午說：「那……我跟你回去？」

呂正午一寸一寸地笑開，替她把亂髮理整齊，背起她就走。

17

回康復村得有一天一夜的路程，朱迎香在這個時間裡一點一點地恢復著精神，到了村口那鐵索橋頭，她竟推開了呂正午的手。她要自己過橋。

狗具有天下最靈的鼻子，他們剛到橋頭，天麻就百米衝刺來到了橋的另一頭，只是苦於害怕過橋，只好在那頭又蹦又跳，吠聲都變了調。就衝它那份親熱，朱迎香就不得不激動。她幾乎感覺自己突然得來一身輕功，竟暈暈乎乎輕飄飄就過了橋。天麻不知輕重，撲她，呂正午趕緊扶住她，她才沒有像片樹葉那般飛走。

回家的感覺讓朱迎香眼裡又有了光，看見老牛的時候，兩眼的老淚竟是那般的晶瑩剔透。

「你還沒賣呀。」她嗔呂正午。

「它怕過橋。」呂正午說。

朱迎香笑出聲來，她依然不相信老牛怕過橋。

但這次回來，她已經放不動牛了。事實上，不管是留在老家，還是重新回到康復村，她都不是為了繼續人生。對於人生的體驗，她覺得已經足夠了。現在她嚮往的是那一邊，不管是從老家出發，還是從康復村出發，她的目標都是那一邊。心裡有了方向，誰也留不住她。

她回到康復村後，呂正午就不在門診自己做飯了，而是用她的鍋灶一起做，他們一起吃。事實上，她回來以後就臥床不起了。呂正午原本是希望她回到康復村後，能變得好起來，可她並沒讓他看到什麼起色。呂正午要送她去醫院，她堅決不同意。她說她什麼毛病都沒有，也就是老了。她說人老了就是要死的，誰都阻擋不了這個。你聽她說這些話，就像看她在品著最後一杯殘茶，她在告訴你，喝完這杯茶，她就該動身了。

呂正午還堅持為她做每天的例行檢查，也做切片，也認真登記。他們依然聊著天，就像兩個喝茶的人，臨散前的那幾分鐘，說些還沒來得及聊，但又突然記起它很重要，得抓緊在告別之前說出來的話。

朱迎香說：「你沒去找楊小英？」

呂正午說：「楊小英？再說吧。」

朱迎香說：「別沒信心。」

呂正午說：「嗯呢。」

朱迎香說：「你也別再去找小敏來送終了，她不會來的。」

她說：「所以，你也不用給我寫信。」

正說著話，朱迎香突然打了一個嗝。就那一個嗝之後，她再沒跟這個世界說過話。那個嗝就像一個敲門聲，一個來自陰村的敲門聲，也是朱迎香盼望已久的敲門聲。朱迎香在那個敲門聲前激動得說不出話來，在迎向那個敲門人的時間，她惟一能做的，就是回頭跟呂正午一笑作別。

她就這麼走了。在呂正午為她做著例行檢查的時候。

呂正午還是為她準備了一封信。

這封信不是以她任何一位親人的名義寫的，而是以他自己的身分寫給她的：

親愛的朱媽媽，你慢走！

我雖然不是你的至親後生，但我從小到大都從你身上享受著母愛，心裡一直就把你當成我的至親，所以，我希望你不要嫌棄我為你送終。

還記得小時候，我摔了嘴巴，啃了一嘴泥巴，流著鼻血，但父親第一時間卻只管責怪我的淘氣，用他那塊大巴掌扇我，這種時候，總是你從父親手上把我奪走，把我保護起來，替我洗臉擦鼻血。我記得你有止鼻血的最好辦法，就是在我後勁窩拍上冷水，再讓我把頭仰起來待上一會兒。為了讓我不至於失去耐心，你總讓我看天上的雲，說你看你看，那一朵是不是很像隻羊，那一朵是不是很像隻雞？其實，並不像，但我總是說，是呢，真的好像。我知道你是在哄我，所以我也哄你。

我還記得你為我改的第一件罩衣，雖然穿上它去上學顯得非常滑稽，也非常傻，但它卻是我的保護傘，是我的鎧甲。我因康復村孩子的身分而生的那些愧疚、自卑，因受人歧視而生的那些委屈、痛苦，都在它的保護之下，不再變得赤裸而脆弱。那些不斷衝我飛來的石頭、口痰、辱罵，都被它擋了。每天放學回家，它都顯得很髒，後來你乾脆為我改了兩件，這樣就能保證每天上學穿的都是乾淨的。有可能因為罩衣是你做的，所以我的罩衣也都是你洗。每天我放學回家，你總是在山下攔了我，讓我把罩衣脫下給你，才讓我回家。第二天上學的時候，又都是你在我下山後替我穿上。好像因為天天都得洗罩衣，讓你有些煩，所以你總是叮囑我：人家朝你打石頭泥巴、朝你吐口水，你就跑，你跑得越快，他們就越拿你沒辦法。我天天照著你說的做，因而後來我竟成了全校的短跑冠軍。

是啊，一直都是你在呵護我，我都變得依賴了。我真想對你說：朱媽媽，你就留下吧。你走了，康復村就不叫康復村了。一個病人都沒有了，還叫什麼康復村呢？沒了病人，康復村就該取消了，我這個康復醫生也就沒用了。你說讓我回到中心，做一個不受歧視的醫生，那怎麼可能呢？我這樣的，離開了你們，就啥也不是了。或者說，我這樣的，即使你們全都拋棄了我，我也還是一個麻風病康復醫生，就像一個孩子，雖然被母親拋棄了，但他身體裡流的還是母親的血，身上也還帶著母親的遺傳基因，無論他走到哪裡，他都依然是他母親的孩子，也只能是他母親的孩子。

你肯定聽出來了，我在害怕。是的，我的確很害怕。我害怕離開康復村，因為我不知道除了這裡，我還能去哪裡。或許回到皮防中心，像小劉說的那樣，同大家一起為了錢去做那些缺德事，但我想你是不允許我那樣做的，我父親也會反對。所以，有可能我會選擇辭職，像小劉說的那樣另謀出路。但是，這些年雖然人們的活法已經豐富多彩了，人的選擇也非常多了，但我還是怕。你是知道的，我天生膽小，連個馬陸都怕，更何況是一個世界呢。這一點，我跟天麻和那頭老牛很像。天麻怕過橋，你是親眼見到的。老牛也怕過橋，這一點你雖然不信，但是事實。我承認第一次是撒謊，但第二次卻是千真萬確的。

他們就像我，怕的其實不是那晃來晃去的橋，而是橋那頭的世界。

但是，我又有與它們不同的地方：你教過我逃，教過我躲。所以我可能會去找楊小英，我喜歡她那性格，沒心沒肺的，愛笑。還有她那孩子，也跟她一個性格。但我想她可能早就懷疑我是一位麻風病醫生了，因為她曾在電話裡提到過「麻風病」。所以去不去找她，還是到時候再說吧。

好了，就說到這裡吧。你老人家既然心心念念急著要走，那就好好的去，一路走好！

此致

敬禮

呂正午

二〇〇五年八月九日

18

以前，康復村走了人，都是朱迎香哭喪。好像是因為這個，朱迎香把自己留到了最後？反正，她走的時候，是沒人哭喪了。在我們的傳統裡，哭喪並非僅僅為了表達悲傷，更重要的是那種儀式感。哇哇大哭，甚至哭得背過氣去，那都不叫哭喪。非得是依著古老的喪調，將心頭的悼詞一句一句唱出來，唱得前伏後仰，唱得氣吞山河。

在我們的傳統裡，除了生孩子是惟一屬女人的事業，就剩下這件事了。從來哭喪的都是女人。早些年，這事兒不難，小姑娘多參加幾次白事，聽得多了，就會了。但後來的這些年，沒人願意學了。這些年，村裡的小姑娘還沒等參加過白事，就已經進城了，城裡沒這玩意兒，自然就生疏了。於是，村裡有了白事，就只剩下一些老婆子哭喪了。老婆子都沒有的，就用錄音機。

正是因為農民們匆匆拋棄鄉村的時候，也將一些傳統文化也拋棄了，我們才興起了一股拯救非物質文化遺產的熱潮，可不知道為什麼沒人來拯救哭喪，沒有人將它申請為「非遺」。倒是道士看到了一個商機：出租錄音機。

錄音機已經很過時了，但難道哭喪這件事不也同樣過時？正好般配。哪裡有白事，哪裡就有道士先生。遇上沒有人哭喪的時候，他們就把那台過時的錄音機拿出來。

朱迎香的喪事上，只能用錄音機了。錄音帶只有三種：哭爹的、哭媽的、哭冤家（丈夫）的。聲音只有一個，那是一個很粗獷的嗓門，帶點沙啞，這種嗓門哭喪，更有悲愴感。錄音機放在棺材頭上，那個粗獷的嗓門抑揚頓挫地唱著不知跟多少死者唱過的詞，表達著不知給多少死者表達過的哀傷。

儀式感全沒了。

好的是，錄音機不像人那麼容易累，可以長時間滾動播放，喪事上不就講究個熱鬧嗎？它一直不斷地哭，倒也還算熱鬧。

這樣將就了一天一夜，小敏突然出現了。

她提著大包小包，呂正午還認出其中一個是朱迎香的包袱。她是來看她姑姑的，但因為之前發生的是那樣的一件事兒，她來得並不自若。她曾在橋頭坐了很久，是因為有人從旁邊過路，還用懷疑的目光看她，她才一咬牙過了橋。

越接近村子，她就越萎縮，像她是塑料做的，而村子那頭正燃著大火。是錄音機的響動讓她分了心，步子才又大了起來。事實上，在沒看到錄音機之前，她並不知道那是錄音機的聲音。她以為是人，以為是真人在哭喪。她聽到哭的是「我的娘」，就以為是村裡誰死了娘。

「村裡既然有喪事，那別人就顧不上我了。」這是她意外得來的驚喜。她一直擔心的，是到了這裡遭到冷眼和唾罵，她相信自己做的那件缺德事，這裡已經盡人皆知了。一想到這一點，她就抬不起頭，沒人在跟前也抬不起頭。她尋摸著來到這裡，就是為了向姑姑道個不是，請她原諒。只有姑姑原諒了她，她那顆頭才有輕鬆起來的那一天。

就這麼胡思亂想著到了跟前，她突然就看見了呂正午的身影，那身影並非高大威猛，而且就她所知，他也不是什麼凶神惡煞，可第一時間她還是嚇得不輕，就像塑料紙遇上了火，她突地蜷縮成一團，燒糊了的一團。

呂正午發現了她。並且通過朱迎香那個包袱很快就認出了她。她硬著頭皮承受了一會兒呂正午那狐疑的目光，又像個海綿球一般慢慢伸展開來。她嘟著嘴，耷拉著頭和眼，隨時準備迎接呂正午的唾罵。可她等了差不多一個世紀，呂正午都沒反應。她只好斗膽把頭抬起來，怯怯地看向呂正午，怯怯地問道：「村裡……有人走了？」

呂正午依然沒什麼反應，她只是感覺，他似乎點了個頭。

「我姑呢？我來看看她。」小敏盡最大努力地咧著嘴，做出一個滿是尷尬的假笑。

這一回，她看到呂正午明確地點了點頭。呂正午一直都沒任何表情，點頭對於她來說就太重要了。她趕緊向前靠近了一步，這是要緊跟呂正午的意思。呂正午轉過身朝前走，她便跟得像他的尾巴一樣緊。呂正午帶著她朝熱鬧的那邊走，她想，可能姑也在這裡吧。村裡辦紅白喜事，村鄰都要幫忙的，姑可能在這裡幫忙。也有可能，姑住的地方，得穿過這條路呢？胡亂猜測著，她突然就撞到呂正午背上了。原來是呂正午停下了。他正好停在棺材旁邊。而且把錄音機按停了。她也是這時候，才發現哭喪的原來是台錄音機。這個發現令她有些分了神，臉上便沒了謹慎，那種鄙視的神情就上來了。

呂正午突然問她：「你會哭喪嗎？」

她臉上一緊，趕緊點頭：「會呀。」她得為剛才的那臉不敬找個說法。

呂正午說：「那你來得正好。」

她又咧嘴假笑，抱歉地說：「呂醫生，我是來看姑的呢。」

呂正午示意她走近棺材，她卻猛縮了一下身子。那是一個激靈。她已經意識到了不祥。她畏畏縮縮靠近棺材，呂正午替她揭開了蓋在棺材上的被單，她便見到了她的姑姑。這一回，她竟忘了縮一下身體了，倒像是突然給劈頭澆了一桶混凝土。

呂正午陪她站了好一會兒，才問：「你不是會哭喪嗎？」

她木偶一樣扭頭看了他一眼，就把世界看花了。她抬手抹了一把眼睛，又扭過頭衝著她的姑姑。她叫了一聲「姑」，聲音啞啞的，她並不滿意，便接著又叫了一聲「我的姑唉——」這一聲算是打開了嗓門兒，同時也是這一聲打開了她的感情閘門，那滿心的負疚，滿腔的遺憾，便緊隨著一首哭歌奔流起來。

小敏的確得到過哭喪的真傳，那調，那旋律把握得可謂爐火純青。她的聲音也很渾厚，悲愴感十足。她這一哭起來，那台錄音機便羞得抬不起頭來了。呂正午和一邊的道士，還有等待著抬喪的那二十多個老漢都聽得滿臉舒展——這下好了，總算是有了個正經哭喪的了。至於來人是誰，跟死者是什麼關係，有過什麼故事，他們都不用跟呂正午打聽，只需仔細聽她哭喪，就全明白了。這才叫哭喪，雖然調都一樣，卻各人有各人的詞兒。哪像錄音機裡哭的，全都是一個詞兒，而且是一堆假大空的詞兒。那個不算的。

呂正午把錄音機從棺材上撤了下來，交還給了道士。這樣一來，道士算是給人搶走了一筆生意了，可道士並不計較這個，能有真人哭喪，他也替死者欣慰。

呂正午在心裡對朱迎香說：朱媽媽，你是有福氣的人。

他為小敏找來一隻小板凳，要她坐下來哭。哭喪是件累人的事，坐下來能省些力氣。

19

當康復村最後一位病人也走了，康復村就沒有存在的價值了。中心主任來的時候，順路從花河帶了幾個農民工，意思是看這裡還有沒有剩下什麼有價值的東西可以搬走。

呂正午將幾櫃子病歷檔案已經裝了箱，封了口，但主任並不認為那是什麼有價值的東西。他說：「病人都死光了，痲風病也都絕種了，還要那些檔案做什麼？燒掉吧，通通燒掉。」

呂正午木木地問：「燒掉？」

主任瞪著眼說：「那不燒掉你留著吃啊？」

呂正午木木地看著那幾十箱病歷，不吭聲。

主任瞪累了眼睛，不耐煩地薅了薅手，說：「燒了吧燒了吧，這東西留著，就跟留著病菌屍體一樣，讓人想起來心裡就發酥。」

他讓農民工抬出去燒，呂正午沒讓。呂正午說：「等等吧，你們先搬別的。」

主任倒也能理解，說他跟那些病歷打了半輩子交道了，一時接受不了這個，就叫上農民工去看別的。可這門診部，除了那幾個檔案櫃，和呂正午的床，以及床前那張書桌以外，再無別的硬件。但就它們而言，連那幾個農民工都認為沒必要搬。他們用勞動人民的大手拍拍它們，摸摸它們，就下結論說它們只有做柴火的價值了。事實上主任也這麼看。那還有什麼呢？就那頭老牛了。可難道要把老牛搬回皮防中心去？農民工們問主任：「你們中心有牛圈嗎？」

主任一聽就暈了頭，說：「誰說要把它牽回中心去了，賣給你們吧。」

他沒說這話前，農民工們還怕他這麼說呢，他這話一出口，他們就臉都嚇白了。

「哪個敢要這牛？」

主任問：「咋了？」可剛問完他就已經知道是為什麼了。

他說：「那怎麼辦？」

說：「抵工錢呢？抵給你們？」

他們齊刷刷搖著頭，竟像搖著一片白旗。

主任站在老牛跟前想了想，突然下決心說：「那就白送！白送給你們，該行吧？」

那幾張白臉轉了幾下，就有兩張轉出了紅暈。人的腦子生就不是一塊直板，而是一個交織有序的線團。既然是白送，自然又可另當別論了。幾雙眼睛對來對去，想法和意見就統一了——既然是白送，那麼拉回去又何妨？我們誰也不說，誰又知道這牛是從康復村去的呢？這牛是讓人怕，但這康復村的哪一件東西不讓人怕？為了掙幾個錢，我們不還是要來搬嗎？我們把這老牛牽出去，不就像搬這裡的其它東西？我們搬完了這裡的東西，可以用酒精洗手殺菌，我們把這老牛賣給了山貨販子，照樣用酒精洗手不就行了？

意見就這麼統一了，但他們誰也沒有說出來。他們說的是：但主任你得替我們保密。他們說，要不然，這牛就是白送我們也沒法要。

主任便閉著眼連說了一長串「保密」。

對於他們來說，主任嘴裡那一串應付之詞，就是定心丸。跟主任要了手機，往山貨販子家裡打了個電話，稱親戚家有頭老牛要賣，這就給他牽去。那邊答應在家等這頭老牛，這邊便牽了牛上路。

呂正午突然說：「你們牽不走的，老牛怕過橋。」

牽牛的人把掃興的目光投向他，就看到了他半臉的竊笑。

正是因為他這個表情，牽牛的人便橫了心。當地有句俗話，叫「不信那個教」，指的就是這種情況。他牽了牛就走，心想：我就看它怕不怕過橋。

因為這話，其餘人也跟著，都想看它是不是真的怕過橋。不管是那幾個農民工，還是主任，心裡想的，都是呂正午在撒謊。是呂正午捨不得白送了老牛，故意撒的謊。

他們萬萬沒想到，老牛還真不敢過橋，不管那人用多大勁拖，它就是不動。別以為它老了，它站在橋頭，竟像塊石墩子似的沉穩。那人急了，就衝它身後的人們喊：「給我抽，抽它的屁股。」於是就有人順手折了路邊的灌木棍子來抽它的屁股，結果那一激，老牛來了氣，一蹄子飛起，就將抽它的人踢飛到坎下去了。緊跟著，它一用力，就將牽它的人甩趴下了。要不是橋上有護欄，那人就該飛下橋去了。那人因為怕死，丟了繩子，老牛掉頭就跑了起來。等人們醒過神來，它已經跑出去老遠了。

可牛畢竟是牛，人永遠也想不通在那種情況下它為什麼還要跑回牛圈去。那不等於沒跑嗎？那不等於自己找個甕鑽了，好讓人甕中捉鱉嗎？所以，當它的新主人也是它的仇人，還有那些個好奇的人追回來後，便再一次輕而易舉地將它牽到了橋頭。這一回，他們沒給它猶豫和反抗的機會，前面拖它的是三個人，後面抽它的是五個人，而且因為有過挨踢教訓，抽的人都盯著它的後蹄，這樣一來，它的每一次進攻，就都是落空的了。

要知道，它的對手可是人啊！為了馴服它們，人們將繩子穿過它們的鼻孔，而且就本地人而言，也不知是因為物資短缺，還是出於成效方面的考慮，他們用的繩子還不是麻繩，而是篾繩。就是用青篾搓的繩子，搓的時候得把篾條用火燒軟了，才能搓緊。成繩後，篾條便恢復了原來的硬度和利度。那種繩子跟柔嫩的軟組織在一起，就是典型的剛與柔的結合，但它們的相濟永遠得建立在人們的溫和之上，一旦手握牛繩的人動了性情，撣撣手上的繩，牛們就會痛得腦袋發昏，兩眼發黑。這就是為什麼，牛那麼牛，卻只能被人牽著鼻子走的祕密。

現在，老牛的鼻子開始流血，大滴大滴黑紅色的，粘乎乎的液體，從它的鼻子裡流下，掛成長長的血線，在風中，在它的掙扎中蕩著秋千。它的屁股，也已經不是牛屁股，而是斑馬屁股了。除了鼻子痛得眼前黑暗一片，它還感覺到屁股火燒火燎。或許因為兩眼發黑的原因，它再看不到橋的危險和可怕，又因為頭腦發昏，它恍惚間想到的是身後一片火海。於是，它突然就變得十分勇敢了，或者說那叫亡命。它跑了起來。在搖搖晃晃的鐵索橋上跑了起來。一開始它身子還跟著晃，但只幾下它便找到了平衡，就和橋和諧了。倒是牽它的那三個人，因為橋晃得太厲害，不得不放了它，雙手緊抓著扶欄，臉比死人還白。

它過橋了。

它終於過橋了！

人們第一時間還有點兒呆，但當它的四蹄踏上對岸的時候，他們一齊歡呼了起來，就像這個勝利不屬牛，而是屬他們一樣。

只有呂正午沒有。他什麼也沒有做。他沒有參與抽它，也沒有參與歡呼。他甚至站得比較遠，他還是那副木頭木腦的樣子。

牛已經過了橋，村裡又再沒什麼好搬的了，主任便扭頭問呂正午：「那些病歷，你自己處理？」

呂正午忙點頭，說：「我來處理吧。」

既然是這樣，主任就再沒留下來的必要了，他說：「那你抓緊處理一下，明天早上上班的時候，來我辦公室。」

說完，主任就跟著農民工們一起過橋走了。這裡沒有公路，他得走上一段山路，到了花河才能舒適地坐上他的轎車，因而他跟農民工們開玩笑說，能不能讓他騎一下他們的牛。

呂正午木然地聽著他們的玩笑，機械地低頭看了一眼腳前，天麻端坐在那裡，緊貼著他的腳。

他對天麻說：「我們回吧。」

天麻站起來，一人一狗寂寂地回了村。但呂正午不想回他的門診部，有史以來，這是他第一次抵觸去那個山頂。

他去了陰村。

建這個陰村，是附近村民的意思——因為這一群人活著時的特殊，他們死後也應該顯出特殊來。如果你還不明白的話，就是說，活人怕接近他們，死人也怕。為了使他們的歧視帶上溫和的光環，他們還提議為陰村建一個莊嚴的牌坊，而且附近的石匠都踴躍自薦，樂意為這件事情效力。

牌坊是青石刻的，而且也有著牌坊應有的雄偉，「陰村」兩字是篆隸結合的字體，尤顯柔和溫潤，不瞭解的，完全想不到這是一個另一種意義上的村莊。

這裡原本是一片石漠地，但因為變成了一個「村莊」，也就逐漸變成了一片林子。

在喀斯特地貌裡，這樣的地很常見。正是因為它的常見，便讓那些鳥能生蛋的地方顯得尤為珍貴，而需靠地為生的農民，便只能把它們當成死後的去處。當然，你可不能當這是一種消極行為，人們死後到了那種地方，總都要千方百計地種上一兩棵樹，松樹、柏樹、桫欏都成。而且因為種的是這樣的地方，還都千方百計要種活。所以，這又反倒成了一種積極因素，無意間完成了一種生態的改善。

一開始，陰村的每一座墳前都有至少兩棵樹。後來，間隔的地方，也都給栽上了。再後來，周圍也都栽上了。康復村的人不像別人那麼忙，當他們嘗到栽樹養樹的快樂後，就上了癮。最先是替死者栽，後來是因為興趣栽，再後來，是為自己栽。康復村的人，從一開始就活在那一個世界的邊緣，所以他們並不害怕那一個世界，早早的，就為自己看好了一塊地，栽上了自己喜歡的樹。一個人這樣，便大家都這樣。所以這裡早早就有了一片林子，就有了一個陰村該有的風貌。

呂正午在朱迎香的新墳前坐下來，坐在兩棵松樹之間，陽光穿過樹冠，被切割成碎片，撒了他滿身。天麻趴在他的腳邊，把頭枕在兩隻前爪上，想著事兒。康復村是史無前例地寂靜，遠遠看去，那幾排土屋過早地顯現出歷史才有的陳舊和遙遠。

呂正午在想他的明天，明天他得去主任的辦公室，他的明天，掌握在主任的手裡，明天主任將把一個人類的重大喜訊重申一遍：麻風病康復村不存在了。但作為皮防中心的主任，他又將帶領他們迎接一個新的春天——艾滋病、性病治療。麻風病已經過時了，現在的天下，屬艾滋，屬淋病、梅毒。主任會告訴他，作為一名皮防醫生，他們可是趕上大好時機了……

他的手機突然響了起來，那突兀而起的鈴聲嚇了他和天麻一大跳。是一個外地座機號，接通後才知道對方是趙小橋，趙大祥的孫子。

「你是呂醫生吧？」趙小橋問。

呂正午說：「是。」

趙小橋說：「當初你給我打電話，我就把號碼留下了。」

呂正午在這邊點頭，心裡說，你留下了號碼，卻現在才打電話。

趙小橋像是聽見了這話似的，解釋說：「太忙了。」

呂正午想，再忙，打一個電話的時間總有吧。

趙小橋在那邊支吾：「他……還不錯吧？」

呂正午因為思緒還沒全回來，一時間竟不知道他在問誰，便反問：「誰？」

那邊喊過來：「我爺爺啊！」

呂正午忙說：「是的，他很好，很不錯。」

那邊說：「不錯就好……不錯就好。」

後又沉默了一會兒，像是考慮了一番掙扎了一番吧，最後他說：「讓我跟他說個話吧。」呂正午這才意識到出了問題，他慌慌地起身，找到趙大祥的墳，小跑著過去，將手機對著墓碑，說：「你……說吧。」

那邊又沉默了一會兒，終於怯怯地喊了一句：「爺爺。」

見這邊沒應，就大了聲又喊：「爺爺哎！」

這邊依然沒反應，他便以為是爺爺還在生他的氣，於是接下來他不喊了，他解釋，理由是早就準備好了的，工地上忙，一個蘿蔔一個坑，工頭不讓走。再說了，爸從來沒給我們講過你還在世，都怪爸。我爸……我都不想提他……不說這個了，你在那裡還好吧？呂醫生說了，說你還不錯的。你老人家長壽啊！我掐指算算，你都該到八十歲了吧？但願我們今後也能趕你的壽，也活它個七老八十的……

呂正午的手機不是很好，不隔音，他那些話呂正午全聽清楚了。一開始呂正午還由著他說，後來他不得不打斷趙小橋，告訴他：「趙村長……已經不在了。」

那邊像是給驚呆了，好一會兒沒聲兒。末了突然又來了一句：「啥？」

呂正午說：「我當初給你打電話，就是告訴你，他要走了。」

那邊又沉默了一會兒，之後才問：「就那會兒……就走了？」

呂正午說：「就那會兒。」

那邊又沉默了，不知在想什麼，完了突然又喊起來：「那你剛才還讓我跟他說話！你讓我在跟誰說話？」一聽上去，他驚訝得不行。

呂正午說：「你是在跟他說話的，我現在就在他的墳前。」

那邊又花了點兒時間來消化他的話，末了又喊過來：「你跑他墳前幹啥？」

呂正午不知道該怎麼回答，就說：「我沒事做，來這裡坐坐。」

那邊再一次陷入沉默，似乎在費力地理解這句話呈現出來的背景，或許是想得怕了，便招呼也不打就把電話掛斷了。

呂正午正盯著手機發愣，電話又打過來了。

「喪葬費是多少？」趙小橋沒頭沒腦來了一句。

「這個……你問這個幹什麼？」呂正午問。

「我給你呀。」那邊說。

「不需要，病人的喪葬費都由皮防中心負責的。」呂正午說。

「那……你當初打電話找我，不是為這個啊？」趙小橋說。

「不是，不是為這個。」呂正午說。

這一回，那邊沉默的時間很長，長得呂正午都以為他已經早離開了電話機，到工地上幹活去了。但突然又有了聲音，「那……有墓碑吧？」

呂正午說：「有的，有的。你要來看他嗎？」

那邊卻說：「看情況吧。」

這回，趙小橋掛電話前認真地告了別，他說：「那就先這樣，再會。」

於是，呂正午也說了「再會」。

20

猛然在鬧鈴中醒來，呂正午才發現自己睡在父親的小屋裡，那些原本屬康復村的碎夢沒等他收拾，便迅速退後，並消失了。這間小屋很老了，早已經納入到了拆遷計劃，正對窗戶的，是寫在對面牆上的一個血紅的大字：拆！

貓和狗還在懶睡，就像沒聽見鬧鈴似的。它們依然保持著在康復村的格局，貓在床上，狗在床邊。

看它們的樣子，只要呂正午在跟前，就是到了天邊，它們也能泰然。

呂正午甚至將那幾個巨大的檔案櫃也搬了回來，康復村的全部病歷就像當初在康復村時那樣，整整齊齊地擺放在櫃子裡，認真上了鎖。可不同的是，在門背後期待他的已經不是白大褂，而是一件黑色的薄呢大衣。天氣轉冷了，他每天早上穿著這件大衣出門，到了皮防中心，才換上門衛服。他當然也不用早早的就去做什麼例行檢查了，早餐的時間提了前，依然還是吃完早餐才認真洗漱，但那之後，他要去的，是皮防中心的大門門崗。

一開始，他是在化驗室的。小劉真的另謀出路去了。她剛走，呂正午又剛回，所以他就給安排到化驗室了。

這份工作的確像小劉說的那麼難做，每一份真實的化驗報告，都會被看成錯誤報告打回，只有當它錯誤了，才又被當成了正確的。呂正午也像小劉那般糾結，所以每每讓主任不滿。上班三天不到，他便被主任叫去了辦公室。

主任用一支紅頭鉛筆敲著他的頭，說：「你們這些靠吃國營飯長大的腦袋，也該轉變一下觀念了。要知道，現在不是以前。」他幾乎接近哲理了，但跟著而來的話，又是那麼庸俗。他說：「現在，你們是在靠我養活，所以，你們得聽我的。」

話到這份兒上，主任還沒能在呂正午臉上看到起色，只好又來了一句厲害的：「優勝劣汰你懂吧？不懂的話，我就告訴你，就是我們不養廢人。」

呂正午心想，我又不是廢人，我是一名正經的皮膚病醫生。

但他還是被認為待在化驗室不合適，第五天，一位新來的年輕人接替了他。年輕人長了滿臉的青春痘，跟他交接工作時一臉的害羞。當然，呂正午很快就發現那其實不是害羞，而是害怕。因為呂正午曾經是一名麻風病醫生，而他則什麼都不是。他甚至沒正經上過衛校，自然就跟普通人一樣要談麻色變。不知道為什麼，呂正午交接完工作後突然來了開玩笑的興致，指指他那張臉說：「這也叫皮膚病。」年輕人心理素質差到了極點，一臉通紅的青春痘全白了。

後來他便被安排到了大門做門衛。

主任和同事們都認為，他做門衛再合適不過了，因為他們相信，別人一聽說連門衛都是麻風病醫生，就不得不相信他們的實力了。主任還開玩笑說，知道他是麻風病醫生，誰還敢跟他吊歪？「吊歪」是方言，用書面語很難解釋清楚它的意思，反正是說，有了他做門衛，醫院的安全和秩序就都有了保障。就是說，主任是把呂正午當門神來用的。

但這位門神的工作實在很無聊，一個人坐在一個小盒子裡，車過的時候，就抬一下花杆，收一下費。遇上中心有物資出入，他便核對一下單子。還正如主任預料的那樣，有他往那裡一坐，中心再沒出現過偷盜，進出的車也都自覺遵守著紀律，進來時從不亂停亂放，出去時自覺繳費，甚至全都事先準備好零錢，從來都不麻煩他找錢。

呂正午早先以為，他是可以讀雜誌打發那些無聊時間的，就像在旅途中。可他沒想到坐在那盒子裡他根本就讀不進雜誌，他的心不安分，他總在走神。有時候車喇叭喊得像警報，他才醒過神來。這樣，做門神不到一週，又被主任叫去批了一頓。批了什麼他都不記得了，但有一句話他卻記得很牢。那句話是：你連看門都看不好，還真是沒用。

這句話令他很受傷，重新回到那只盒子，他連砸爛那盒子的心都有了。但他還是堅持上完了他的夜班。第二天早上八點換班後，他被一泡尿逼進了中心的大樓。他得先應完這個急再回家。一樓就有廁所，但主任辦公室也在一樓，後者在樓梯這頭，前者在過道那頭。從主任辦公室門前過去，再過三間辦公室，就是廁所，他卻突然不想繼續往前走了。那會兒還沒到上班時間，樓裡空無一人，他一個人在主任辦公室門口木然地杵了一會兒，突然就打開褲門，掏出自己的水龍頭，在主任的門上尿了起來。或許是這件事情喚醒了他的童真，他竟頑皮地在主任的門上畫了一個表情，一個憤怒的表情。雖然水槍掌握起來顯然不如筆，畫得似像非像，但在他自己看來，卻鑾像那麼回事。畫完了，膀胱也輕鬆了。他滿意地收好水龍頭，拉上褲子，打著口哨離開。

自從康復村回到中心，他這還是第一次打口哨。

他在尋思：主任今天的心情可能好不了了。

他想：這大門有什麼好守的，不如……

手機突然響了，一個陌生號碼，他接通電話，還沒來得及說「喂」，那邊已經說話了：我是楊小英。

情詩

我所住的小區，只住著兩種人，一種是本地退休養老的，一種是外地來避暑的。這幾天，小區的大媽們全都在議論一個新居民，剛搬來的，據說是剛從一個要職上退下來，是我們小區有史以來最高官階的居民了。但大媽們議論他，主要是對他不滿。她們對他的不滿，又源於他對她們的不滿。

小區本以綠化率達二十五％而著名，疊拼小別墅，度假養老都是上選。但養老時光是很無聊的，大把大把的時間需要消磨，而種菜又被大媽們看成是既有情趣又得實惠的一件事情，於是，大媽們便在自家房前屋後恣意開墾，將草皮掀開，花木拔掉，種起了蔬菜。

他的不滿正是因為這個。據說他很是看不慣那些菜地。他散步的時候，總愛在那些菜地跟前駐足，遇上有人，他還要指手劃腳：綠化帶怎麼能隨意破壞呢？好好的草坪、花池，不好看？能吃多少菜呀？

大媽們在背後說他：「他大概以為他還是領導，是在搞視察呢。」

除此之外，她們還受不了他的是，他竟然呵斥起小區管家來：「你們物管是吃乾飯的嗎？業主把小區毀成這樣，怎麼就不禁止？」

據說管家在他面前都要哭了，說：「我們說了，嘴巴都說大了，可老人們倚老賣老，沒人聽啊！能拿他們怎麼辦？」

管家那句「倚老賣老」可是氣壞了大媽們。但她們不氣管家，氣他。

大媽們見了他就拉臉，背過身就癟嘴翻白眼。

這天，這個焦點人物敲我的門來了。

我們這種房子，一樓的都有個小院，小院都有個院子門，院子門又多數都是柵欄樣的，因此大家都習慣於隔著柵欄說話。他站在院門外，穿了身耐克運動短裝，人也不胖不瘦，還高，頭髮雖花白了，但一點兒也不比年輕時少，髮際線也還沒往後退。總之，他看上去很精神，還有些帥氣。而且他還一臉平和，看不出他有大媽們說的那麼討嫌。

「聽說你是作家？」他問。

「怎麼了？」我心裡想，這人怕是還有喜歡查戶口的毛病？

「你是從重慶來這裡避暑的吧？」他問。

我說：「是的。」

他說：「那就對了，你就是那個作家。」

我說：「我的確是靠碼字為生。」

他說：「那……我想請你幫個忙，能讓我進去說話嗎？」

我這才將他讓進了門。

我院子裡正好有套露天桌椅，平時一個人也愛坐那裡喝茶看點兒書。我請他隨便坐，進門燒上水，準備泡茶。從屋裡出來，我發現他在欣賞我那堆多肉。

我說：「坐吧。」

他便坐過來。

我問他：「我能幫你什麼忙呢？」
他說：「我想請你幫我寫傳。」
我聽見屋裡水開了，進去張羅泡茶。拿了茶出來，發現他又在埋頭看多肉。我倒上茶，他又坐了過來。
我說：「我可沒給人寫過傳。」
「我給稿酬。我不會讓你白乾。」他說。
我打哈哈。
喝上茶，他說：「我也喜歡養多肉。」
我說：「我那是剛買的。」
他說：「我曾經養過一棵仙人柱，一直長一直長，結果把天花板都頂穿了，要是石膏板上面不是水泥板，我估計它還要長到我樓上去。」
我忍不住哈哈大笑。
他說：「笑一笑，十年少。」
於是我接著笑。
他說：「我還很小的時候，我媽種了一窩魔芋，有一天，我從魔芋地邊兒過，發現一條菜花蛇纏著我家魔芋杆，像喝醉酒一樣扭呢。你曉得為啥嗎？」

他做出一副隨時要笑起來的表情，等著我回答。

我猜：「吃魔芋給麻了？」

他哈哈大笑起來，說：「哪裡啊，它把魔芋杆認成它的同類了。」

他說：「你見過魔芋杆嗎，長得就跟花蛇一樣。我小時候挨哥睡覺，哥開我的玩笑，拿條魔芋杆放我枕頭窩裡，我以為真是蛇呢，就將枕頭偷偷跟他換了，結果他給嚇得屁滾尿流，褲子都跑落了哈哈哈！」

他把眼淚都笑出來了，我卻沒怎麼笑，因此完了他問我：「不好笑？」

這下我又覺得好笑了。我老老實實告訴他，我沒見過魔芋杆。對於一個沒見過魔芋杆的人來說，這個笑話無效。

完了他問：「那麼仙人柱呢，你不想問我那根仙人柱後來怎樣了？」

我應酬著問：「怎樣了？」

他說：「它後來被屋頂擠成了一塊平板，變成了一塊綠色帶刺的吊頂，開了好多花，結了一些果，看上去滿屋頂都是燈泡，我敢說，晚上一開燈，那屋子就像舞廳一樣燈光燦爛。」

我笑道：「那樣一棵仙人柱得養多少年啊？」

他突然大笑。得意得不行。他說：「你信了。你居然信了。」

他說：「那只是我的願望而已，我的確種過一兩株仙人柱，但因為我太溺愛它們，總害怕它們給渴著了，只養了不到半個月就爛掉了。」
他說：「我這個人總喜歡做夢，比如我教書的時候吧，我總是想，要是自己這個班的學生個個都是優等生就好了；我做鄉長的時候吧，又總是想，要是村民們地裡能挖出水桶大的紅薯，樹上能結出燈籠一樣大的桔子，羊能長到大象那麼大就好了，哈哈哈。」
我哈哈笑道：「那麼錢呢？你是不是也想，自己的錢包要是一家銀行就好了？」
他突然笑得訕訕的，好像我這話給了他難堪。
我敏感到這話在這個地方可能真不合適，便趕緊打哈哈，說：「那就講笑話，講笑話。」
這樣他又得意起來。
他說：「要講笑話，我的笑話多啊。」
他說：「我不是有糖尿病嗎？糖尿病人不是飯前都要打一針胰島素嗎？有一天我同時要應酬兩撥人，一急，我把針扎到肚子上就忘記拔了，結果那根針管兒一直在我肚子上挺著，就這個樣子……」他拿個手指頭頂T恤裡讓我看。那確實很滑稽，但也很下流。因此他自己笑得抬不起頭來，我卻沒笑。如果他是我一個朋友，我會笑的，還會笑得比他更帶勁。但他畢竟只是一個才剛認識不到半小時的鄰居，我若笑，不就輕浮了？
他也不管我的感受，笑夠了接著貧：「因為我是領導啊，身邊人誰也不敢說啊。那天我就挺著個針管兒應酬完這一撥，又到另一個地方應酬另一撥，直到我去上廁所，才發現了。」

不過接下來他沒笑，因為這下他也意識到這個玩笑有些過界了。他紅著臉道歉：「不好意思，我無聊了。」

又說：「請你不要介意，我是把你當老朋友了。」

還說：「但這是真的，千真萬確是真的。」

我終於還是笑了。我說：「我在想，你一個大領導，難道平時也……這麼不嚴肅？」

他看著我，就像不認識我一樣。

我也看著他，等著他為自己辯解。

他說：「工作嘛，肯定得嚴肅。」

又說：「但你很難說，人不開玩笑才是在嚴肅地生活。我倒是覺得，連玩笑都不想開的生活，才是最不嚴肅的。」

我說：「你這叫站著說話不腰疼，開玩笑得有心情，你們當官兒的當然隨時都開得起玩笑，做小老百姓的卻未必。」

他說：「這話不對呀，其實做官也好，做民也好，都會有心情好和心情不好的時候啊，開玩笑就是為了把不好的心情變成好心情啊。」

我不置可否地笑笑。

他也笑笑，又喝了口茶，說：「反正我是這樣想的。」

我玩笑說：「反正你喜歡開玩笑。」

他笑道：「是的。」

他說：「玩笑對於我來說很重要，他讓我不消極，不恐懼，不放棄。比如說，我想寫傳這件事情，其實也是一個玩笑。我想像那樣活，卻沒有像那樣活過。我想做那樣一個人，可命中註定讓我做了現在這樣一個人，所以我要寫一個傳，寫我作為那樣一個人的傳。我雖然沒有活成那樣，但我有那樣一本傳。真的假的不重要，重要的是哪一個才是你想要的。有了這個傳，就相當於我有了這樣一個人生。我想這就跟我們在房間裡掛一幅畫是一樣的，你說呢？」

他停下來等我回答的時候，我正在玩味他的這種想法，顯得不些傻。不得不承認，我已經開始對他刮目相看。既然他那麼愛開玩笑，我也就開起了玩笑。我說：「那麼你是要我為你畫一幅畫嘍？我可不是畫家哈。」

他很認真地說：「是寫一本傳。」

我大笑起來，說：「你這下又開不成玩笑了？」

他這才恍然大悟。他哈哈大笑，直嘆「出師了出師了」。

我說：「要照你這個說法，我可比你會開玩笑，我可是以『寫傳』為生。所以，要論師傅，還應該是我。」

他說：「你剛才還說，你從來沒給人寫過傳。」

我笑他的幽默感突然消失殆盡。他也笑，還笑出一臉狡黠，原來他依然是在開玩笑。這就是為什麼接下來他跟我談合作的時候，我無法相信他那一臉一本正經是真的。他說：「就這麼定了吧，你給我寫傳，我給你稿酬，二十五萬怎樣？」

我笑笑地看著他，想分清楚他是在開玩笑還是認真的。

他說：「那就三十五萬？」

這樣我就認定他是在開玩笑了。我想我只能配合玩笑一下。

我說：「看在鄰居的份兒上，那就三十五萬吧，但我是要收預付金的。」

他說：「什麼預付金，我一步到位，你現在答應寫，我現在就全款付給你。」

我說：「我只負責寫稿，不負責出書。」

他說：「那當然。」

我說：「初稿完成後，你可以提出修改意見，但我最多只修改兩次。」

他說：「沒問題。」

我說：「那就沒問題。」

我笑起來，我想這個玩笑應該已經開完了。但他那裡還沒完，我笑起來的時候他已經瞇起眼劃拉起了手機：「我掃你？」

於是我只好接著玩笑，我說：「我可不喜歡一見面就跟人加微信。」

他說：「那你給我個卡號。」

我當真把收藏在手機上的卡號翻出來，放到他面前。可他滿身摸，卻沒有摸到他急需要的老花鏡。於是他說他要回家拿眼鏡。我如釋重負地想，這個玩笑終於可以到此結束了。我玩笑說，不如我寫了給你，你回去就可以打錢了。

他說好，你寫給我吧。

我就當真進屋將卡號抄到紙上，出來給了他。

他臨走的時候，我還玩笑了一句：「我等著你的三十五萬啊！」

他笑著回我：「我保證十分鐘內你就收到。」

既然是個玩笑，我就沒放在心上。他走後我又坐那兒看了半本書，然後又做了一頓簡單的晚飯，吃晚飯的時候我才拿起了手機。手機上有一條收款短信，三十五萬，附言：稿酬。

看著那條短信，我發起了傻：只怕這回是認真的？

不管如何，我吃完飯還是認真擬了個協議，同時也認真開了一張收款收據。我等著他第二天來找我要這兩樣東西，或者來告訴我那不過是一個玩笑，要我把錢還給他。

次日上午，他果真又來敲我的院子門了。我沒有立即為他開門，因為如果他是來告訴我昨天開了個玩笑，我還他的錢是不需要讓他進門的。

但他驚訝得不行。他說：「你怎麼會把這麼嚴肅的一件事情當成玩笑？哪有把錢打給你，又要你還的道理？你要是玩賴皮不還我呢？那我這玩笑不是成本太高？」

我半玩笑半認真地說：「可是我們連個協議也沒簽。」

他說：「要簽什麼協議，我們有君子協定就行。」然後他突然一拍腦門喊道：「都是我那些玩笑惹的禍！我不該給你一個不正經的第一印象，可是永遠也沒有第二次機會建立第一印象了，我只能巴望你相信我一次。這一次，我玩的是真格的。我要你給我寫傳，我今天不是來跟你簽協議，我是來給你講我的故事，來為你提供素材的。」

我替他打開院門，進屋將早就等在那裡的協議和收據拿出來給他，然後再進屋張羅泡茶的事兒。

我燒上水出來，他正在看協議。但他說：「我說了我們有君子協定就行。」

他揚了揚那張收據，說：「這個我可以收下，協議就沒必要簽了。」

這就鐵定這是一件認真的事情了。

泡上茶，我們擺弄了認真做事的架勢——他講，我記。

但是，他一張嘴……

他說他家住在一條小河邊，他出生的時候他母親正在河邊洗衣服，洗著洗著，突然肚子一痛，他就沖進了河裡。河水很急，把他沖出去好遠，是母親抓住臍帶一點點把他拉回來的。說當時正好有人路過，見了那情形就問他母親：「哇！你釣到那麼大一條魚啊！」

他說他原本只是個師範畢業生，在自己出生的那個鄉鎮中學教書。但他的父親卻認為教書先生受人瞧不起，一定要他進鄉政府。他不同意父親的觀點，認為人類靈魂的工程師是更崇高的職業。於是他父親有一天就替他說了門親事，姑娘很漂亮，他一眼就喜歡上了，但姑娘一聽說他是中學教師，就不幹了。問她為啥，她說除非你能進鄉政府。這件事情給了他很大打擊，他開始動搖了。於是有一天晚上，他父親帶回來一條娃娃魚，要他當晚就去送鄉長的禮，請鄉長幫忙。但是他猶豫，覺得送禮很難為情。他答應父親第二天早上就去送。於是娃娃魚就暫時養在家裡的水缸裡。可第二天早上起來，娃娃魚不見了。一家人滿屋子找，也找不著，後來突然聽見門外有娃娃的笑聲，開門一看，才發現娃娃魚爬在他家梨樹上。原來那娃娃笑聲正是它發出來的。

父親一看那情形就氣炸了，要拿竹竿子捅它下來，他趕緊攔住，說捅下來就摔壞了，摔壞了還怎麼送人啊。父親覺得有道理，就決定爬上樹去抓。他想要去的，可是父親搶了先。父親一上去，娃娃魚就跳下樹逃了。父親一急，就從樹上摔下來了……這一摔，就中了風。中了風，父親還不甘心，臨死還叮囑他，一定要去請那位親戚幫忙，把他調進鄉政府。

後來他果然進了鄉政府，但不是送禮進的，是因為他寫了一篇非常了不起的新聞報道，這篇報道具體寫了什麼，他已經忘記了，但這篇報道使他們那個鄉出了名，於是鄉長便把他調進了鄉政府。

他說，他當鄉長那會兒，鄉里有兩個村特別窮啊，窮到什麼程度呢？一根豆芽也要掐成兩截，今天吃半截，明天吃半截呀。他就讓他們一個村栽發財樹，一個村栽金錢草，於是，那個栽發財樹的村就發了財，那個栽金錢草的村也就有了很多錢。

他說，他當鎮長那陣兒，想改善鎮裡的交通，沒錢啊，就去縣上拉贊助，有些人不夠慷慨，總哼沒錢。他就跟這些人想了個辦法，說，沒錢嘛，就寫嘛。人家說，怎麼寫？他就說，你就寫：贊助給某某鎮某某村多少萬人民幣，用於修路嘛。人家問，這樣就行了？不用拿錢？他說，這樣就行了，拿什麼錢啦。於是，人家就真寫了一張張紙條給他。他拿了這堆紙算了算，夠把鎮上大半的路都修好了。但那不是錢啦，是一句話呀。可他照常把那些紙條分發到了村裡，這個村一張，那個村兩張。村裡拿了這個紙條，就將紙上的數字做一些分配，往水泥廠寫一個數字，往石粉廠寫一個數字，再往村民們手上寫一個數字，就把路修起來了。路修完了，水泥廠、石粉廠、村民們都拿了自己手上那個數字來找村裡，村裡就拿了那些數字來找他，他便去找那些寫了紙條的人。這樣，那些寫在紙上的數字又才改變路線，選擇了銀行通道流向水泥廠，石粉廠和村民們的手裡。

他說，但是，有一個村被一座大山擋在深山裡，打隧道太耗錢了，他就每天晚上親自拿上鋤頭去挖。他說第一天是他一個人挖，第二天就有十來個村民跟他一起挖，第三天，他鎮裡的幹部也加入了，第四天，全村村民和全鎮的幹部都加入了。說，事情鬧大了，驚動了縣長，縣長說你們這樣要刨到啥時候呢？不如明天我開個挖掘機來。說第二天縣長果真就開了個挖掘機去了。說不光縣長去了，縣委書記也去了。說兩台挖掘機，只挖了十天，就把隧道挖通了。而且因為這件事情，他就當上副縣長了。

他說他當上副縣長了還親自帶領村民修渠啊，一條從崖壁穿過的渠。為修通那條渠，他整整八十八天沒回家。等修完了渠回家，進不了門了。原來老婆一生氣，把鎖蕊都換了。那天是通渠典禮，通水的時候，沖來很多魚，大家都搶著捉魚，他也捉了一條大的。他提著魚回家，卻叫不開門也打不開門。只好把魚掛門上，打電話告訴老婆一聲，說魚在門上呢，他便回縣裡了。他回到縣裡開了個會，晚上回去，門就能打開了。你猜是為啥，說老婆剖魚，在魚肚子裡發現一個金戒指，戴在手上，還正合適，就以為是他送她的。他不是一貫幽默嗎？老婆以為他用了這種方式逗她開心呢。得了金戒指，她果然開心，就原諒了他。

他說他因為帶領村民修通了那條天渠，第二年就當上了縣長……

他整整跟我講了兩天，可以說嘴裡沒有一句是正經的。

關於這一點，他的解釋是：「我跟你說過，這就是個玩笑，是我跟自己玩的一個幽默。」

他說：「但是你不能開玩笑，你一定得認真寫。」

但是，兩天後他被帶走了。

我是十點鐘醒來，在院子裡喝那天的第一杯茶的時候，聽鄰居大媽說的。她因為看見這幾天他天天往我家跑，所以覺得有必要特意告訴我這個消息。

她說：「天天來你家喝茶的那位大領導，今天早上給帶走了。」

因為圈地種菜的事兒，他得罪過她，所以這會兒她特解氣。

她說：「我就說嘛，遲早會有這一天！這些當官的，有幾個屁股是乾淨的？」她說：「聽說他不光貪汙，還養著好幾個情人！」說著她還朝腳前狠狠地吐了口痰，末了又用懷疑的眼神看著我，看似懷疑我也是他的情人。

於是我急忙解釋：「哦，我跟他才認識幾天，他請我幫他寫傳。」大媽一聽，眉毛就跑到頭頂上去了，說：「寫傳？腐敗分子還敢寫傳？意思是他貪汙腐敗還光榮得很，還要樹碑立傳嘍？」

我想解釋一下，突然又覺得沒那麼必要，於是我想一笑了之。但大媽不放過我，我笑完了她卻追問上了：「那你還寫不寫？」

這話倒把我問住了。真的呢，還寫不寫呢？

事實上，他已經讓小區完全失去了平靜，菜地沒人管了，廣場舞取消了，太極也不打了，狗啊鳥啊也不遛了，甚至飯也不好好吃了，人們只做一件事情，那就是參與到關於他的熱議中去。有人消息很靈通，很快就知道他栽在什麼事情上，他可能貪汙受賄了多少，以及他有多少個情人和情人們的名字、工作單位，甚至是誰的老婆等等。最後，他請我寫傳這件事情突然顯得比什麼都嚴重，就像是戰爭結束後，敵人埋下的雷。一開始，我關著門窗也能聽到鄰居們在大聲議論（或者說宣揚）：怎麼能給那種人寫傳呢？難道還要讓腐敗分子永垂不朽啊？跟著，就有人來敲門，直截了當地吩咐：別寫了！

他們都是好心人，覺得給這樣的人寫傳，噁心是其次，主要是怕我惹上麻煩。

「他都進去了，你還給他寫傳，到時候追究起來，你說得清楚啊？」

我果然猶豫了一陣子。

但是，在不久後的一個涼風習習的夏夜，在鄰居們對他的樂此不疲的聲討聲中，我開了頭：那個村莊有一個很詩意的名字，叫水美。一條小河從水美村橫穿而過，婦人們都到河裡洗衣服，有時候也釣魚。比如丈夫孩子肚子寡了的時候。她已經懷胎十月了，但具體要哪一天生，她沒有把握。因此她照常到河邊洗衣服，照常把捶衣棒掄得很高。但是突然間，她舉在半空的捶衣棒落不下來了——她的肚子似乎狠狠地痛了一下。但就像一個夢一樣，漸漸又變得遙遠而模糊了。於是她又開始捶衣服，以為那不過是一個錯覺。不過，第二次腹痛就像是為了砸碎她這種想法似的，緊跟著就來了，而且來得那麼猛烈。她痛得丟了捶衣棒，看著捶衣棒被河水卷走，自己卻無力去救，她著急死了。孩子是個體諒母親的孩子，因為他還跟母親是一體，他清楚母親有多可惜那根捶衣棒，於是他噴薄而出，追那根捶衣棒去了。她驚得什麼似的，一時間竟不知道那個孩子是從哪裡冒出來的，但她清楚他是為了替她追捶衣棒，她怎麼能讓一個孩子去為她冒險呢？她得把他拽回來。情急間她發現了一根繩子，其實是孩子連著她的那根臍帶。她抓著那根臍帶，一點點把孩子拽了回來……

我想，我有幾條理由應該完成這個傳。第一，我已經收了稿酬。第二，我寫的是一個傳奇、幽默、正值、受人愛戴的人，雖然跟他同名，但並不是他。第三，他說，這不過是他跟自己開的一個玩笑，一個善意而美好的玩笑而已。第四，我剛好處於靈感枯竭期，也寫不了別的東西。

暑期快結束的時候，我截了稿。

於是，我帶上書稿去探監。

他的目光是意外的，也是對抗的。他比原來胖了一倍，肚子大得像宇宙中的某個星球。這使他顯得很笨重，走路很吃力，坐下的時候，像岩石墜落一般不由自主。

我把一本打印好的書稿和一個裝了書稿的U盤推到他面前，說：「你的玩笑，我幫你開完了。」

他「吃吃」笑起來，說：「我還以為你是來還我的臭錢的。」

這算是對他那一臉對抗神情的解釋吧，於是我笑笑，說：「你看看吧，如果有需要增減修改的地方，下週我來拿修改意見。」

他欲言又止地張了張嘴，最後只說了一聲「謝謝」。

我說：「不謝，拿錢做事，公平交易。」

他看出我在跟他保持距離，於是有些訕。但只那麼一會兒，他又變得無所謂了。他說：「不知道那條娃娃魚後來跑到哪裡去了，你寫到它的去向了嗎？」

我說：「你想讓它去哪裡呢？」

他說：「我想讓它成功逃回到我父親偷釣它的地方，回到它的妻兒身邊。」

我補充道：「它因為有了被釣的經驗教訓，子孫們便再沒有上過鉤，因此它的家庭一直非常興旺。」

他高興地說：「就這樣，把它加進去。」

我說：「可以。」

接下來他又猶豫好一會兒，才下了決心說：「還有一段經歷……我想把它寫進去。」

他緊盯著我的眼睛，好像怕我拒絕。

我點點頭，要他說。

他說：「我跟你講的那些，都是假的。」

我忍不住笑道：「我當然知道那都是假的，修隧道的是一個村民，還是一位婦女；帶領村民修渠的，也是一位村長……」

他腆著臉笑道：「就是就是，他們都是全國勞模，你不會不知道。」

我玩笑道：「你還是想做勞模的。」

他很認真地看了我一會兒，就明白了我的意思。

然後他垂下目光，說：「人其實很渺小。」

想了想，又說：「人就像螞蟻。」

他說：「你把螞蟻扔進河裡，它就再也上不了岸了。除非有人將它拽上岸，就像你寫的那位母親。」

他自嘲地笑起來，因為那是假的。

他說：「我必須跟你說一件真事兒。你得把這件真事兒加進去，這本傳才有意義。」

我等著他說那件真事。

他說：「我不是終於要進鄉政府了嗎？我離開學校的時候，我的學生們都送了我紀念品，你知道的，學生們送的那些紀念品，無非都是筆啊本啊啥的，但其中一個女生，一個學習在班上很拔尖，一直得到我寵愛的女生，她送給我的是一張她的照片，照片背後是她寫的一首情詩。」說到這兒他停下來看著我，像是想看我是不是很驚訝。

於是我假裝驚訝了一下，鼓勵他繼續。

他便繼續：「但我們後來並沒有繼續交往，因為她還是個學生，我不能害了她。我離開學校那年，她考上高中進了縣城。但高二那年，她得了一個什麼病，走了。知道這個消息，我消沉了好一陣，但那一陣過後，我便把她放下了。她已經死了，我的人生還在繼續不是？後來，我戀愛，我結婚生子，再後來，我升官，我受賄，我還有情人，而且不止一個情人。但有一天，我的另一個學生，也就是她的同班同學，在一個偶然的機會跟我遇上，我們一起回憶起那一年的初三，自然就提到了她，因為她是班上的尖子，沒法不提。於是，我又想起了那張照片，想起了那首情詩。我從家裡的一本書裡找到了那張照片，我把那本書和照片一起帶到了辦公室，鎖進抽屜裡，有空的時候，我會翻出那張照片來看，會讀那首詩，每讀一次，就感動一次。因此有一天，我突然覺得，我應該給她一個回應。事實上她送了我照片以後，我還什麼都沒表示過。但我不想也送她一張照片，因為我不會寫詩，沒有寫詩的照片，也沒有意義，而且我已經老了，照片也不好看。於是有一天我突發靈感，就想寫這麼一本傳，我要把這本傳送給她。」

他盯著我看，好像要徵得我的同意。

我點點頭，說：「是個好主意。」

他輕鬆的表情一下子泛開來，那是一個很欣慰的笑容。他從貼身的衣服裡拿出一張照片，推到我面前。那是一張發黃，並且被磨得四周發毛的黑白照，小姑娘穿著白襯衣，笑得很甜。

等我看過了照片，他又將它翻過來，讓我看那首情詩。因為照片不大，詩又長，字就寫得相當擠，好在那字稚嫩，好認，而且只讀了兩句，後面的我就很容易認了。

這首詩是這樣的：

〈送別〉

不是所有的夢都來得及實現
不是所有的話都來得及告訴你
內疚和悔恨
總要深深地種植在離別後的心中
儘管他們說　世間種種
最後終必成空
我並不是立意要錯過

可是我　一直都在這樣做
錯過那花滿枝椏的昨日
又要錯過今朝
今朝　仍要重複那相同的別離
餘生將成陌路
一去千里
在暮靄裡
向你深深地俯首
請為我珍重
儘管他們說　世間種種
最後終必　終必成空

這首詩我熟悉，後面我幾乎是背出來的。完了我想告訴他，這是席慕容的詩，但又沒有。我說：

「這詩很棒！」

他收回去，重新寶貝一般往衣服裡藏。他說：「她是我的得意門生，語文特別好，作文一直是全級第一。」顯然，他堅信這首詩是她寫的。

他說：「你一定要把這段加上去。這本傳裡只有這一段經歷才是真的，但我相信假的那些她也喜歡。」

我說：「我也相信。」

我起身告別，看著他吃力地站起來。見我盯著他看，他覺得可能應該解釋一下，於是指著自己的大肚子說：「糖尿病人最終都會這樣。」

一週後，我要帶修改過的書稿去交差。臨走時突然起了個念頭，把席慕容的詩集也一併帶上了。不過到了那裡，我卻沒把它拿出來。

來時他帶著初稿。我將帶來的第二稿給他，特意將增加的細節指給他看。他埋頭看完那兩個地方，說他非常滿意。他讚嘆了一番我的文筆，又讚嘆了我的守信用，最後，他給了我一張紙條，上面寫著一個地址。他說，到那裡跟人打聽一下，便能找到她的墓。他拜託我再打印一份書稿焚燒到她的墓前。

他說：「真的假的不重要，是吧？」

我的腦子裡突然閃過照片上那首情詩。

我說：「是的。」

牆上的日記

接到拆遷辦的電話時，趙小蘭和李洪生都在榆林。一聽說他們的房子要拆遷，兩口子都有點懵。他們出來找兒子已經有三年時間了，這三年裡，除了跟派出所老王打個電話，打聽一下他們有沒有兒子的消息，再沒關心過別的事兒。

「啷辦？」大事小事，趙小蘭一貫都是這樣問李洪生。

「啷辦？回去啊！」李洪生也從來都是拿主張的那個人。但這一次李洪生表現得很焦躁，還很憤怒。他焦躁是因為兒子還沒找到房子又要拆遷了，憤怒是因為趙小蘭那副沒有主張的樣子。在他的印象裡，趙小蘭永遠是一個沒有主張的人，小事上，她從來都只說聽他的，大事上，她又從來都只會問「啷辦」。就連他們丟了兒子，她也只能問他：「啷辦？」

兒子是她弄丟的，完了她卻問他「啷辦」，你說他該啷辦呢？他恨不能揍死她解個氣，但臨了又沒有。他不是那種隨便就可以伸手打人的人，更何況還是趙小蘭這樣的人。

趙小蘭是個什麼樣的人呢？出嫁前是父母的乖乖女，父母說什麼聽什麼。出嫁後呢，又是一位賢妻，丈夫說什麼聽什麼。你說菜淡了，她立馬去加鹽，你說菜鹹了，她立即去加湯，你叫她站著，她便不坐，你叫她坐著，她便不站。得到這樣一個人，一開始還當寶貝，時間一長，就會生膩，就會把這叫「無用」。尤其當面臨大事兒，你需要分擔壓力的時候，這樣的人，只會給你平添鬼火。

但是這一次趙小蘭居然問了一句：「那兒子呢？」這是她第一次對丈夫的主張提出質疑。

李洪生有點驚訝，因為在他的印象裡，她那腦子就是個擺設，可從這個跡象看，它其實也是可以轉起來的？好像是因為這個轉變，他的態度居然平和了些。

「兒子就暫時別找了，先回去處理房子的事兒。」他說。

「不找了？」趙小蘭問。

「不找了，我們都找了三年了，從南找到北，從西找到東，把全中國都找遍了，把積蓄也花完了。」李洪生語氣裡全是洩氣。

趙小蘭便沒再繼續提問，她那腦子好像轉到這裡，也就停下了。雖然回來的路上她沒少回頭，就像兒子可能就在他們身後那樣，但她最終還是跟李洪生一起回來了。

回到家，鄰居們個個都問：「不找了？」

李洪生便一個個回答：「不找了，先處理房子的事兒吧。」

她也一個個回答：「李洪生說，不找了，先處理房子的事兒。」

鄰居們都在忙搬家的事兒，就說：「也是，先把家搬了吧，要不然，過幾天挖掘機就開進來了。」

李洪生也這麼想，但趙小蘭卻不同意搬家。她有史以來第一次有了自己的主張，就像那種從來開會都不吱聲的人，突然就表起了態。

她說：「這家不能搬。」

你問她為什麼，她就說：「這家要是搬了，兒子要是自己找著路回家來了，卻找不到家，啷辦？」

李小小丟的時候才三歲，大家都認為沒有這種可能，李洪生也認為沒有這種可能。但她卻堅信，只要兒子有了回家的機會，他就一定會回家。三歲的時候可能不行，但現在他都已經六歲了，再往後，他還在長大，七歲、八歲、九歲……自從離開了爸爸媽媽，他就沒有停止過對他們的想念，只要一有機會，他還不第一時間就找路回家嗎？

所以，這個家，堅決不能搬。

這話的確是有道理的，所以李洪生也就有史以來第一次失去了主張，也是第一次和她發生了角色顛倒。

「那……啷辦呢？」他竟然也會這麼問。

李洪生從來都是一個遵紀守法的人，你讓他做釘子戶，那是不可能的。這一次，是趙小蘭拿的主意：離婚。離了婚，李洪生搬自己的那一半家，她留下來。

李洪生質疑地問：「有這個必要嗎？」

趙小蘭說：「你不想做釘子戶，就只能這樣。兒子是我弄丟的，我留下來等。」李洪生聽她說這話的同時，還看到了她眼裡的意志。很顯然，趙小蘭的人生態度已經發生了顛覆性的改變。她曾經的順服，服從父母，順從丈夫，服從於規矩，那都是因為，這是和平的基礎。但當這種和平遠遠偏離了她的意志，她就必須做出改變。

李洪生現在看到的，已經是一個比他更強大的趙小蘭。而他，反顯得那麼沒用，於是他問她：「那地呢？」

他們家是菜農，即便離了婚，他也可能要做菜農，所以地很重要。他們住的這地方，和離家近的兩塊地被徵了，但遠處還有兩塊菜地，是在紅線外的。

趙小蘭說：「地也一人一半吧。」

因為她跟他的打算一樣，今後也還是要做菜農的。

事情就這麼定了，他們辦了離婚手續，李洪生搬家，趙小蘭留下。

他們的家，是兩層樓的平房，結構很簡單，樓下兩大間，樓上兩大間，中間一道樓梯。這樣的房子分起來也很簡單，以樓梯為界，一人一半。原來，他們家是樓下廚房客廳，樓上住人。一分為二後，趙小蘭要了兒子原來的臥室，和正對那間臥室的廚房。

李洪生是不帶走房子的，他只帶走他那一半邊房子的拆遷補償費。所以他說：「其實我搬了以後，這房子就全都是你的了。」好像是因為這一點，他搬的時候，也就還是一副坦然的樣子。

但趙小蘭並不想要他的房子，他一走，她就將它們全鎖上了。她要那麼多屋子幹什麼，只要有兒子那間臥室就夠了。她將兒子的衣櫃歸整歸整，把自己的衣服也放進去，把兒子的枕頭往裡頭挪挪，自己的枕頭挨著放下，就把自己安頓好了。

一開始還是有些不適應，兒子丟了，丈夫也搬了，家很空，心也很空。因此頭一天，她整整一天都待在兒子的臥室裡。在這間屋子裡，她到處都能看見兒子的影子。睡到床上，甚至可以摸到，可以和他抱成一團嬉鬧。兒子喜歡在牆上亂塗亂畫，這裡一個太陽，那裡一朵花，都是幼兒園阿姨教的簡筆畫。

床頭的地方，有一朵巨大的向日葵，算是他留下的最複雜的畫了。但很顯然，在用色問題上，兒子還沒出師，向日葵是紅色的。在向日葵的旁邊，是趙小蘭寫下的一句話：一九九七年五月十八日下午四點半，兒子在幼兒園門口被人偷走。

那是丟了兒子的第二天晚上，也就是他們兩口子決定出門尋找兒子的那天晚上留下的。那天晚上她就睡在兒子的床上，臉朝著牆壁，朝著牆上的那朵向日葵。兒子的床頭正好放著他畫畫的彩筆，紅色，於是，她順手拿起那支彩筆，在牆上記下了那句話。

三年多時間過去了，趙小蘭已經沒了當初那麼多眼淚，但牆上那句話卻依然鮮豔奪目，跟那朵向日葵一樣鮮豔奪目。

這天，她一整天都睡在兒子的床上，還是當時的那個姿勢，臉朝牆，側臥。她的臉和那朵向日葵正對著，只隔三十釐米，就像兩張臉互相望著。但事實上她一整天都看著那句話，因為那句話緊挨著向日葵，她看它的時候，都不需要移動視線。

天黑下來，屋裡暗下來了。她起來開了燈，又拿起了兒子床頭上那個筆頭。好像是受到那句話的呼喚，她記憶裡那些沉睡著的日子，便都活躍起來，都爭著擠著，要到牆上去。

一九九七年五月十八號下午五點鐘，我們已經找遍了整個小河區，兒子還是沒有下落。有人說，肯定是被人販子偷走了。我們就報了案。

一九九七年五月十九號上午九點過，派出所回答我們：他們已經立案，案子由老王負責，以後專門由他跟我們對接。

一九九七年五月十九號晚上，我們決定第二天出門找兒子。李洪生聽人說，最近幾年人販子都往河南河北去的多，我們得跟著這條路追。

一九九七年五月二十號早上七點，我們上了貴陽去鄭州的火車。下午四點半，李洪生打電話到派出所問老王，有沒有兒子的消息，老王回答說沒有消息。

……

二〇〇〇年三月五號中午，老王打電話說我兒子有消息了，說在陝西的吳僕（堡）縣發現了一個孩子，跟我兒子情況很像，他們正在趕過去核實。但第二天晚上八點老王又來電話說，那不是我兒子。那時候，我們正在前往吳僕（堡）縣的路上。接到老王的電話後，我們還是去了吳僕（堡），我們想見見那個孩子。

二〇〇〇年三月十號，我們到了榆林……

三年，一千多個日子，九百多篇日記——它們擠擠挨挨占了兩面牆壁。一口氣寫完這些日記，趙小蘭感覺心裡好受了些。牆上有了她的那些日記和兒子的那些畫，這間屋子就不再那麼空寂，她也就不再那麼孤獨。更何況，她的內心還有一個等待兒子回來的希望。

村裡的人都搬完了，就趙小蘭不搬，拆遷辦主任就來了。

趙小蘭很好客，急忙燒水泡茶招待。她現在接待客人的地方是在廚房，客人只能坐餐桌邊喝茶。喝著茶，主任說：「大家都搬了，你也就搬吧，啊？」

趙小蘭說：「我不能搬啊。我早就說的不能搬啊。」

又說：「要是能搬，我就不用離婚了。」

拆遷辦哪一個不知道她是為留下來等兒子呢？因此，話才一開始就聊不下去了。

後來還是趙小蘭自己出來圓場，她說：「你們建你們的城，我不影響你們。」

主任就苦笑，這話怎麼說呢？我們要建城，你這房子釘在這裡，還怎麼建？

趙小蘭說：「我這房子才多大？你們要建的城是多大？」她的意思是，她那房子小，對於一座城來說，是可以忽略不計的。

她說：「我必須留在這裡，不然兒子要是回來了，就找不到家了。」

她句句都是實心話，但對於拆遷辦主任來說，卻等於碰了軟釘子。沒辦法，他找到了派出所，問：「趙小蘭的兒子有下落嗎？」

說，這事兒具體是由老王在管哩。

誰是老王？老王在哪裡呢？

對方一陣「老王，老王」地喊，老王就從廁所裡出來了。老王並不老，才四十出頭，但因為所裡的人都比他年輕，所以就都叫他老王。

主任眼前就要退休了，但聽別人這麼叫，他也叫了「老王」。

他說：「老王啊，你到底有沒有在找趙小蘭的兒子啊？」

老王一聽就急了，說：「我怎麼沒找呢？」

主任說：「那你是怎麼找的呀，怎麼找了三年都沒找著啊？」

老王這才想起問：「你是誰呀？」

主任說：「我是老張。」

老王說：「趙小蘭的兒子關你老張什麼事兒？」

主任說：「因為我得在退休之前把這一片的拆遷工作圓滿完成嘍。」

一聽說關係到拆遷，老王也就明白了。

主任說：「老王啊，你得幫我們一把。」

老王說：「你要我對拆遷居民搞武裝鎮壓？那可不行。」

主任說：「哪是要你搞武裝鎮壓呢，我是想你快點找到趙小蘭的兒子啊。」

老王兩手一攤，說：「你來找嘛。」這就是在說，找一個被人偷去藏起來的小孩有多難了。

主任泄了氣，只好退而求其次地請求他去幫忙勸說。老王跟趙小蘭熟，老王還管著趙小蘭兒子的事兒，他勸勸，或許就行了。他還給老王出了個主意，比如說，他可以告訴趙小蘭，不管她今後住到了哪裡，她兒子如果回來了，他們派出所一定幫她送到家。但老王一句「屁話」就把他這個主意否了。老王說氣話的時候喜歡瞪眼睛，他就那樣瞪著眼睛喊道：「你的意思是，如果趙小蘭的兒子自己要回家，得先到我們這裡報到？」

但他還是答應陪主任走一趟。

不過這一趟他們卻撲了個空。趙小蘭沒在家。門開著，人不在。他們從樓下找到樓上，都沒看到人，卻把那滿牆的日記看到了。他們花了好長時間才讀完了。讀完以後，老王轉身就下了樓。主任在後面追，追到樓下，老王好歹站下了，但他又是兩手一攤，說：「你們都看到了，這房子還怎麼拆？」

主任來氣，埋頭拿眼滿地晃，晃完了像牙痛似的扭曲著臉說：「她這不是存心的嗎？」隨行的手下小著聲出主意：「其實用相機拍下來，找人給她謄抄到本子上就可以了。」

老王瞪起眼喊道：「啥？」

主任顯然也覺得不能那麼簡單，但他的手下還是那麼自以為是，他說：「她之所以寫在牆壁上，可能是因為當時家裡沒有筆記本。」他還說：「像趙小蘭這樣的人家，孩子又才上幼兒園，家裡找不到一個像樣的本本是正常的。所以，我們還可以送她一個高級的日記本，讓她把它們抄下來……」

老王不等他說完又喊起來：「我說你是真不懂，還是裝不懂啊？」

這一吼，那邊只好打住了。但看那一臉茫然，是真不懂。

老王無語地搖了搖手，轉身就走。

那會兒趙小蘭去了菜地。不鎖門，是怕兒子找回來了，進不了家。兒子隨時都有可能就回家來了，門怎麼能鎖呢？她無論是出門，還是夜裡睡覺，都讓門虛掩著。

荒廢了三年的菜地，已經長出了好高的野草，大棚也都破得只剩下殘骸了。李洪生也在，他在他那塊地裡割草。

兩人見了，李洪生第一句便問：「老王那裡跟你聯繫沒？」離了婚，他要搬走，家裡那只因為兒子丟了才買的手機，就留給了趙小蘭，方便老王跟她聯繫。

趙小蘭說：「沒呢。」

趙小蘭也是來割草。這要是在以往，兩人應該是站一個地頭一起割，現在是一人一個地頭，各幹各的。

埋頭幹了一會兒，李洪生又說：「這棚得換新的了。」

趙小蘭不抬頭，讓聲音貼著地面傳過去：「你還是要種大棚？」

李洪生說：「不種大棚種啥？」

趙小蘭沒做聲，她在想，我就不用種大棚了，種點節令上的菜算了。

李洪生說：「我看這架子還可以將就，改天你把膜買來，我幫你搭。」

趙小蘭說：「你先搭你的。」

李洪生說：「是嘛，我先搭我的，搭好了我幫你搭嘛。」

那天下午，趙小蘭接到了老王的電話，但跟他們兒子沒關係，是說拆遷辦的在等她。接電話時，李洪生一直眼巴巴盯著趙小蘭手上的手機，所以接完電話她便告訴他：「是老王，說拆遷辦的人在等我。」

李洪生說：「那你去吧。」

趙小蘭一走，李洪生就進了她的地。趙小蘭來得晚，沒他割的多。在天完全黑下來之前，他幫她突擊了一下，讓她的跟他的一樣多。

趙小蘭風風火火趕回家，遠遠地看到老王和拆遷辦的人都站在她家院子裡，便緊趕著招呼：「唧不進屋呢，門沒鎖呢。」

一行人也不好說啥，只是禮貌地笑。等她走近了，推開了家門，他們又才跟著她進門，好像之前他們並不曾擅自進過她家。

趙小蘭一進門就趕緊洗了手燒上水，完了又風風火火拖椅子邀請客人入座。

老王說：「你別忙活了，他們想跟你說說你樓上那屋。」

趙小蘭兩眼迷茫地看著老王，顯然她沒聽懂這話是什麼意思。

主任只好解釋：「你牆上那些日記……你怎麼要把日記寫到牆上呢？」

趙小蘭還拿眼去看老王，因為她不明白，那日記是寫到牆上，還是寫到別的什麼地方，跟別人有什麼關係。

老王又只好跟她解釋：「他們的意思是，你把日記寫到牆上，就是存心跟他們過不去。」

趙小蘭一臉冤枉地說：「沒有啊！」平心而論，她寫這些日記的時候，還真沒想過是這種事兒。

既是這樣，拆遷辦這邊也就不好意思再在這個問題上糾結，於是就用了折衷的辦法，說：「要不，我們給你個日記本，你把它們抄下來？」

說這話的時候，日記本已經遞上前來了。皮面，嶄新嶄新，一個小時前才專門為她買的。

趙小蘭又要拿眼去看老王，老王就把頭臉轉到身後去了。

這邊還想說什麼，老王突然來氣地扯上主任，說：「走吧走吧！我跟你們說過不行的。」

主任也沒掙，由著他拉拉扯扯就出了門。但他那位手下卻還百折不撓地希望把那本日記本送出去，沒辦法，老王只好放了主任，又跑回去把他拖了出來。

「你讓我怎麼說你們呢！」老王一邊趕著人，一邊狠狠地說。

主任完全是一副任打任怨的樣子，他的手下卻還在頂老王的嘴：「可那樣子我們怎麼拆呀？」

老王氣得兩眼發黑，說：「難道她抄下來了，你們就能拆？」

那手下還想說什麼，卻被主任呵斥住了。「你還有話說呀！」主任說。

那傢伙當真就沒話說了。

第二天上午，主任又來了一趟。趙小蘭又沒在家。他們在那間寫滿日記的屋子裡站了足足半小時，最後他只能以嘆氣收場。

手下永遠都希望領導知道自己有多高明，所以他悄聲問主任：「強拆吧？」

主任白他一眼，說：「再過兩天，我的退休手續就下來了。強不強拆，是你們的事兒嘍。」

他這麼消極，區領導就不得不出面了，於是第三天主任就還得陪同區領導來一趟。考慮到怕趙小蘭又下地去了，這天他們來得很早。趙小蘭正吃早飯呢，見他們來了，趕緊藏了半碗麵湯，忙著擦桌子拖椅子，又要燒水泡茶。主任就叫她別忙活了，說張區長就想看看你家樓上那屋。趙小蘭一聽這話，又趕緊換個表情，請領導們上樓。因為對這屋很熟了，也不需要她帶路了，主任自己就把區長帶到二樓了。

那裡上了樓沒了聲，這裡趙小蘭依然抓緊時間燒了水，泡了茶，用個茶盤端到了二樓。看兩人都在認真看她那些日記，趙小蘭便將茶水放到旁邊的小書桌上，細了聲說，這裡喝茶。

這當口，區長也已經看得差不多了。事實上這樣的日記也無需看完，況且，在兒子還沒回來之前，這日記本來也還沒完。

他回轉身問趙小蘭：「這個……你留下等兒子對吧？」

因為跟她說話的是區長，趙小蘭多少有些受寵若驚，因此她把頭點得跟什麼似的。

區長像是突然發現自己很渴，回頭到小書桌上端起茶水小心喝了一口，說：「那……這房子，你是怎麼打算的？」

趙小蘭說：「你們建你們的城，我不影響你們。」

區長就沉吟，說：「可是……會影響到你呀。」

趙小蘭忙說：「不影響不影響，只是挖李洪生那半邊房子的時候，記得把樓梯給我留著就行。」

區長默默地站了一會兒，又回頭瞟了一眼那滿是字跡的牆，就決定下樓了。他跟趙小蘭握了手，說謝謝她的茶。趙小蘭激動得什麼似的，就要留領導們吃飯，說這麼早，領導們還沒吃早飯吧，我煮面去。區長說不啦不啦，不耽誤你啦。說著就逃也似地下了樓。到了一樓又回頭跟趙小蘭揮揮手，說，那我們走啦。就真走了。

區長不吭聲，主任也就不敢做聲。可這事兒到底怎麼辦呢？主任心裡嘀咕呢。默默地走出去二十米遠，區長終於問起了主任：「怎麼樣，你是這兩天就退休了？」

主任說：「就這兩天了。」

區長說：「那你打算把這問題撂給新主任嘍？」

主任說：「我也不想，可……」

區長突然就站下了。他站那兒想了一會兒，又想了一會兒，像是鼓了很大的勇氣才說：「拆吧。」

主任一愣，難道是要強拆？

區長白了他一眼，說：「拆的時候小心一點，記住她的要求，一定要把樓梯給她留著。」

挖掘機一進村，趙小蘭便整日整日地待在菜地裡，中午飯也都是到街上買來吃。她決定不種大棚了，地頭上那些還可以用的棚架子全給了李洪生。李洪生拿了那些架子，就給她買了幾天的中午飯。

十來天後，平場工程結束了。村子成了一片平地，村子旁邊的村子也成了一片平地，沿臥龍山一千多畝的地方全成了平地，只剩下趙小蘭那半邊房子杵那兒。趙小蘭站二樓那麼一瞭，心裡便唏噓：這要是兒子回來了，不遠遠地就可以看到家嗎？

可建築隊一進場，村口便多了一道圍牆。圍牆是臨時的，用假草皮包著，上面掛著「安全生產，人人有責」一類的標語。圍牆不高，但趙小蘭的房子也不高，從遠處看過來，圍牆就把她的房子全遮了。

於是，趙小蘭便坐到村口去賣菜。

她應急種的小白菜和蘿蔔秧子已經可以上市了，早起下地拔了，捆成一小把一小把，挑到村口，往那一坐，便再不離開了。

派出所也在村口。老王見她坐這裡賣菜，便過來買上一兩把小白菜或蘿蔔秧子。連著買了兩三天，往後趙小蘭就選最好的留著，他一過來，她便把菜遞上去。但她這樣做，又好像是為了請老王幫忙。她問老王：「你說，我像他們那樣，在這圍牆上掛塊布，寫上『李小小家由此去』，可以不？」

老王愣了一下，但很快就說：「我想肯定沒問題吧？」

他還想說：「你去跟他們說說，我想他們一定會答應的。」但一看趙小蘭那眼神，他就改了口，說：「我過會兒去跟他們說說。」

於是，趙小蘭便硬要送他兩把菜，他不收，她又非送不可，推來推去，最後還是老王認了輸，收下了。提了菜要走，突然又問趙小蘭：「你說只想寫一句『李小小家由此去』？」

趙小蘭說：「嗯啦。」

他說：「就是給兒子做個指路牌吧？」

趙小蘭說嗯啦嗯啦。

第二天早上，趙小蘭剛到村口坐下，老王就來了。他手上拿著一卷廣告布。見他來了，趙小蘭就把準備好的菜提起來，只等他到了跟前就遞給他。但老王到了跟前卻不接菜，而是打開了那卷布。那正是趙小蘭想要的指路牌，上面寫著「李小小家由此去」，完了後面是一個大大的箭頭。

老王問她：「是這樣的吧？」

趙小蘭忙點頭說是的是的，就是這樣的。

老王指指工地大門，過去跟門衛喊了幾句話，兩人便拉扯著那塊布往牆上掛。趙小蘭見了，趕緊跑過去幫忙。三個人忙活了一會兒，那醒目的路標便掛上去了。

老王看看路標，又看看趙小蘭，說：「這回好了吧？」

趙小蘭說：「這回好了，我不在這裡的時候，兒子也能找著路了。」

但這幅路標其實讓老王心裡很不是滋味。尤其讓它掛在派出所對面，他就怎麼看怎麼像諷刺。要知道，如果他們已經找到了李小小，還需要這路標嗎？

自從有了這路標，老王便不再去買趙小蘭的菜了。上下班時，他甚至都不敢朝她那邊看，因為她的背後就是那路標。但他又不能長時間都這樣，過一段時間，他還得硬著頭皮走過去打聲招呼，買上一把菜，然後告訴她：「我們這些天又比對了上百張照片。」

他不能讓她覺得，他們已經把她的兒子忘了。

趙小蘭卻因為有了那路標，在菜地裡待著的時候，便踏實多了。菜地是需要經佑***的，下種、施肥、搭架、殺蟲，不然哪有菜來賣？他和李洪生時常都會在菜地裡碰上，李洪生有時候也會順手幫她一下，比如正澆水的時候，他會把管子拖長一點，到她菜地裡噴噴，比如摘菜的時候給她兩個反季節的茄子、黃瓜。趙小蘭從來也都不推，自己拔草的時候，見他地裡有草了，就替他拔了。路過的時候見他的菜葉子上有條蟲子，就幫他捉了。

因為她的日子被綁在一個「等」字上，所以它在她這裡是靜止的。她天天坐一個地方賣菜，天天在那塊菜地裡重複著那些活，可別的地方，日子卻是在往前走的。她坐的那個地方，身後已經聳起了幾十棟高樓，她的菜地旁邊，有一天也多出了一個人。

那天李洪生打完他家大棚裡的農藥，就背著個噴霧器直接來到了趙小蘭的菜地。因為他知道這個時候趙小蘭的菜地裡也有蟲子，他想順便也給她噴一噴。可他剛剛走進趙小蘭的地頭，身後就有人在喊：「李洪生，你好像走錯地方了哩！」

***經佑：照料。

喊話的人是他新處的對象，也是個勤快人，照著他的安排，她送化肥來地裡了。

當時趙小蘭正在自己的地頭栽菜秧子，尋聲見了人就有點兒傻，問李洪生：「那是哪個？」

李洪生沒說那是誰，只「嘿嘿」笑了兩聲，看上去有點兒難堪，像他偷東西給趙小蘭抓了個正著。

當然，他的難堪還在於他不能給趙小蘭打農藥了，他得回到他自己的菜地裡去。

在趕過去之前他抓緊叮囑：「你得抓緊，不然菜兩天就給蟲吃光了。」

趙小蘭說：「沒事，有些人偏偏喜歡買帶蟲眼兒的菜。」

又偷偷說：「你找了個醋罈子。」

李洪生美美地笑笑，又正了顏說：「你也該找個人了。」

趙小蘭說：「說得輕巧，哪個願意來跟我住臥龍城啊？」

「臥龍城」是她那個村子如今的名字，因為村子依著的那條山脈叫「臥龍山」而得名。

臥龍城分五期，一期是別墅區，二期是花園洋房，三、四、五期都是高樓。雖然數字排隊是排在後面，但建的時候，三、四、五期卻是排在第一批建的。趙小蘭家這一片，屬第五期，建成後，村子便不再是村子，而是一座城了。她那半個平房，就像森林裡的一個蟻巢。

正像森林的一個蟻巢可以忽略不計一樣，趙小蘭的房子當然也可以忽略不計。她說得對，你們建你們的城，我不影響你們。她的房子的確沒對這座新城產生什麼影響，它甚至都沒體現在沙盤上。

在這座小城裡，李洪生的那半個地基後來變成了一個建築垃圾池。一座新城建成後，是必須要有這麼一個垃圾池的，因為新城在成長過程中會不斷產生建築垃圾。這個垃圾池靠著趙小蘭的房子，就跟別的垃圾池不一樣，有人看守了。雖然並沒有人開給趙小蘭一份看守垃圾池的工資。

說是建築垃圾池，但除了裝修房子時產生的建築垃圾外，住進來後，一些人也會在出門時順路把生活垃圾扔這裡。這是一件得到了默許的事情，因為物管只公開告示過，不准把建築垃圾扔生活垃圾桶裡，卻並沒有告知過不准把生活垃圾扔建築垃圾池裡。既然趙小蘭那寒磣的小平房都可以被忽略，誰又會在意幾包生活垃圾進了建築垃圾池呢？

趙小蘭在意過。但別人也是圖個方便，你趙小蘭又不是物管的人，憑什麼管得著別人是往哪裡扔垃圾呢？更何況人家又沒扔到你屋裡，人家扔的是垃圾池。

時間長了，鄰居們還就都認識她了，路過這裡的時候，一邊扔垃圾一邊還要跟她打個招呼，或叫一聲「趙姐」，或拋一個微笑，再不濟也會點一個頭。她哪裡能跟這樣的人過不去呢？於是，她很快就成了一個禮貌而且親切的人，人家一聲「趙姐」喊過來，她忙應，「哎。」「上班去哈。」

人家跟她打著招呼，就有可能把垃圾扔偏了，沒扔進垃圾池。人家是要重扔的，但她一般都不讓，她說：「趕緊走吧，別上班遲到了。」那裡還沒走，她已經趕過去把那跑偏的垃圾撿起來丟進垃圾池了。

她惟一巴望的，便是那位清運垃圾的清潔工，只要垃圾滿了，他就開著個垃圾車來把垃圾鏟走。所以她對這位清潔工最好了，他每次來，她都要為他泡上一杯茶。他每次裝完垃圾，也都要把那杯茶喝了再走。但就這樣，她也改變不了必須得垃圾池滿了，他才能來清運的現實。

那些生活垃圾，在她等待垃圾池滿起來的過程中，不斷地散發臭氣，從初夏到深秋這一段時間，它們還不斷地生出成團成團的蒼蠅。它們不僅到處亂飛，還嚶嚶嗡嗡製造出發電機一般的噪音。

所以趙小蘭認為，沒人能夠忍受那個地方。

她知道，要不是為了等兒子，就她趙小蘭也是難以忍受的。

她對李洪生說：「你不曉得那個臭。」

出於關心，李洪生還真去看過。但看完了，他能說的就只有一句話：「那啷辦呢？」這話不是為了做什麼商量，是無可奈何的意思。他當時或許真冒出過讓趙小蘭搬走的念頭，但也只能是冒冒念頭而已。自從他們離了婚，自從他從這裡搬走，就好像他已經得到允許撤出他們原來的生活，有關於他們的兒子的事，他就沒有權利再管了。他能做的，就是在他選擇的那條路上把自己走好。所以，他們離婚一年後，他處了新對象。在兒子的問題上，他也找到了新的出路——再生一個。

他當然也希望趙小蘭走他那條路，但這話他說不出口。別說勸趙小蘭，就連他自己選擇了這條路，都讓他心生慚愧。所以他在面對趙小蘭門前的垃圾池時說「那啷辦呢」的時候，其實在想他的那個選擇，在想他的新對象正在隆起的肚子。

趙小蘭並不在意這些，關於他的新對象，她自從說過他找了一個醋罈子以後，再沒說過關於她的任何話。她屬那種只長了一個心眼的人，這種人一旦認定了一件事情，就只做那一件事情，別的事都跟她不相干。她要留下來等兒子回家，就好好地等。垃圾池髒、臭，她便在垃圾池周圍種上花草，甚至連垃圾池門口也放上盆栽。垃圾池生蒼蠅，她便殺蒼蠅。她不在菜地上用農藥了，噴霧器和農藥專門用來對付家門口的蒼蠅。天亮前來一次掃蕩，將它們殺死在睡夢中，天黑後再來一次掃蕩，提前送它們長眠。她將粘蚊紙放在餐桌上，灶臺上，屋門口的椅子上。那些漏網的，或是在天亮後誕生的，沒頭沒腦亂撞，撞上去就逃不掉了。每天下午的時候，那些粘蚊紙上全都密密麻麻擠滿了蒼蠅，很像她晒的豆。

「臥龍城」第一批工程竣工後，村口那用來保證施工安全的圍牆早已經拆了，她給兒子掛路標的地方，已經變成了一個二十米寬的小區大門。路標沒地方放，還是老王幫了忙，跟物管通融了一下，改掛在小區門口的廣告窗上。因為廣告更重要，那條路標只能掛在最下端，以不擋廣告為宜。地方小了，路標也只能小一點。舊的早已經破了，換新的時候，就改了尺寸。廣告花花綠綠的，很搶眼，趙小蘭生怕兒子回來了，只看得見廣告，看不見那條路標。於是又改做了一塊鐵牌子，希望老王允許她掛在小區門邊兒上。老王說，我倒管不著這事兒，只怕物管不讓呢。但當物管要拆趙小蘭那塊鐵牌子的時候，老王又管上了。結果物管看在老王的份兒上，只將那塊牌子換了個地方。換哪兒呢？大門對面不正好是派出所嗎？就換到派出所的牌子旁邊。

原來掛派出所對門，已經很諷刺了，現在乾脆掛門口了，這成了什麼了？但老王也只能打脫牙往肚裡咽，認下了。

然後，趙小蘭就還是坐在大門口賣菜。因為那塊牌子掛在她對面，她一抬頭就能看見，所以她一閑下來，就總抬頭往那邊看，於是老王又天天去買她的菜了。

這塊牌子後來變得很有名，凡住這裡的，或不住這裡但很熟悉這裡的，都知道這塊牌子背後有一個怎樣的故事，而故事裡最能引起人好奇的，就是牆上的日記。

就有人跟趙小蘭提出：「趙姐，我們上你家樓上看看可以嗎？」

趙小蘭問：「上樓看啥呢？」

這人天天往這裡順垃圾，他們早都熟得不能再熟了，所以人家才敢跟她提出來，也所以趙小蘭跟著就說，樓上有啥好看的，你去看吧。他便真上去看了。這是第一個完全不相干的人去看那些日記。據他自己說，看完後他相當震撼。於是他建議鄰居也去看一看。鄰居們總是會碰一起的，比如出門往這裡順垃圾的時候。本來臉已經熟了，就差搭個訕了。扔完垃圾，他便指指旁邊那半邊平房，說：「可以到二樓看看的。」

原來人家也早聽說過牆上的日記，便問：「可以去看？」

他便說：「我都看過了。」

說：「跟趙姐說一聲就行了，她人好，不反對的。」

說：「或者她不在家時去看也可以，反正她的門時常都沒上鎖的。」

因為這位鄰居羞於跟趙小蘭提出請求，便真找了個趙小蘭不在家的機會。那是下班回家的時候，他因為惦記著「日記」，便早幾分鐘下了班。而那會兒，是趙小蘭賣菜的第二高峰期。人們都要在下班的路上順點菜回家，好做晚飯。畢竟是偷偷進人家屋，很不安，看路上來了個人，也不管認不認識了，攔了說：「聽說這樓上滿牆都是日記，你上去看過嗎？」

路人說：「我也聽說了，但沒上去看過，能去看？」

這人說：「我鄰居上去看過了。這下趙姐不在家，要不，我們也上去看看？」

路人說：「這樣好嗎？」

這人說：「我們又不偷她東西。」

路人想了想，便跟他一起上去了。因為緊張，他們匆匆忙忙看了一遍就趕緊出來了。但兩人都表示自己不是一般地震驚。一個說，天啦！一個說，都寫到前天了。說，只要是關係到她兒子的信息，她都記下來了。說，這派出所是吃乾飯的嗎？怎麼總是只能告訴她，他們沒找到呢？說，派出所也是為了告訴她，他們一直在找吧。

他們就這麼議論著下了樓，腳重新著陸到回家的路上，那顆因為「偷」而懸著的心也踏實下來了。從此後，他們就成了好朋友，即便不是好朋友，也都是擁有共同祕密的人，以後再碰上，那都是要打招呼的了。有時候甚至會聊上兩句，或跟對方打聽一下日記有沒有添新，或聊點兒當下的熱點話題。

有了第一個，就會有第二個、第十個、第一百個。一帶十，十帶百，後來幾乎全臥龍城的人都來看過日記，這些人也全都熟了，全都因為「日記」而變得像真正的鄰居那樣親切了。因為這個，那一年「臥龍城」竟被社區評為「模範小區」。那塊牌子就掛在小區大門口，趙小蘭平常就坐在它的跟前賣菜。

大家都清楚這份榮譽是趙小蘭帶來的，出於感激，大家就都來買趙小蘭的菜。以前趙小蘭一天只能賣完一挑菜，現在可以賣兩挑。

但生意好起來了，趙小蘭的精神卻不如以前好了。給人的感覺，她比以前愛走神了。有人跑去她家看過了日記，說問題可能出在李洪生生了個兒子。

通過牆上的日記，大家都知道，有一天，趙小蘭在菜地裡遇上了李洪生和新對象生的兒子。因為這個兒子跟他們丟失的李小小很像，趙小蘭當時差一點兒就誤認成李小小了。

牆上有句話是這樣的：我以為是我家小小呢，可他們兩口子卻說他叫李燈籠。

事實上，還有一點她沒記，就是李洪生的新對象當時還吼過她：哪是李小小，我家兒子沒那麼晦氣，他叫李燈籠！李洪生也說了句：「是的，他叫燈籠。」他說這話的時候，雖然表面上還帶著一份李小小給他的傷感，但內心顯然已經給「燈籠」照亮，他的臉可是黑裡透紅。

可是，兩個孩子真的太像了。因為這個，那天下午趙小蘭忘了賣菜，從地裡挑著菜擔子回到家，她便把菜提子扔在家門口，自己一個人在家裡拿著李小小時候的照片發了一個下午的呆。

那之後，她會時常在菜地裡碰上李燈籠，每次她都會盯著他出一會兒神，但她一直記著他叫李燈籠。有時候，她還會給孩子帶點兒禮物，一個小玩具，或是幾顆糖。她還想抱他，但孩子的媽媽並不樂意，因為李小小是在她手上丟的，媽媽忌諱她身上的晦氣。

時光就在趙小蘭走神之間悄悄溜走，一溜溜到李燈籠三歲上，孩子就上幼兒園去了。一聽說李燈籠上了幼兒園，趙小蘭便改到幼兒園門口賣菜了。

李小小就是丟在幼兒園門口，時間是下午放學時分。

李小小一直都是趙小蘭接送。早上起來，一個肩頭挑著菜擔子，一個肩頭趴著李小小，母子兩人來到幼兒園門口，兒子進幼兒園上學，趙小蘭挑著菜擔子去賣菜。下午放學的時候，趙小蘭總是剛好站在幼兒園門口等著李小小的。

可那天趙小蘭慢了兩分鐘。

兩分鐘，對於一個慢慢活著的人來說，算得上什麼時間呢？趙小蘭是一菜農，每天將自家種出來的菜挑到市上去賣，上午一挑，下午一挑。李洪生也一樣。但李洪生賣完下午那挑菜，要回去下地，因為要保證某些蔬菜，諸如黃瓜、茄子、豆角、西紅柿等等一類天天上市，就得保證每天催熟。通常情況下，下午四五點左右你得喂它們一頓催熟劑，到第二天淩晨它們才能長到可以上市的模樣。

趙小蘭當然也可以完成這項任務，但她更喜歡接送兒子上下學。

他們家的蔬菜品相好，賣得快，下午那挑菜不到五點鐘準能賣完。賣完菜，趙小蘭就只剩下接兒子是最大的事兒了。當然，也有賣不完的時候，但即便是那樣，她也不會耽誤。那個時間幼兒園門口像趕集似的，剩下的那些菜到了那裡，也會給人買走。

那天耽誤她的，是一泡憋了半小時的尿。她每天賣菜的那兩條路上，都是有公廁的，但那會兒其中一間在重新裝修，那天不巧，那泡尿正好脹在這條路上。

幹她這一行的，沒有一個人不憋尿，除非尿脹的時候又正好遇上了公廁。她憋著那泡尿賣完了剩下的菜，已經接近兒子的幼兒園了，當然也到放學時間了。但也到了公廁前。公廁和幼兒園，僅隔著一座橋，已經能聽見放學時的熱鬧了。但她這裡見不得公廁。誰憋著尿的時候見得公廁呢？於是她想都沒想便扔下菜擔子進了公廁。

等她上完公廁，再趕到幼兒園門口，兒子已經被接走了。

誰接走的？

他舅舅。

舅舅？

但她相信了。她是有兩個兄弟的，所以她的兒子也就有舅舅。但事實上接走她兒子的，又並不是舅舅。那麼是誰呢？只能是那些時常盯梢在幼兒園或者小學門口的人販子了。

李燈籠和李小小上的是同一家幼兒園，只是上下學的路不一樣而已。早上，趙小蘭看著他進去，下午，趙小蘭又看著他出來。就像是她在接送李燈籠上下學似的。但事實上，李燈籠有他媽媽接送。他媽媽接送了兩天後，因為不想看見趙小蘭，又變成了他爸爸接送。他爸爸接送了兩天，他媽媽反而又多了一成擔心，乾脆把李燈籠轉去了別的幼兒園。另一家幼兒園離家遠，他們便到離幼兒園近些的地方租個房子住下。只是這樣一來，菜地又遠了，但李洪生說，長走幾步路沒關係。

這一切都是祕密進行的，沒讓趙小蘭知道。趙小蘭接連幾天都沒看到趙燈籠，在菜地上碰上李洪生的時候，就問他：「燈籠沒上學了？」

李洪生說：「上啊。」

趙小蘭腦子沒轉過彎，沒想到李燈籠轉學的事兒上去。於是，繼續回到幼兒園門口賣菜。因為總看不到李燈籠，就總覺得每個孩子都有可能是李燈籠。盯人家孩子久了，人家就提防上她了，還請幼兒園攆她。幼兒園是知道癥結的，所以就反勸那些人放心，又希望他們能體諒趙小蘭。不過後來發生了一件事情，家長們還是冒火了。

原來，她不光盯孩子，還盯接孩子的家長。這天放學的時候，有一家換了接孩子的人，那張新面孔一下就被趙小蘭抓住了。她直愣愣衝上去要奪孩子，不光把孩子嚇著了，還把接孩子的人也嚇著了。那是個年輕男人，是孩子的爸爸，他只一推，就把她推翻在地了。

事情很快就清楚了，這孩子一直都是奶奶接送的，今天奶奶感了冒，在家臥床，便改爸爸來接。爸爸報了警，說幼兒門口有個瘋子，老王就趕來了。一看是趙小蘭，就反問人家怎麼要把她當瘋子。人家說，即使不是瘋子，也屬腦子不正常。老王就急了，說哪叫正常，哪又叫不正常？說，人家在這裡丟了孩子，要丟過了就忘了，那才叫不正常。她丟不下，七八年過去了都丟不下，這才叫正常！

發完這通火，老王拉上趙小蘭就走。

趙小蘭說：「我以為那是人販子。」

老王心酸地笑。

趙小蘭說：「我從來沒見過那個人。」

老王苦笑說：「你都可以做幼兒園的保安了。」

趙小蘭也笑：「我哪能做保安，人家一把就把我推翻了。」

過了橋，老王要她跟他一起去一趟派出所。趙小蘭本能地一驚：找到小小了？

老王說：「不是，是讓你看看小小現在的樣子。」

趙小蘭又一驚：「小小在你們那裡？」

老王說：「小小要在我們那裡，我還不敲鑼打鼓給你送去啊？」

趙小蘭說：「小小在李洪生那裡。」

她神祕地說：「我直接懷疑，當初是李洪生把小小藏起來了。」

老王眼前發黑，知道她是在說李燈籠——這不是在證明她腦子已經不太正常了嗎？

這就到了臥龍城社區派出所。趙小蘭將菜擔子放門外，跟著老王進去了。老王一進門就叫「小王」，一位埋頭於電腦的非常年輕的民警便抬起頭來，他應該就是小王了。

老王指指趙小蘭，說：「你明白我要你幹什麼了吧？」

小王點點頭，開始切換電腦頁面。

老王對趙小蘭說：「你過去吧。」

完了他從自己的辦公桌裡拿了李小小的檔案也過去了。他從那個早已經給他翻破了的牛皮紙檔案袋裡拿出一張李小小的照片交給小王，小王接過去便立即操作起來。

原來他們剛得到一種人臉識別加人臉模擬算法的軟件，這種軟件可以利用人臉模擬成長算法，根據孩子幼年時期的照片模擬生成長大後的樣貌。

小王用這個軟件，很快就將李小小三歲的照片，生成了一張十歲的照片。

他轉動椅子側過身來，指著電腦上那張照片對趙小蘭說：「你兒子現在是這個樣子了。」

趙小蘭看得有些呆，待了一會兒，又伸手去摸，摸完了問小王：「這是哪個？」

小王說：「這是李小小。」

趙小蘭拿眼去看老王。她已經習慣了相信老王。

老王說：「李小小都十歲了。」說這話的時候，他竟不敢看趙小蘭的眼睛。作為一位民警，七個年頭過去了，也沒能替人家找回孩子，就只剩下替人家記住孩子年齡這點本事了。

所以趙小蘭覺得他是在撒謊。人只有在撒謊的時間，才不敢看對方的眼睛。

小王那裡卻正興奮，他對那個傻乎乎的趙小蘭說：「我們現在可採用多算法融合引擎，通過多算法同時對同一張照片進行多維度識別，識別率高達九十九點九％，每秒可完成十萬次的人臉比對。同時利用算法模擬人臉的成長變化幫助你們尋找失蹤多年的孩子，將大大提高尋人效率。」

他還說：「你就等著好消息吧，現在要找到李小小，已經不是那麼難了。」

老王讓小王將那張照片打印了一張，給了趙小蘭，趙小蘭便迷迷瞪瞪拿著那張照片出了派出所。她差一點就忘了菜擔子，是跟出來的老王提醒了她，她又才把它挑上了。

這張照片當晚就被趙小蘭貼到了牆上，旁邊又貼了李小小三歲時的照片。三歲時那張照片，曾被他們用於尋人啟事，因為李小小丟的時候，就是那個樣子。現在，她要用來跟派出所給的這張照片進行認真比對，就像派出所在找她兒子時要做的那樣。

她盯著那兩張照片看了一整夜，最後還是懷疑，於是，她在那張照片旁邊記下了這樣的話：二〇〇四年七月十八號，老王讓小王從電腦裡找了這張照片給我，撒謊說這就是我家小小。老王不地道了。我一直都是相信老王的。可現在老王不地道了，他找不到我兒子，就想拿別人的孩子來冒充。

那之後，她每晚看那張照片的時候，就總忍不住要嘲笑一番老王。這種事都能撒謊？都能冒充？

她不再坐派出所門口賣菜了，挑著菜擔子路過的時候，也都是匆匆忙忙的，怕遇上了老王。怕自己會罵他。

也不去守幼兒園了，長時間看不見李燈籠，她已經有些想不起李燈籠來了。她又回到了原來的那兩條路，就像她的生活繞了一個大彎，又回到了原來的軌道。但她已經不用在放學時候去接兒子了，因為兒子已經丟了。賣完菜回家的時候，她會認真看一眼那塊路標，隔三差五的，她會將它擦擦，讓它保持乾淨清楚。

老王被人唆使去看趙小蘭新添的日記，就真去看過。看完了回來，擦拭那塊路標的事兒就被他接過來了。跟趙小蘭相反，他很想碰上趙小蘭，想跟她解釋一下。但趙小蘭總是躲著他，有一次賣完菜回家，正遇上老王在擦拭那塊路標呢，趙小蘭也假裝沒看見，匆匆走過去了。

好像是趙小蘭腳下的日子又流動起來了，時間就流得很快。一晃五年就過去了，有一天，趙小蘭突然在菜地裡碰上了李燈籠。

此時李燈籠八歲，已經上小學二年級了。據說是生活水平提高了的原因，八歲的李燈籠竟像個十歲的孩子那麼大。相貌上，已經完全看不出小時候的樣子。這也是他媽媽放心讓他跟他們下菜地的原因，因為她相信，趙小蘭已經認不出他來了。可她沒想到，現在的李燈籠，跟當初老王給趙小蘭的那張照片上的孩子非常像，像得就像那張照片乾脆就是李燈籠的。

所以，趙小蘭當即就傻了。

李洪生見狀便趕緊提醒：「這是李燈籠哈。」

趙小蘭嘀咕：「是李燈籠？」

李洪生說：「當然是李燈籠！」

巧的是，就那天，派出所終於找到李小小了。老王激動得什麼似的，趕緊安排去接人。一出門，正遇上趙小蘭挑著菜擔子過來，便趕緊把這個好消息告訴了她。沒想到趙小蘭聽了卻絲毫沒有驚喜的樣子，反而滿臉疑惑望著老王，問道：「是李小小還是李燈籠？」

老王愣了一下，隨後肯定地說：「當然是李小小。」

趙小蘭說：「哦。」

然後挑著菜擔子走了。

回到家，她盯著牆上那兩張照片看了半天，然後寫道：二〇〇九年七月二十號，老王說，終於找到我兒子了。也不知道他找到的是李小小，還是李燈籠。

橡皮擦

1

趙大秀第三次犯老年癡呆，是在她女兒陸小荷要她去燒一條男人內褲的時候。

這些天，陸小荷一直在清理那個已經不屬她的男人留下的東西。由於這個男人已經讓她噁心，清理他的東西也變得像被迫掏大糞一樣讓她深惡痛絕。當她把能扔的都扔完了以後，就開始洗。洗鋪蓋，洗椅子墊，洗碗碟。洗一次還不行，要反復地洗。今天她在決定洗第五遍床單的時候發現衣櫃的角落裡竟然還蜷縮著男人的一條內褲，她便像扔一條死耗子一樣扔到趙大秀的面前，命令她趕緊拿出去燒掉。她確實用的是一種命令的口氣。「趕緊把它扔到外面燒了！」她就是這麼對她的母親說話的。不過對於這一點，趙大秀倒是非常理解，一個人遇上了這麼大的事兒，哪還有心情跟母親講禮貌呢？趙大秀得到了一個打火機。後來因為那打火機也是男人的，陸小荷就叫她燒完內褲以後把打火機一起扔掉。趙大秀非常願意幫女兒的忙，但這並不表明她就沒有自己的看法。「一定要燒嗎？扔了不就行了？」她想大白天的你拿條男人內褲去哪裡燒合適呢？但是她知道自己沒法跟陸小荷討論這件事情，陸小荷現在就是個瘋子，你根本沒法讓她像個正常人那樣去思考。

趙大秀拿著內褲出門去找合適的地方，但結果她認為哪個地方都不合適。轉了兩圈兒，她就把燒內褲的事忘了。當她開門進屋，發現陸小荷一臉大驚失色的時候已經晚了。陸小荷是要她出門處理「死耗子」的，但現在她又把這隻「死耗子」擰回來了。令陸小荷驚嚇的倒不是那隻「死耗子」，而是她母親的忘性。在這之前，趙大秀曾經忘記過自己妹妹的名字。有一天，她又忘記自己是多少歲了。那時候有人就告訴過陸小荷，這極有可能就是老年癡呆的前兆。如果這種說法可信，那麼現在她再忘記了自己出門的目的，就是自己在證實她成為老年癡呆的可能性。當初別人說到「老年癡呆」的時候，陸小荷並沒有覺得它是那麼可怕，因為那時候她還沒遇上現在這件事情，她還有丈夫，還有兒子，而對於一個普通得不能再普通的女人來說，有了這些，生活就是平穩的。即使母親得了老年癡呆，也不過是一點小顛簸而已。可是現在呢？陸小荷剛剛才遭到了拋棄，她和母親都被趕下了船，被迫泡在冷水裡。如果她們還希望生活有一天會起死回生，她們就誰也不能出差錯，更何況是母親成了老年癡呆。

那時候陸小荷手裡拿著一塊抹布，她正在擦拭椅子背，她已經擦了不止七八回了，她的手都泡胖了。但當她看見進門來的母親手上依然拿著那條內褲的時候，她的臉看起來比手還胖，就像她頭頂的天真的塌下來了，她正在被壓扁。她的眼前一片黑暗，大驚失色之間她呼救般叫了一聲「媽」。她雙手奮力撐著頭頂巨大的石塊，拼盡力氣問她：「你不會真得了老年癡呆吧？」

事實上，「老年癡呆」對於趙大秀，一點也不亞於她手上那條男人內褲對於陸小荷。趙大秀忘記過自己妹妹的名字以後，別人就不斷的跟她提到這個詞彙。他們看起來那麼擔心她對它太不夠瞭解，他們跟她講老年癡呆有哪些症狀，怎樣的拖累人，自己是怎樣的慘，拖得家裡人又是多麼的慘。他們或許以為，跟一個正在朝著老年癡呆方向前行的人說清楚它的凶險，她就不會朝前走了，她會因為害怕而掉頭選擇另一個方向。或者他們還指望這樣有打預防針的作用，就像某些家長對孩子說，做一個壞人是要受到懲罰的，那孩子就會因為害怕受到懲罰，從一開始就朝著好人的方向去做。但事實上「老年癡呆」不是一條人生道路，它是一種病，代表的是人的身體出了問題。如果問題出在腦子這樣關鍵的地方，而又是那麼凶險的話，他們就只能是讓趙大秀對「老年癡呆」產生恐懼了。那情形十分類似於給一個死刑犯講述執行死刑的場景。

「你可不能真得了老年癡呆呀我的媽！」陸小荷說。

「你要是那樣的話我們還怎麼過呀？」她說。

「你說你要是個老年癡呆的話，哪個還願意要我啊？」她的口吻越來越像是在控訴。

趙大秀惶惶地拿著那條男人內褲站在原地，不知道如何是好。陸小荷也惶惶然地盯著她看，看上去她似乎想從母親的臉上找到一點區別於老年癡呆的東西。她小心翼翼地發著指令：「你轉身，開門出去，然後把那東西燒掉再回來。」

趙大秀知道她該幹什麼了，她畢竟還沒完全變成老年癡呆。她按照她的指令轉過身，開門，下樓去燒那條萬惡的男人內褲。她很清楚這一次表現對於自己的意義，它可以被看成一次考試，不出差錯，就還能給陸小荷一線希望。

一下樓就有個垃圾桶，很臭，綠頭蒼蠅亂飛。邏輯上，這裡是適合做這件事情的。但是，因為她天生膽小，總害怕挨別人指責，早先下來的時候，這裡也被她認為很不合適。現在，她顧不了那麼多了。

她看看周圍沒人注意這裡，就點了火。內褲燒起來後散發著一種布臭，或許正是因為這一點引起了別人注意，就有人蹭過來了。

「你在搞哪樣呢？」說話的人是個暫時沒找到活幹的背簍軍，他看起來很可惜那條內褲，所以他說：「好好的一條褲子你怎麼把它燒了？」他旁邊有一堆正在打牌的背簍軍，聽他說話有人就把腦袋伸過來看，正好那人又屬那種好管閒事大驚小怪的，一看這邊燃起了火，他牌也不打了，過來要制止趙大秀。另外那幾個大概也認為這裡發生的事情比打牌更有趣，就全都湧過來了，七嘴八舌地質問趙大秀這是想搞什麼破壞，說要是把垃圾桶燃起來了怎麼辦？說垃圾桶燃起來是小事，就怕到時候把周圍的房子也燃起來了。好像那些房子是他們家的。事實上那時候趙大秀完全可以離開了，已經點燃了的內褲不可能再恢復原樣，更不可能再回到陸小荷的跟前去。可趙大秀不是老實嗎？老實人跟別人不一樣，她這種人做事情總是首先想到責任，每一件事情都得產生責任，現在這群閑得沒事幹的傢伙正在誇大可能產生的責任，趙大秀就害怕了。她得看著自己點燃的火最後熄滅了才走，那樣才能保證不會把垃圾桶或者周圍的房子燒起來。在等待火苗熄滅的時間，那幾個實在閑得無聊的背簍軍還得滿足他們的好奇心，問了很多問題。你為什麼要燒一條男人內褲呢？那上面有什麼？怕不是毀滅證據吧？你把你男人殺了？要不就是你男人去嫖娼，那內褲上帶著病毒？

趙大秀尷尬地搔著頭，說：「不是，都不是。我沒男人，我也沒殺我男人，我男人也沒去嫖娼。」

「那你為啥要燒這條內褲呢？那就是你男人養了年輕女人，那內褲是那年輕女人買的，你吃醋？」

這一回他們沒指望她回答，而是自己就把這個結論下定了，完了就自己在那裡哈哈大笑一通。火很快就熄滅了，那條內褲變成了一把黑色的灰燼。逗一個老實的老太婆玩耍，總不是什麼體面的事情，最後那夥人終於放了她。

他們說：「你回吧。別太往心裡去，看你這年紀，你男人也嫖不動幾年了。」

還說：「你讓他嫖，嫖死了你就清靜了哈哈。」

他們顯然是出於嫉妒，也痛恨著那些能嫖得起娼的人。

趙大秀回到家，陸小荷還在擦椅子。這幾天她除了吃飯和躺在床上的時間，都在擦拭家具，她試圖用這種辦法把男人留下的氣息擦掉。她的自尊心一直不願承認自己被拋棄的事實，這種行為就顯得非常的必要。陸小荷這樣做，還有另一種效用，或者說她希望達到另一種效用，那就是把他的氣息清除乾淨，求取一份嗅覺上的清靜。她或許以為像清除油煙味。

趙大秀一進門，陸小荷就追問：「燒了？」趙大秀說：「燒了。」陸小荷卻不相信，又問：「是燒了還是扔了？」趙大秀說：「是燒了。」這樣陸小荷還不放過她，她說：「去洗手。」說：「打起肥皂洗，洗得越乾淨越好。」

趙大秀只好按她說的認真洗手，她想，要是洗不乾淨，大概她煮的飯陸小荷也不會吃吧？

可是陸小荷卻突然洩氣地扔了抹布，原因是她必須承認這樣根本沒用。抹布被扔在水盆裡，水給濺了滿地。趙大秀趕忙放下洗手的事，拿拖把來拖地，這時候就看見陸小荷在哭。是那種無聲的哭。不做聲，任眼淚滿臉爬。

「沒用。」她說。

「我就是把屋子整個清洗一遍，洗得掉他的氣味，洗不掉他的影子。」她說。

「還有，我腦殼裡的怎麼洗？」她說。

令她絕望的正在於此，他們一起生活了二十多年，他在她身上也留下了頑強的元素，她的肉體她的大腦都牢固地保存著關於他的深刻記憶，如果她希望達到抹去這些深刻記憶的目的，她就只有兩種選擇，一種是殺死自己，一種是借另一個男人的元素來覆蓋。

她沒有求死的勇氣，就只能寄希望於後一種。

她說：「我得重新找一個。」

不管如何，她現在迫切需要被一個男人接納。倒不是她的身體有多麼需要，是她的內心。她剛剛遭到了拋棄，她曾經的男人給她留下了一個巨大的空洞，在這個空洞面前她是那麼無措，她急需一個男人來填補這個空洞，讓她平靜下來。

她說：「只要你不給我添亂，我就能再找一個。」

她說：「我聽說老年癡呆會認不得自家的姑娘，你可別哪一天突然就認不得我了啊。」

然而趙大秀感覺陸小荷最害怕的不是她認不得她，而是害怕她幻想中的那些將有可能成為她丈夫的男人，會因為她這裡存在這麼一個拖累而放棄她。於是趙大秀乾咳了一嗓子，她感覺自己必須打起精神，不能讓陸小荷還沒開始就感覺到無望。

2

有了目標，陸小荷就振作了起來，她尋思是不是得搬個家。反正都是租房住，她可以另外租個房，換個房子，肯定不至於總看見男人的影子滿屋子晃。母女倆做好分工，趙大秀在家收拾打包，陸小荷出門找房子。

趙大秀是支持搬家的，她也希望換個環境能給陸小荷帶來好處。但趙大秀又不能像陸小荷那麼專心致志，因為她總要去想陸小荷留給她的問題：她要是得了老年癡呆怎麼辦？她們母女間存在著一個鐵打的事實：陸小荷正在力圖擦掉那些不利於她的記憶，而她的記憶卻正在無奈地被一雙看不見的手擦掉。她意識到自己必須像陸小荷一樣努力。她害怕自己變成癡呆，害怕被陸小荷厭棄。

一個母親，最終的收穫永遠都只能是兒女，如果到頭來遭到兒女嫌棄，那她必然就變得一無所有。趙大秀對那個等待在她生命結尾處的結局很是恐懼。這種恐懼老讓她分心。她知道要是怕把什麼東西忘了，就把它放在自己隨時都能看見的地方，或者乾脆帶在身上。但是，記憶就是那種總被人帶在身上的東西，可為什麼又會忘記呢？如果帶在身上還不行的話，那要放在哪裡才安全呢？她在收拾到一本被外孫遺棄的課本的時候得到了啟示，她想到了背書，只要用心背，就能記得。在還沒想到更好的辦法之前，她暫時選擇了這種方式。她不是忘記過妹妹的名字嗎？她現在得讓自己背一遍。除了妹妹，還有別的親戚，除了親戚的名字，還有模樣，他們的大概年紀，都住哪裡，幹著什麼營生……她感覺這件事情有些吃力，她不得不承認她的腦子確實出了問題，它似乎生了鏽，轉起來很慢，響聲也很大。她知道機器如果出現這種情況，打點油就可以解決問題，她希望自己的腦子也僅僅是需要一點油。

陸小荷回來發現她的進展很慢，就不高興了。不高興可以拿別的事兒來說，可她偏偏愛拿老年癡呆來說。她說我看你一個上午都在家發呆吧？她說我跟你說你要是這麼快就老年癡呆了，我們可都沒好日子過了。她看上去氣沖沖的，好像剛剛才在外面受過氣。趙大秀以為是找房子的事情令她煩惱，比如房租變貴了，或者就是跑了一個上午都沒找到合適的。但實際情況卻是因為陸小荷又突然懷疑起搬家的意義來了。

她問趙大秀：「你說搬家有用嗎？」

趙大秀說：「有用。」

她說：「我說沒用。我們搬了房子，但鍋碗瓢盆鋪籠帳蓋還是原來的。」

趙大秀說：「那就把那些東西也換了。」

陸小荷冒火地說：「說得輕鬆，你拿錢買呀？」

趙大秀巴結半天，惹了一頓難堪，不說話了。她沒錢給她買，她要是有錢給她買，她就不靠她養活了。

陸小荷沒發現自己的過分，她依然沉浸在她的故事裡，她在盤算，新找的房子完全是空的，她們要是搬過去，就得重新添置一些必須的家具，而且因為物價上漲，那房子比這房子租金還貴一些。她要趙大秀去買菜。看上去她需要一頓好吃好喝來補充腦力，要不然她實在拿不准是搬還是不搬。這也給了趙大秀一個拯救自己的機會，事實上她非常希望為陸小荷做點什麼，只是苦於這些天來陸小荷的情緒很亂，她摸不准她到底喜歡她為她做些什麼，她認為對的，陸小荷總認為不對。那麼現在陸小荷有了明確的指示，這件事情就多半是對的了。

她下了樓，看見了垃圾桶，就想起了那條內褲。那幾個背簍軍永遠都在那裡打牌，他們進城來的目的似乎就是為了找到一隻垃圾桶，然後聚集在它的旁邊打牌。她害怕他們發現她以後又湊上來找趣，心裡緊張，過了馬路她就把出門來的目的忘了。她站在那裡想了很久都想不起來，就決定回家去想。這是經驗，當你由於注意力不集中而把剛剛打算要做的一件事情忘記以後，你回到你做打算的那個地方就能回想起來。就仿佛人的念頭也是落地生根的，你要是弄丟了，是可以回到原來的地方找根的。

實際上都沒用她費心找，她剛急匆匆回到家，陸小荷直接就問：「你買的菜呢？」

趙大秀恍然大悟地拍著大腿，就把她出門的目的重新撿了起來。出門時她聽見屋裡的洗衣機在報警，陸小荷又在洗那些已經洗過多遍的床單吧，在還沒搬家之前，那台洗衣機的支配權掌握在陸小荷手裡，所以她要不想停下，它也就停不下，她要是沒完沒了，它也就得沒完沒了。

趙大秀這一次對自己的記憶充滿了警惕，就像對待一條已經變得不夠忠實的狗一樣，最好時常用一條繩子拴住，並緊緊攥住繩子。她緊緊抓住「買菜」這個目的，目不斜視直奔菜場。二十分鐘後她凱旋而歸。不過她沒有鬆一口氣，倒是總結出應該更加注意力集中。她害怕自己忘記了陸小荷最愛吃的是什麼菜，害怕記不起她愛吃的那些菜的做法，她恨不能把自己的腦袋拿下來，以便於自己緊盯著她那些隨時都有可能逃逸的記憶。但是，她還是忘了往湯裡放鹽。她以為最先發現這一點的是陸小荷，但實際上是她自己。陸小荷的確比她先喝湯，也的確是一副喝不下去的樣子。但當她確認是湯出了問題的時候，也肯定了陸小荷的情緒跟湯沒有一根毫毛的關係。她是從陸小荷的眼神裡看出來的，她發現她的眼神走得很遠，它根本就沒看眼前的這碗湯。為了不至於出差錯，她還小心翼翼地做過確認。

「湯是不是差鹽？」她問。

陸小荷的回答是：「已經夠鹹的了。」陸小荷的態度很缺乏涵養，但真正分散趙大秀的注意力的卻是她那種不知所措，她顯然又想到傷心處了。她是她的母親，她真希望能幫幫她，但眼下最要緊的是趕緊往湯裡放上鹽，她害怕過一會兒自己就把這個關鍵性的問題忘記了。那樣的話，當陸小荷發現湯裡沒鹽的時候就已經晚了。

趙大秀祕密地彌補了過錯，並在陸小荷完全沒有注意到的情況下替她換了湯。陸小荷機械地吃著飯，然後又突然想起她正吃著飯喝著湯的碗筷都是男人碰過的，於是她再也吃不下飯了，即使機械動作也做不了了。她吐掉了飯，像碗筷上有屎一樣把它們扔掉，奔向水池洗手。

「碗筷我都煮過。」趙大秀說。

「你以為啥都能煮掉嗎？」陸小荷說。

「我一想到他那雙手摸完了那個二十多歲的蕩婦的胯又來端這些碗就噁心，我的噁心也能煮掉嗎？」陸小荷說。她說話時總是很用力，或許她認為這樣就能充分地表達她的仇恨和憤怒，同時也能引起對方對她所說的那些話的重視。事實上也的確產生了這樣的效果，她這麼一說，趙大秀也覺得那些碗噁心了。

「那我們把這些碗全部換了，我馬上就去買新的。」她說。

可陸小荷卻並不看好這個建議，她說：「你以為換了新的，我就不噁心了？我腦殼裡的東西你也能幫我換嗎？」

趙大秀終於也跟陸小荷一樣無措了。她看著一桌子飯菜不知如何是好，沒注意就哭了起來。她完全沒有意識到她的這個無意識的舉動會把陸小荷嚇成那樣，她舉著兩手的肥皂泡像看一個怪物一樣看著她的母親，水龍頭的喧鬧也無法讓她分心。趙大秀先是被陸小荷那一臉的恐懼分了神，然後又被「嘩嘩」的水聲吸引，哭被她暫時擱置一邊，她得去關水龍頭。

「媽！」陸小荷的小心翼翼看起來是怕把她的母親嚇著了，但她用的卻是非常嚇人的聲音。

「你今天已經犯了兩回病了！」她用警告的口吻說。那情形，很容易讓你誤認為她是允許母親一天犯一次病的，或者說，只允許犯一次。而且你不得不承認，她已經把母親當病人了，是什麼時候發生了這樣的變化不重要，重要的是她已經下了結論。她那由母親帶來的絕望從兩隻眼睛開始，正在她憔悴的臉上蔓延，就像一場在廢墟上再生的瘟疫。她分明已經看見了自己下的診斷書，雖然她並不是一個醫生。她說你知道你剛才哭起來像個啥嗎？像個幾歲的小孩。她說：「你都快七十的人了，哭出那種聲音難道還不能說明問題嗎？」

最後她也哭了起來，但她知道自己的哭聲絕對是一個四十多歲的女人的哭聲。她衝著天花板，想讓自己的委屈穿透一層又一層的屋頂，到達老天爺那裡：「我陸小荷不應該這麼倒楣吧？被男人甩了還不算，還要攤上個癡呆媽嗎？」

「我不是老年癡呆！」趙大秀說。

陸小荷不哭了，看著她的母親。她說我倒希望你說的是真的，但老天爺不長眼哩。

趙大秀說：「我只是最近有些記性不好。」她覺得自己必須鎮定，她把陸小荷的慌亂歸咎為她這個做母親的首先失去了方寸。一棵處於風口的樹見不得別的樹搖晃。

她說：「我記性不好，也是因為你遇上了事兒，你的事兒老讓我分神。」

陸小荷說：「那你剛才的哭呢？哭得像個幾歲的娃兒，那也是因為我的事兒分了你的神？」

趙大秀說：「哭不都是一樣嗎？」

陸小荷說：「當然不一樣。」她一副得理不饒人的模樣。

趙大秀聰明地想到了轉移話題。她說：「一個沒了良心的男人丟了就丟了，不可惜。他也不是啥了不起的男人，像他那樣的男人遍地都是，重新找一個就是。」她的意思是說，陸小荷不用為這件事情整日不知所措，鬧得一家人都不得安寧。

陸小荷果然被她成功地轉移了注意力，她事實上比趙大秀想像的更迫切，她立馬擺開架勢要跟趙大秀一起探討一番，她說趁你還沒有徹底成為老年癡呆，你跟我說說為什麼那些年輕姑娘願意跟那些一大把年紀的男人呢？她們為什麼不好好地去找一個年輕的，卻一定要來勾引中年男人呢？

但她不等趙大秀回答就自己拿出了答案，她說：「年輕男人還沒掙上錢，跟他們就得大家一起去掙錢。中年男人多數都掙錢掙得差不多了，即使沒富起來的，也有了掙錢的路子了，跟了他們就不用自己辛苦了。」

她說：「她們勾引他們只是勾引他們的錢。」

她說：「有本事的就勾引有大錢的，沒本事的就勾引有小錢的。」

她說：「我遇上的那個爛婦人，屬沒本事的那種。」這樣說著，她就已經看見那個捅了她心窩子的年輕女人了，她衝著她咬牙切齒，她說：「讓我遇上你，我得用把菜刀先戳爛你的胯！」

趙大秀擔心地說：「你可別幹傻事兒。」

她說：「有啥大不了的，戳死了她我去抵命！她年輕輕的，我已經活夠了。」

趙大秀使勁擠眉，她提議陸小荷還是安心於為自己重新物色一個。

陸小荷卻表現得沒有信心，她承認她失去的不過是一個長著兩條腿的男人，也承認兩條腿的男人遍地都是。但就她所瞭解，這遍地的兩條腿的男人不僅僅是生得一樣，他們的德性也一樣。就她認識的張三李四王麻子而言，她全都清楚他們背著婆娘幹的那些汙糟事兒。在自己家裡的地震還沒發生之前，她只是嘲笑過他們，在背地裡唾棄過他們，而現在，他們帶給她的是絕望：滿世界的男人都一樣，哪一個靠得住？她向母親歷數她認識的男人們都在外面勾搭過多少女人，她讓母親看見她是多麼為那些不知情或者假裝不知情的婆娘們感到悲哀。她扭曲著自己的面孔說著別人的事情：她們全心全意操持著家，男人卻在外面嫖娼，摟小姑娘。就因為他們能掙幾個錢，就因為自己的婆娘不年輕了，不新鮮了，就因為遍地都是年輕女人，而且那些年輕女人又是一碗米粉就可以帶上床的。她說，滿世界的爛人，男的女的都爛。她的樣子看起來像在說地獄，說她看見的是滿世界的汙鬼。人總是要老的不是？女人一老就不值錢了，男人老了呢？只要還有點錢，就能把更年輕的女人勾搭上床，就因為這世上到處都是不要臉的年輕女人。她說，這些男人為什麼那麼自以為是？就是那些不要臉的女人們寵的。她說，男人全都不要良心了，女人全都不要臉了，這就是城市。她說，我想回老家，回鄉下去。那裡沒有不要臉的年輕女人，年輕女人全都進城來了。

城市顯然令她很灰心，她正在思念她的鄉村。

趙大秀說：「那就回去吧，我也想回去。」

可陸小荷又馬上推翻了自己，她說：「可是鄉下也沒有男人了，男人們也全都進城來了。」她說：「你總不至於讓我回鄉下去嫁個老頭吧？鄉下可只剩下老頭了。」她說：「其實關鍵在於我不年輕了，所以才落得了這個下場。」她希望母親明白，她的絕望正在於此，在於她再做出多大的努力都回不到年輕去了。

趙大秀說：「你才四十多歲哩。」

她說：「再說了，也不是進城來的男人全都變壞了，總有那麼一兩個踏實的吧？」陸小荷冷笑起來。她說：「你看見的那一兩個踏實的男人是因為他身上還沒有多出一碗米粉的錢。」她繼續冷笑，說：「只要他身上多出一碗米粉的錢，他一定不會用它去給婆娘買一碗米粉，而是買一碗米粉把一個年輕的賤女人哄上床。」

她一定要讓母親明白，這個世界讓人絕望的地方不僅僅在於男人們的忠實的淪陷，也在於眾多女人的羞恥心的淪陷。

她充滿悔恨地感嘆：我也不明白當初我為啥就一定要進城來，我們要是好好地待在鄉下，也不至於到今天這個地步。當初他們可以為城裡有一份比鄉下更美好的日子在召喚他們啊，比如販賣蔬菜肯定比在家裡種菜掙錢，比如兒子可以上城裡的學校。可是現在呢？上過城裡學校的兒子也還是個農民工，靠販賣蔬菜掙了點錢的他們，也離了婚。然而對於一個中年女人來說，還有什麼是比離婚更大的災難呢？

她把自己當成了那個唯一清醒的人，只有她明白我們所處的環境生在一個地震帶上，她看不見重建家園的希望。

3

如果她想回到鄉下去，在城裡搬個房子意義就不大，搬家事宜就被陸小荷權衡到以後了。至於是不是馬上就要回鄉下，她還沒有完全想好。在她想好之前，她要帶母親去看醫生。她打聽到了一家專門治老年癡呆的醫院，大清早就把母親從床上叫起來去趕公交車。趙大秀表現得有些遲疑，她還不願承認自己已經得了老年癡呆。但陸小荷認為真到了那個時候再治療就來不及了，她要母親明白，她們不能招人嫌棄。她說：「你也看到了，我就是招人嫌棄了。」她說：「所以你不能再弄個老年癡呆，那樣我們就更招人嫌棄。」

她的話讓趙大秀內心冰涼冰涼，像吞了一把薄荷。趙大秀想說：「我現在已經招你嫌棄了。」她很想哭，但又怕自己哭起來像個幾歲的小孩，忍住了。去醫院的路上，她一直在想：誰不怕招人嫌棄呢？所有人都害怕的。

醫院是專門的，趙大秀一進門就被人當成了老年癡呆。而人一旦被當成了老年癡呆，別人看你的目光就是嫌棄的，就連那些真正的老年癡呆的目光也一樣。陸小荷去掛號的時候，一個酒糟鼻的老頭子就站在對面用那種目光看趙大秀，看著看著的就突然拍著大腿哈哈大笑，笑什麼呢？他告訴別人，看見沒有？她是個老年癡呆。

趙大秀被他笑火了，衝他吼道：「你搞清楚，你才是老年癡呆，我不是！」

這一吼，那傢伙不笑了，哭，像個幾歲的小孩子那樣哇哇大哭。這就驚動了他的監護人了，從兩人驚人相似的禿頭來看，那應該是他兒子。他拉著兒子的手叫「爸」，指著趙大秀說她罵他了。那兒子被老子叫「爸」，顯得很難堪，所以他覺得有道理發一通邪火。但他很明白衝趙大秀發火沒有用，要是再把另一個老年癡呆罵哭起來反而更不好收場。邪火只好沖天，他希望這一位病人的家屬就在旁邊，希望他能看見他的怒火。他衝著大廳吼道：大家都是老年癡呆，何必一個欺負另一個呢？

不過，陸小荷一直沒有過來。事實上她當時已經掛好號了，不用再站在原來的地方了。但是她不知道過來又該怎麼辦，她沒有過應付這種事情。她站在那邊，等那人自己熄了火，帶著他的病人離開了，才過來叫上母親去門診。

「你欺負別人了？」她問。她的目光裡明顯有幾分欣賞，好像母親今天給她長臉了。

趙大秀沒有爭辯到底是誰欺負了誰，她只想告訴陸小荷，那傢伙才是真正的老年癡呆。而她，並不是。

但陸小荷不相信她母親，她只相信醫生。當醫生用看一個老年癡呆的目光看著她的母親的時候，她也用看一個老年癡呆的目光看著母親。她把趙大秀曾經有過的幾次健忘記錄，和一次不正常的哭泣紀錄告訴了醫生。她本來還想多找些證據，但苦於只有這幾次紀錄，所以她很擔心自己提供的證據不夠，提心吊膽地問醫生：「這能不能算是老年癡呆的前兆呢？」

趙大秀感覺陸小荷不是來請醫生做什麼診斷，她已經診斷過了，只是來請醫生幫她做一個證明，證明她的母親已經變成了她沉重的負擔，變成了她重新走向幸福生活的拌腳石。母親不是一直不願意承認這一點嗎？現在她要讓醫生來做證明，醫生的證明是最權威的。

醫生也看明白了這一點，所以他在不經意的情況下暴露了一個竊笑，雖然那個笑容一閃即過，但還是被陸小荷抓住了。

她問：「醫生你笑啥呢？」

醫生卻不承認他笑過。由於越來越進不起醫院，我們習慣性地把醫生們都看成那種唯利是圖的人，所以我們也習慣性地認為，在他們眼裡，病人的另一個意義是錢。用這一點來解釋他剛才不經意間流露出來的表情就很簡單了，陸小荷在他們眼裡是屬那種最可愛的病人家屬，他當然很樂意為她作證明，不僅如此，他還十分樂意做她母親的主治醫生。

所以他說：「你母親的這些症狀都是典型的老年癡呆症狀。」

他看著趙大秀，一點也不顧及她的感受（既然她已經是一個老年癡呆了）。他說，要是不及時治療，她很快就會忘記你是哪個，甚至忘記了自己是哪個，她還會管你叫「媽」，管大街上的任何一個人叫「爸」。這些都算不了啥，關鍵是她以後還可能會大小便失禁，生活不能自理……

趙大秀給他嚇著了。畢竟她暫時還沒有老年癡呆，她爭辯說：「我不是老年癡呆，頂多只是記性差了點。」不過，因為這裡是治療老年癡呆的醫院，所以醫生更習慣於把她的這種爭辯也看成是病兆。

醫生對陸小荷解釋說：「沒有一個病人承認過自己是老年癡呆。」

他及時地表揚了陸小荷的細心和孝心，他舉例說到了好幾個他身邊的人，都因為子女粗心，太不把老人放在心上，導致了老人們失去了治療的最佳時間，到最後醒悟的時候治療都來不及了。他說這些的時候，同時在對趙大秀做著一些形式上的檢查，等到他舉例完了，他的檢查也結束了。檢查的結果是：「你母親的症狀百分之百的是老年癡呆。」他把重音放在「百分之百」上，趙大秀的臉就白了。如果說「老年癡呆」還不足以嚇人的話，那麼「百分之百的老年癡呆」就足夠嚇人了。她扭頭去看陸小荷，結果看到了一張同樣慘白的臉。

陸小荷也被這個「百分之百」震住了。她從那份震撼中獲得了堅定，她瞪大眼睛，不無得意地對她的母親說：「我就說你百分之百得了老年癡呆嘛！」

「我們治吧。」陸小荷自做主張地對醫生說。

醫生很欣賞她的果斷，他說：「這就對了，治好了，老人也能過個好晚年，小的也不至於被拖累。」他在語氣上把「拖累」強調了一下。立即叫實習醫生領著陸小荷去辦住院手續。可是陸小荷沒有辦好手續就回來了。因為她交不起那麼大一筆錢。她很為這一點而羞愧。她不好意思跟醫生說她交不起錢，只一味地埋怨費用太高了。醫生做出了瞧不起她的表情，他說這是治療老年癡呆，不是治療傷風感冒，費用當然要高些。他的意思是，陸小荷連這個都分不清，也未免太弱智了。然後出於一種同情和憐憫，醫生提議陸小荷把母親留在這裡，她回去拿錢。他表示他們醫院願意無償地為她照看兩個小時的母親。可是陸小荷即使回去也拿不來那麼多錢。她當初還真就以為像治療個傷風感冒那麼簡單了。為此，她既臊又抱歉。醫生提醒她們放棄治療的悲慘後果。「錢有什麼用呢？如果連一份孝心都盡不到的話，有再多的錢又有什麼用呢？」他這麼質問陸小荷，就讓陸小荷抬不起頭來了。

好在趙大秀對這個結果很滿意，她回答醫生說：「要是我為了治病，把兒女的錢花得皮乾血盡，那我倒不如不要那份孝道。」

醫生說：「那我就沒辦法了，我們這裡是醫院。」他對她們充滿了同情和體恤，深為她們不能留下來接受治療而惋惜，也深為自己這裡不是慈善機構而慚愧。

回來的路上陸小荷一直不吭聲，她看上去像是因為自己拿不出治療母親的錢而心情沉重。但到家以後趙大秀又覺得她應該一直在為醫院要價那麼高而耿耿於懷，她沉默那麼久就是為了琢磨那家醫院，琢磨的結果是：「那醫院就不是要誠心治病，而是為了詐錢。」

這個結論對她們一點用都沒有，接下來她就一直坐在家裡盯著母親看。趙大秀不想被她盯著看，就找家務做，讓自己忙起來。這樣又過去了好些時間，陸小荷突然問母親：「你不埋怨我沒錢讓你治病吧？」

趙大秀說：「我根本就沒病。」

陸小荷說：「我不是沒孝心，我只是沒那麼多錢。」

趙大秀說：「那醫院明擺著坑人的，有錢也不往那裡送。」

陸小荷說：「那，明天我也去染個頭髮。」

她說：「我們總得想辦法過得順心一點。」

她說：「我估計你那病，順心了就不會發展了。」

趙大秀就尋思，她們的順心可能得從陸小荷染頭髮開始，所以趙大秀說：「那就染吧。」但她又想：要是她的「老年癡呆」惡化起來，陸小荷又如何能活得順心呢？

4

染過髮的陸小荷自我感覺很良好。回來的路上她專注著每一個從她對面走過來的男人，不管老少，不管是認真的一眼還是短時間的一瞥，她都用來證明她現在看上去不錯，證明她現在是一個有回頭率的女人。

陸小荷又回到了她的菜攤兒前。驅使她產生這種積極態度的動力來源於她新建立起來的自信心，這份自信心又來源於她的新頭髮。她和母親還需要活人。況且，重新回到這個菜攤還有另一個意義，一個「在哪裡摔倒就在哪裡爬起來」的意義。菜攤一直是他們家庭的經濟支柱，他們兩口子當初一進城就建設了這個菜攤，兩個人一起站在菜攤前撐起了一個家，還把兒子送到了高中。兒子高中畢業後老子就離開菜攤另闢蹊徑，想的是多一個掙錢空間。事實也的確如此，在有個菜攤做後盾的情況下，他的另一個事業開始蒸蒸日上。他開始遠離菜攤，開始越來越不像一個菜販子，而這個時候，陸小荷依然站在菜攤前停止不前，她依然還是個菜販子的樣子。他已經有了更高的追求，而陸小荷卻依然蹲在她的菜攤前守著那一份平庸。所以有一天，他決定徹底拋棄菜攤和陸小荷這個菜販子了，因為她已經不符合他的審美了。

陸小荷是在這個菜攤前栽下去的。現在她想從這裡爬起來。

大清早擺攤的都是女人，男人一般都要稍晚一點過來。陸小荷的變化首先得到的是女人們的稱讚，她們露骨地表達著羨慕，羨慕她有一個能幹的男人。她們還不知道陸小荷其實已經被拋棄了。她們說：「還以為你不會回來了。」說：「你們家不都有大生意做了嗎？還用得著來賣菜？」說：「你家男人都開上轎車了，你還不整天坐在他車頭兜風去呀？」

陸小荷的氣性就給挑起來了。她很希望自己不要那麼沒出息，不要在她們面前發起瘋來。她請求她們別提她家男人，也別提什麼轎車。但她被看成一個古怪的人了，好好的為什麼就不能說，不能提呢？她們一定要知道為什麼，不弄清楚就不罷休，最後逼得她終於大著嗓門向她們宣告：「我們已經離了！」她盡可能高傲地昂著她嶄新的頭，大聲告訴他們：「大生意，轎車都跟我沒關係了！他跟他的年輕女人去過他的日子，我陸小荷過自己的日子！」

然後，她從容地整理她的菜攤。以前菠菜是怎麼放的，現在還怎麼放，以前芹菜是放哪兒的，現在還放哪兒。但她還是很沒出息，她竟然渴望哭，渴望大哭一場，渴望把這件事情告訴別人，渴望得到別人的同情。於是她開始淌淚，開始抽泣著向她們講她家的菜攤，講他們當初為了什麼才進城，在怎樣的情況下才建設了這個菜攤，講這個菜攤給他們帶來了什麼，後來又給他帶去了什麼，然後他又從哪個時候起不再關心這個菜攤，從哪個時候起變得不再關心她，又是哪個時候，他提出要跟她離婚，因為他已經把一個年輕姑娘的肚子搞大了。她從他們希望的開始講到她希望的陷落，她流了很多淚，擤了很多鼻涕，也消磨了很多時間。男人們陸續開始進菜場，今天的生意要開始了。她才把自己的臉收拾乾淨，甩甩頭髮，算是把傷心甩到一邊去。

嘆息聲在她的周圍此起彼落。

「現在的人，都沒品德了。」

她可以把這話當成安慰，因為她們再沒有對她說別的。她的故事給她們提了個醒，她們現在全都提著心吊著膽，接下來她們應該警惕一些，得防著自家男人也來那一招。她們肯定是有感想的，但她們會把這些感想拿回家去，說給男人聽，她們會在男人面前罵陸小荷的男人，罵完了就警告自家男人最好別向陸小荷的男人學。

這一天，陸小荷收攤比別人早。她去了賣魚和賣肉的那邊。她的目的很明確，那邊多數是男人。她用獵人的目光打量了一番，就選定了那個賣魚的。她其實不喜歡魚腥味，但這個賣魚的現在被她看上了。

「我想來條魚。」她說。

他們很熟哩，所以他問：「今天突然想改善伙食了？」

她說：「我不用節約錢來支持別人做生意了，得對自己好點。」

男人替她選魚，說：「本來就不該太節約，錢哪有掙得完的？」

她說：「我是說，我離了。」

她沒有像說什麼見不得人的話那樣收斂聲音，她希望旁邊的男人都能聽到，她希望他們全都知道她現在處於一個完全開放的歷史時期，像渴望愛情的母貓希望更多的公貓聞到它的尿味。不過賣魚的男人沒有什麼反應，旁邊的賣肉的男人們也沒什麼反應，他們不可能沒有聽見，他們只是不好做什麼反應。

秤了魚，剖了肚，男人說了一句「趁鮮吃」。他很願意為這個已經成了單身的女人多獻一點兒殷情，而不是來一番什麼打聽或者評說。就這一點，讓陸小荷看到了希望。雖然這點兒希望非常渺茫，但它畢竟是希望。拿著魚回家的路上，她就為自己定下了目標——一定要把這個男人帶回家。先帶他的魚回家，再帶他的人回家。她火辣辣地想著這件事情，感覺肝火將鼻腔燒得生痛。

那時候趙大秀已經做好了晚飯，陸小荷進廚房做魚。她今天很想說話，做著魚她還問她的母親今天都幹了些什麼。趙大秀想告訴她自己做了很多事情，但臨到頭了才發現她都不好意思說出來。陸小荷做出一副振作模樣以後，趙大秀也對自己提出了更高要求。除了一天背一次書，她還決定對她的大腦進行嚴格的管教，她不能由著它隨意胡鬧。出門前，她提醒它鎖門，鎖完門記得把鑰匙放在她規定的那個口袋裡。出門後，她反復提醒它，她是去買醬油，還要順便買幾個饅頭。要它記住陸小荷清早就要出門去批發蔬菜，饅頭做早餐很方便。為了防止它忘記回家的路，她請鄰居的小學生替她把家裡的地址寫在一張紙上，由她祕密地藏在身上。可是她不想讓陸小荷知道她在做這些努力。

好在，陸小荷其實只是想多說說自己而已。

「你覺得我找個賣魚的如何？」她說。她看似在徵求母親的意見，又彷彿只為了透露她的打算。

趙大秀說：「賣啥的都不重要，關鍵要看人品。」

陸小荷說：「他是有婆娘的人，要是他答應跟我往來，人品肯定就好不到哪裡去了。」

趙大秀無語。

陸小荷說：「但是我必須馬上找一個。」她想形容一下她內心的空洞，形容一下這個空洞的需要，卻又苦於形容不出來。

有一天，她終於把賣魚的男人帶回了家。這天的魚是男人送的，因為這個原故，陸小荷在讓母親把魚做上的時候，還露出那麼一點自豪。她讓他坐前夫以前最愛坐的椅子，她給他泡上茶，讓他嚼著瓜子看電視。她有意識地按照原來常見的情景布著景，她想讓這一個男人將那一個男人的影子覆蓋。

她要母親做飯，她坐下來跟他一起嚼著瓜子談天。

男人伸過脖子悄聲問她：「你叫我來做啥？」

她說：「吃飯啦。」

男人臉上出現古怪表情，「就是為了吃飯？」他說，「我沒飯吃？」他說：「你弄個媽在家，不是礙事兒嗎？」

陸小荷說：「我媽本來就在家的。」

男人說：「叫她買啤酒去。」

於是，趙大秀就被支使到超市去買啤酒。

樓下就有個小超市的，但男人說他要喝的那種啤酒那個小超市沒有，要她到兩站路遠的「沃爾瑪」去買。買啤酒的錢是男人掏的，道理上他就有了決定去哪裡買酒的權力。

趙大秀一出門，男人就提出要上床。陸小荷沒有反對。男人帶著他一身的魚腥味跟她一起進了房間，她把床的左邊指給他，又讓他把褲子放在一邊的椅子上。上了床，她又叫他先抽支煙。他終於冒了火，說你麻不麻煩啦！陸小荷做出了妥協，她原本是想讓他按照前夫的一切習慣來做，她想把他帶著魚腥味的情景釘牢在那些位置，好讓他的魚腥味覆蓋前夫的氣味。但他不願意配合。他嫌麻煩，她就只好暫時退而求其次地先把他留住。好在他身上的魚腥味很強勢，陸小荷看到了意外的效果：當男人進入她的身體以後，她的身體獲得了嶄新的帶著魚腥味的記憶。或許在越來越充實的情況下，她的身體就能忘記前夫，它將不再懷念他，她也不會再夢見他。

完事以後，她說到了他的魚腥味。她說：「你弄得我滿屋子的魚腥味。」

男人笑，他說：「屋子算啥，我這麼弄一下，你得撒五天帶魚腥味的尿。」

陸小荷也笑起來，說：「那你婆娘不是一輩子都在屙魚湯？」

男人得意，說：「那當然。」

收拾停當，陸小荷開始做飯，男人繼續嚼瓜子喝茶。母親老不回來，陸小荷總到窗口看。男人說她最好迷了路暫時回不來了，我們歇會來再來一場。陸小荷恨他嘴上不吉利，又溫暖於他的「再來一場」。「我比你婆娘好吧？」她問。「偷的都好。」男人說。陸小荷說：「我可沒讓你偷。」男人說：「你偷我偷都是一回事。」陸小荷認真地說：「我是打算和你正經成家的。」男人有點傻，瓜子殼粘在他嘴唇上，他都不知道把它抹掉。半天後他問：「你是說讓我像你男人一樣，離了自家婆娘跟你成家？」

陸小荷鄭重其事地點了幾下頭。

男人扯了幾下嘴，用手把嘴巴上的瓜子殼抹掉，然後又像氣管炎咳嗽一樣笑了幾聲，說：「憑哪樣？你又不是才二十多歲。」

陸小荷的經營毀於一旦。

那天晚上男人丟了那頓晚飯，臨走時他十分可惜他那條魚和趙大秀遲遲不見買回的啤酒。陸小荷把他攆走以後就老看見前夫在嘲笑她，她走到哪兒他就跟到哪兒。他懷裡摟著他新娶的年輕女人，他說你以為你還是像她這樣的年輕女人啊？那女人就向下癟著她的兩個嘴角，把她的嘲笑憋在皮膚下面，讓陸小荷看得喘不過氣來。他總說那句話，說完就跟他的年輕女人一起笑。她叫他們「滾」，他們非但不滾，還更加瘋狂地嘲笑。她終於被他們逼瘋了，她將正洗著菜的一盆水潑向了他們。

趙大秀是她潑完水以後進的門，當時她正站在自己弄出的一地汙水前發著愣，趙大秀看見那情形不知發生了什麼事也跟著發愣，母女倆就一個待在水這邊，一個待在水那邊，像兩個老年癡呆。趙大秀手上拿著兩瓶啤酒，是它們讓她終於想起這屋裡應該還有另一個人。於是她小心地問：「人呢？」陸小荷恨了她一眼。趙大秀之所以要小心就是怕陸小荷像氣球一樣爆炸，結果她還是爆炸了。「別跟我提那人！」陸小荷用勁地說。「他不是人！」陸小荷更加用勁地說。

趙大秀把這裡發生的事情猜了個三兩分，就放下啤酒，拿拖把來拖地。陸小荷奪過拖把，繼續發洩她的仇恨。

「你是不是找不到路回家了？」她把惡狠狠的情緒帶進這句話裡，使趙大秀有些膽戰心驚。她原本沒把這裡發生的事情跟自己聯繫在一起，但陸小荷現在正在提醒她：她也有責任。難道是因為她回來晚了，男人沒喝上啤酒？可飯菜不明明還沒熟嗎？再說了，她所以要磨蹭著遲一點回來，不就是為了不討男人的嫌嗎？趙大秀想解釋，可解釋已經沒用了。陸小荷已經武斷地下了肯定的結論。她說你最好扛著點兒，不要那麼快。她說要是我這裡還沒停當，你就生活不能自理了，那我還活不活人啦？好在她突然又覺得應該把整個的地都拖一遍。她把賣魚的男人帶回家，本來是想讓這個家裡注入新的男人氣息，但現在她卻迫切地希望把它們清除乾淨。她有史以來第一次感覺到魚腥味是那麼噁心，她打開所有窗戶，打開抽油煙機，拆鋪蓋，把被單扔進洗衣機，讓洗衣機轉起來……，她顧不上跟她的母親嘮叨了。那條魚，最終因為已經被趙大秀放進了油鍋才倖免於難，她甚至在吃飯的時候也沒拒絕吃它。

實際上，到吃飯的時候她已經冷靜下來了。她不僅吃了魚，還喝了啤酒。她已經變得有些超然起來，她說：「管他媽的，這是老娘該吃的。」她想說他睡了老娘還沒開錢哩，但礙於坐跟前的是母親，她沒好意思說。趙大秀很想知道這裡究竟發生了什麼事。陸小荷看見了她的心思，對她說：「事情不大，但它提了我個醒，有婆娘的男人是靠不住的，我得認真找一個死了婆娘或者離了婚的。」她說：「就是離了婚的，我也得看他是為啥離的，要是因為嫖女人離的，也靠不住。」

不管如何，陸小荷為自己找到了方向。

朝著這個方向，陸小荷第二天早上擺攤時就請攤友們替她留心一下，幫她找個打了單的男人，最好是死了老婆的。

「條件呢？」她們問她。

她說：「沒有條件。」

這就有人笑起來了，說：「你該不是提起尾巴看是個公的就行吧？」

這話又逗得大家都笑，於是她也附和著笑笑，說：「至少不能是殘廢。」

那之後，攤友們就認真在腦子裡替她搜索，有人就真尋到了，說她記得誰說過誰誰誰是個鰥夫，她保證自己回去以後第一時間就幫她打聽。這就說明，陸小荷的前景並不是一片黑暗。那一天，她就靠這個還看不那麼清晰的微弱的光源溫暖著，一直都很振作。晚上收攤回家以後，她的心情依然不錯。那時候趙大秀已經做好了晚飯，在等她回來吃飯的時候，她在削洋芋皮。洋芋是替陸小荷削的，削過皮的洋芋可以賣貴一點。因為心情不錯，陸小荷就把這活接了過來。她竟然提議她的母親歇一會兒。她告訴母親，她的事兒有指望了，別人答應給她介紹一個，那人死了老婆。她說：「只要我找到了依靠，你就是老年癡呆了我也承受得起。」她總在害怕母親得了老年癡呆以後自己承受不起，她母親也總在害怕自己老年癡呆了遭到她的厭棄。所以趙大秀當時就想，我還應該削更多的洋芋，我起碼要保證自己在陸小荷找到了依靠以後才能老年癡呆。

5

但是第二天，她竟然把賣魚的男人認成別人了。說起來其實不能怪她，邏輯上，陸小荷就不該把賣魚的男人再一次帶回家來，因為她已經認為他靠不住了。但是今天陸小荷受了打擊，原因是攤友給她帶來的消息出了差錯，那個鰥夫已經談上一個女人了。雖說還沒有正式成家，按攤友的說法是陸小荷還可以參與競爭，但陸小荷卻明顯地沒有信心。「你又不是二十多歲的小姑娘。」這話很傷人，但理很正。她陸小荷已經沒有了優勢，她的信心找不到根基。那個鰥夫昨天給了她一線光亮，她從昨天一直盯著那線光亮，今天突然就給掐滅了，她的眼前就顯得比以前更加黑暗。這個時候賣魚的男人就找她來了，他假裝來她攤兒上買菜，到最後卻什麼菜也沒買。

他說：「我今天晚上想去你那裡改善伙食。」

陸小荷想說「滾」的，但從嘴裡嘣出來的卻是「我家可沒好吃的」。

男人說：「我大不了再貼上一條魚。」

他還說：「我還有兩瓶啤酒沒喝哩。」

陸小荷說：「你得重新買，已經被我喝了。」

這樣到了晚上收攤以後，男人就殺了一條魚擰著，跟陸小荷去了。陸小荷提醒他買酒，他說到時候讓你媽出來買。陸小荷沒提反對意見，但她提出要他付她媽辛苦費。雖然她是認真的，但在男人聽來卻像是打情罵俏，所以他欣然答應。在背光處，他還拍了一把她的屁股，悄悄問她這兩天撒的尿是不是有魚腥味。陸小荷沒心情開玩笑，就拿別的話來打岔，她說等會兒由你來做魚，想改善伙食就得自己勤快一點。男人說：「你就曉得吃，我說的改善伙食是說的睡覺，難道我不是去給你改善伙食嗎，你想想你多久沒打過牙祭了？」

他就這麼磨著嘴皮子跟陸小荷進了屋，被趙大秀一眼就認成了她想像中的那位鰥夫。因為在她的邏輯裡，如果陸小荷要帶第二個男人回家的話，那就應該是那位鰥夫。她全然不知道自己出了差錯，明明這個男人帶著一股熟悉的魚腥味，她卻把這一點理解成「這一個可能也是賣魚的」了。她理所當然地表現得很熱情，替他擦椅子，甚至搶著替他泡茶。但男人不稀罕這些，他惦記著把她支走，他好幹他的好事。所以她又被支使去買啤酒，她欣然答應，並表示不用他拿錢。她想給這一位留下好印象。陸小荷不知道她認錯了人，有些接受不了母親的這種巴結態度。她從男人手上奪過錢硬塞到母親手上，送她出門的時候還對她說：「只買兩瓶，剩下的錢是你的辛苦費。」

男人對陸小荷的態度有些不滿，他認為她不應該表現得像他欠了她什麼似的。他說他實際上給予了她很多。他認為他給陸小荷帶去的精神安慰，比任何物質的東西都要值錢，他在她最需要的時候給了她，他是她的救星。所以她應該感激他，而不是擺出那樣一副態度。

他後來把這種觀念帶到了飯桌上，因為陸小荷不希望她的母親對他太好。趙大秀今天回來得比上一次早，因為這一次她只考慮的是「長久」而不是「一時」，所以她覺得當務之急是快些買了啤酒回去讓這個未來的女婿享用。幸好今天因為陸小荷情緒受到了影響而結束得快些，她剛從裡頭把反鎖上的門打開，趙大秀就從外面把鑰匙插進了鎖孔。這樣一來，男人今天就可以心安理得地享受啤酒了。他建議她們陪他一起喝。陸小荷自己想喝，所以她欣然採納了他的建議，但她反對趙大秀也喝。她這麼做主要是考慮到趙大秀年紀大了，腦子又有問題，但她說出來的理由卻是「憑什麼要讓我們全都陪你喝，你又不是稀客」。趙大秀因為自己腦子出了差錯根本就摸不清陸小荷這種態度的底細，她擔心陸小荷得罪了人，就尋思著用另一種方式替她「補鍋」，比如夾菜，比如熱心地跟他說話。

她問：「你前一個……婆娘是因為啥事死的？」她不是想打聽別人的隱私，她完全是出於關心。男人條件反射地回答：「我婆娘沒死啊，哪個說我婆娘死了。」他把這話說完以後才發現出了一點問題，他愣愣地問陸小荷：「是你跟她說我婆娘死了？」但那時候陸小荷也在愣神，她也發覺出了點問題。她因為更瞭解她的母親，所以她直覺問題出在母親那裡。

「你是不是認錯人了？」她像接近一條可能醒著的蛇那般小心。

趙大秀從他們兩人的表情裡已經看到了不祥，她意識到自己有可能遭到了出賣，她的腦子又叛變了。她努力想挽救局面，但無奈她經驗不足，最後還是傻乎乎地問出了這樣一個問題：「他……不是那個？」

陸小荷終於確認那條蛇是醒著的了，她驚叫起來：「媽！你認錯人了！」她說：「他前天來過我家的，你不認識了？」

男人陰陽怪氣起來：「喲！你的儲備還不少啊！我還以為只有我哩，我還以為你正統，其實不然哩。你還說我靠不住，我看你……」

眼看又一頓挖苦嘲笑在所難免，陸小荷情急之間只好抖落了實情，她希望男人暫時打住，暫時別忙嘲笑她，她告訴他，出現這種情況只不過是因為她的母親得了老年癡呆，把他認錯了。

不管趙大秀有多麼反感陸小荷那麼做，她都不得不承認是自己坐實了她老年癡呆的事實。當她終於從跟前這對男女的表情裡明白了這件事情的時候，已經為時已晚。男人已經閉了嘴。驚訝也好，恍然大悟也罷，他的表情反正變得複雜起來。他現在想說的，嘴已經不能勝任，他的表情要能幹得多，它說「原來如此」，它說「哈哈看啦，老年癡呆」，它說「哈哈老年癡呆」……男人開始擦嘴巴，用小指頭的指甲摳牙縫。他把摳出來的一粒形狀不明的東西彈到地上，然後站了起來。他沒有說什麼，他只笑了笑，這笑似乎是由衷地覺得好笑，又似乎僅僅是為了告別。反正，他帶著他的魚腥味走了。

6

陸小荷在一塊白布上寫了一個家庭地址和她的電話號碼縫到趙大秀的衣服口袋裡，這樣就能保證她走丟以後也容易找到。

趙大秀想告訴她，她口袋裡早有一個地址了。但最終她還是沒說。事情成了這樣她真的很內疚，她比陸小荷更擔憂陸小荷的未來。

陸小荷交待，沒事就不要出門。她說：「實在是找不到回家的路了，你就讓人看我留的地址和電話，別人會幫你。」她給趙大秀的感覺像在料理後事，趙大秀聽她的話像在聽遺言，於是趙大秀忍不住抽泣了起來。她說：「對不住啊，我這樣子要連累你了。」

陸小荷說：「說這些有啥用？日子還不得照常過？」陸小荷不是想表明她有多堅強，而是想表明她有多無奈。

陸小荷說完就走了，日子還得照常過，她還得去賣菜。她看起來是那麼萬念俱灰。她走以後，趙大秀就在家裡自責，她一個勁地敲打自己的腦袋，她恨不能把腦袋端下來打開，好好檢查一下到底哪裡出了毛病，是不是可以修理。她感覺遭到了算計，自己的腦袋自己做不了主了，被操縱在別人手裡，別人想把裡頭的什麼擦掉就擦掉，她一點辦法都沒有。而她卻找不到那個算計她的人，他拿她隨心所欲地開著玩笑，他正在讓她一步一步變成白癡，變成一個被人嘲笑被人嫌棄的廢物，但她卻不知道他是誰，看不見他長什麼樣，也不知道他在哪裡，他有著一雙怎樣的手，拿著個什麼東西搖控著她的大腦。她懷疑他也像陸小荷前些日子那樣，手上隨時都拿著一塊抹布，高興的時候他就隨手往她的腦子裡擦那麼一下。

她痛恨他。

她花了一個上午的時間來罵他。

她警告他小心一點，小心她對他不客氣。

她刻苦溫習功課，背書。「我家姑娘是陸小荷……」她覺得這是最不應該忘記的。她聽陸小荷的，不再出門。她一邊背著書一邊削洋芋皮，那天她削了整整一洗澡盆。陸小荷嫌她削多了，賣不完，她就給自己多添了一堂課：把衣櫃裡的衣服拿出來重新疊放一遍。不過她很快就發現這種努力作用並不大，因為有一天她竟然忘記削洋芋了。晚上陸小荷回來的時候沒發現削好皮的洋芋，就問她：「你今天沒削洋芋？」這樣她才發現她今天沒削洋芋。陸小荷問她：「那你今天在家做哪樣呢？」她卻想不起自己今天在家做了什麼事情。如果沒削洋芋的話，那自己又做了什麼呢？她竟然想不起來了。

陸小荷這回一點也沒大驚小怪，她反而說：「正常，正常。」她的表情那麼刻薄，她分明在嘲笑，不管是自嘲還是什麼，她都在嘲笑，都在埋怨，都在表明她在忍受，表明她有一天會憤怒。

她帶著奚落的口吻問她的母親：「你還認得我是哪個吧？」

趙大秀沒有回答她，她很難堪，真想找個地縫鑽。好在她沒忘記做飯，也就還不至於那麼讓陸小荷無法容忍。

第二天，陸小荷一出門趙大秀就跟著出了門，她不能坐以待斃，她得為自己找一條出路。她到大街上找那種看上去信得過的人，她向他們打聽，要是得了老年癡呆，沒錢治病又不想拖累兒女，應該去哪裡？被她認為信得過的第一個人是一個老太婆，正一個人找了一個陰涼的地方坐著，搖著一張超市的廣告單扇著風，她滿月臉，一臉仁厚。但她卻是那麼表裡不一，她的嘴裡吐出的竟是「去死」。趙大秀覺得她這麼嗆人沒有道理，她又沒有惹她，可老太婆並不承認她嗆著了她，她哈哈大笑，表示她說的完全是大實話，她說你得了老年癡呆沒錢治又不想拖累兒女那就只有去死嘛。

她後來遇到了一對看上去挺溫和的老夫妻，她挨著他們坐下，跟他們打了招呼，然後又歇了一會兒，才說：「跟你們打聽一下，要是得了老年癡呆，醫院去不了，又怕拖累子女，又不想死，該去哪裡？」

那兩人馬上就用奇怪的眼神看著她，一開始他們肯定懷疑遇上了一個神經病，打算立即站起來走開，但老頭子出於好奇，就問了她一句：「你得了老年癡呆？」

她說：「是。」

這樣他們就不用走開了，老年癡呆沒神經病那麼可怕。

老太婆說：「我看你還不很嚴重吧？」

她說：「暫時還不很嚴重。」

老頭子說：「哎呦，真可憐。」

她說：「我在鄉下的時候聽說過敬老院，沒人管的老人就住那裡去，這城裡頭也有敬老院嗎？敬老院要不要老年癡呆？」

老太婆說：「哦，對哩，你可以去敬老院的。」

老頭說：「有啊，肯定有的，而且他們也收老年癡呆的。」

趙大秀覺得自己已經達到目的了。她不喜歡繼續坐在那裡被人可憐。她回了。

自從她把賣魚的男人認錯以後，陸小荷再沒有帶過任何男人回家。趙大秀把這種消極現象完全歸罪於自己，她成了陸小荷後半個人生的拌腳石了。

那天晚上，她終於對陸小荷說：「你安心找人吧，我想好了，我去敬老院。」

陸小荷因為她嘴裡提到「敬老院」而意外了一下，但瞬間她就恢復到原來的心灰意冷了。她說：「你現在就是去敬老院也晚了，滿世界的人都曉得你得了老年癡呆了。」

陸小荷說的是實情，那賣魚的男人從她家離開的第二天就把這件事情公之於眾了，那之後攤友們天天都在跟她談「老年癡呆」，他們先是確認她的母親是不是真的得了老年癡呆，然後又想知道老年癡呆都有哪些症狀，感覺上他們都覺得這種事情肯定很好玩。

他們問她：「她是不是隨時都在笑？」

陸小荷說：「那是神經病。」

他們又問：「聽說老年癡呆會隨便管人叫『媽』，有的還叫自家姑娘『媽』，你媽也是這樣嗎？」

問：「聽說那種人完全就像個小孩，會跟你搶飯吃對不？」

問：「她上廁所曉得脫褲子吧？」

陸小荷實在忍不住了，就對他們說：「等你們的媽老年癡呆了，你們就啥都清楚了。」

不過，這些都是次要的，關鍵是再沒人敢跟陸小荷介紹男人了。有一個攤友明確表示，她本來打聽到一個剛離了婚的，還沒談上女人，年齡也正好，聽說人也還踏實，離婚不是因為他不好，而是因為他婆娘花了心，跟了別的男人了。總之這是一個優等生，但現在她知道陸小荷的媽是老年癡呆，就不準備給她介紹了。她說：「我總不能害人家吧？」她說：「你說他最後曉得了，還不罵我坑他呀？」

趙大秀令人望而生畏，她幾乎斷絕了陸小荷再嫁的全部可能性。

這就是為什麼那天晚上陸小荷最終又有了打起精神的欲望，趙大秀想去敬老院，這是在給她希望。如果趙大秀去了敬老院，那麼她是不是老年癡呆都不重要了。想到這一點的時候已經很晚了，不知道陸小荷為什麼要那麼久才想到這一點。那時候趙大秀已經睡下了，但沒睡著。她這一陣不是太敢輕易入睡，她怕一覺醒來就啥都記不得了。背書也不能像以前那樣默背，默背已經沒有效果了，她現在得背出聲來，像小學生背書那樣。陸小荷去她的房間的時候她正在背書：我家姑娘是陸小荷……她沒有感覺到陸小荷到了她的床前，陸小荷坐到她床沿上，她才看見了。祕密被發現，她顯得很尷尬。她解釋說：

「我在背書，這樣我就能記住。」

陸小荷卻對她在幹什麼沒有太大興趣，她現在只想問她：「你真的想去敬老院啊？」

趙大秀說：「真的想。」

陸小荷說：「為啥想呢？」

趙大秀說：「我走了，就不拖累你了。」

陸小荷說：「我並沒有嫌棄你。」

趙大秀突然喉頭發哽，她弄不清是因為感動，還是因為害怕聽見「嫌棄」，還是因為事實上她已經正在遭到陸小荷的嫌棄。

陸小荷說：「你不會是堵氣吧？」

陸小荷意識到自己不能因為感情用事而把路堵斷了，她試著朝著自己想要的方向引導。她說：「是你自己想去對頭不？你想去那裡試一下對頭不？」

趙大秀深吸一口氣，把喉嚨裡的哽塊吞下去，點點頭。她說：「那裡全是老年人，有人說話。」她說：「我到了那裡，就不怕發病了。」

陸小荷看見她的眼淚了，她替她擦。她說：「你要是真想去，也可以，但現在還沒到那一步。你先好好的，等到了那一步，我再送你去。」

7

那之後趙大秀就開始尋思陸小荷說的「那一步」。事實上憑她那已經癡呆了的腦袋，根本無法尋思出個明堂來，她忙活了一個晚上，也沒想明白那一步到底是哪一步。

她沒來得及問陸小荷，就只好自己想當然。她想陸小荷等的可能是她找到一個男人以後。如果是這樣的話，她就得密切配合。她可再不能讓陸小荷的個人問題砸在她的手上。她回想到陸小荷昨晚閃現出的那麼一點兒振作，推想今天或者明天她有可能會帶個男人回家。那麼，她最好的選擇就是躲出去。她現在雖然還不是一眼就能看出是個老年癡呆，但她不敢保證自己不會中途出什麼差錯，到那時候再後悔就來不及了。

她認真檢查了口袋裡的那塊白布，圓珠筆寫上去的字跡還很清楚，這樣她就放心地出門了。因為擔心自己走丟，她沒打算走多遠。她到超市裡去看各種商品，一樣一樣地看，然後她到小廣場上去看人，一個一個地看。她真想跟個人說說話，但別人似乎並沒有同樣的願望。後來她終於發現了一窩螞蟻，它們拉著好長好長的隊伍，正在搬運剛剛獵獲的食物。這可是迄今為止她在城市裡發現的最親切的東西了。於是，她看著螞蟻度過了夜晚來臨前難熬的黃昏時分，但最後她卻發現她擔心的事情還是發生了——她忘記她的家住哪裡了。

不光忘記家住哪裡了，還忘記她口袋裡有地址電話了。這可怎麼辦呢？她得回家呀。她通過街上行人的數量來判斷著時間，行人稀下去了，夜就深下去了。她琢磨著應該找哪一個行人幫忙，受經驗主義的影響她還是信任年紀大點兒的，看上去老實可靠的。這個時間很少有這樣的人走在大街上了，但竟然出現了一個。他正從十米遠的地方朝她走來，路燈把他臉上的憨厚展現得一覽無餘。可當她遇上救星一般迎上去的時候，他卻對她視而不見。這樣她就只好拉了拉他的衣袖。他停下了，熱心地看著她。於是她趕緊說：「大哥，我找不到家了，你幫幫我？」

他想了想問：「你家在哪裡？」

她說：「我不記得了。」

他問：「那你曉得我家在哪裡嗎？」

她傻了。

他顯得更傻。

她小心地問：「你……也是老年癡呆？」

他用力地說：「你才是老年癡呆！」

令趙大秀有些高興的是，她當即就忘記了她是怎樣回到家的了。那些對她來說意味著難堪和羞恥的細節被她猴子扳包穀一樣扔在了路上，回到家以後，她就只剩下一個記憶：我回家了。她覺得這是她腦子裡那個傢伙做得最正確的一件事情。

她回到家的時候已經是淩晨兩點，那時候她最強烈的願望就是吃一碗熱飯喝一口熱湯。但就這最簡單的兩樣都沒有。事實上那天陸小荷並沒有帶什麼男人回家，她晚上收攤回來發現母親不在家，就出門找去了。按她的說法是她找得好苦，可到最後還是接到別人打來的電話以後才算是找著了。陸小荷也沒有吃晚飯，她也很餓。回到家以後陸小荷直奔廚房，先對付了兩碗掛麵，算是滿足了母親的願望，也解決了自己的饑餓。那以後她就擺開了要跟母親算帳的架勢，她坐到趙大秀面前，一直盯著她看，直看到她母親像個做錯了事的孩子一樣把頭埋下去，她才開始教訓：「叫你不要出門的，你為啥要亂跑呢？」

趙大秀想解釋一下，但無奈她的大腦裡找不到詞兒。

「你忘了是吧？你忘了你是為哪樣要跑出去了對吧？」陸小荷問。她的語氣正在變得柔軟起來，她一直看著她母親的臉，那張幾十年以後應該也屬她陸小荷的臉。她好像在那裡找到了一種催化元素，她正在被融化。她緊繃的臉皮開始鬆動，像衛星雲圖一樣顯示著天氣變化，天氣預報今晚有雨，結果那裡真的淅淅瀝瀝起來。

陸小荷很響地抽了一下鼻子。

她說你是為了躲出去好讓我帶男人回來吧？你怕再在他們面前出差錯，就想躲出去對吧？母女本是同一塊肉，那一塊肉的想法，這一塊肉一定知道。

她說你真呆呀，你要是走丟了，你說我就是找個男人回來也不值啊。她說你以為我真那麼想男人啊，我那樣做只是想趕緊把那個沒良心的忘掉，我不想老想著他，我要忘掉他才有安身日子過。

她說：「但凡我有別的辦法，我也不會那麼慌裡慌張去找男人。」

她說：「我要是能像你一樣，說忘記就忘記了多好。」

她說：「我不想你得老年癡呆，我想我得老年癡呆，媽！要是能換，我跟你換，我癡呆了由你來照顧我……」

她終於把趙大秀也逗哭了。趙大秀哭得像個幾歲的小孩子，嗚哇嗚哇，嘴裡還叫「媽」，這樣一來，陸小荷就不哭了。她的首要任務是要把這個老小孩哄好。

那一晚母女倆睡在一張床上，你摟著我，我摟著你。不管是趙大秀還是陸小荷，都感覺那一晚無比的溫暖。第二天清早醒來，趙大秀第一句話就對陸小荷說：「還是要找，找一個人過上正常日子，你就不用想著那個沒良心的了。」

陸小荷說：「我不想找別人了，他要是後悔了，願意回來，我同意他回來。」

趙大秀聽出陸小荷已經喪失了信心，而且她還明白這都是因為她。她說：「你今天就送我去敬老院吧。」

陸小荷說：「別提敬老院，還沒到那一步。」

趙大秀問：「到底要到哪一步呢？」

陸小荷說：「你真的那麼想拋下我不管啊？你女婿拋棄了我還不算，你還要拋棄我啊？」

趙大秀就不說話了。

陸小荷突然澀巴巴笑起來，她問母親：「這會兒你的腦殼怎麼這麼清楚呢？」

趙大秀也笑，一笑就露出傻相來了。

陸小荷決定把趙大秀反鎖在家裡，免得她再出門走丟，她再辛苦地找。辛苦一點不要緊，只要能找到就不怕，關鍵是怕萬一找不到了呢？不怕一萬就怕萬一對吧？她希望趙大秀能明白這一點。不管明不明白，趙大秀都表現得很配合，她那還沒有完全癡呆的大腦倘能感覺陸小荷這樣做是因為愛，陸小荷並沒有嫌棄她，相反她倒是很在乎她。如果僅僅是這一點還不足以證明，那晚上她一定要跟她的母親一床睡還可以作為附加條件。除此之外，陸小荷的變化還在於她平靜了下來，她不再是一副隨時可能發瘋的浮躁樣子，看上去她已經完全接受了現實，她決定就這樣跟母親在一張床上把日子過下去。

但是趙大秀弄出了一件事情。她在做晚飯的時候，把炒鍋放在火上就把它忘記了，結果那只鍋一直坐在火上忍受著烈火的煎熬，直到被燒穿了鍋底。幸好陸小荷那天回來得比哪一天都早，按她後來的說法是，就像有心靈感應似的，那天她突然決定早一點收攤回家。她的這個決定避免了一場火災，烈火剛剛衝破鐵鍋揚眉吐氣起來的時候，她正好就回到了家。那時候趙大秀正在用一件衣服驅趕滿屋子的煙霧。由於她的腦子有問題，她沒有去想煙霧從哪裡來的問題，她只想到要把煙霧趕出去，不然她的嗓子眼兒難受。這件事情可把陸小荷嚇得不輕，三十年後她想起來還後怕。

那以後陸小荷就鎖了煤氣筏，不讓她做飯。但很顯然這並不是長久之計。有一個明擺著的現實問題是：趙大秀需要專人照看。但同時還有另一個明擺著的現實問題：陸小荷不去賣菜她們就都活不了人。

陸小荷想到了前夫。她找到他，向他表示她已經完全原諒他了，他要是回心轉意的話，她歡迎他回來。她說得誠懇至極，但人家卻被她弄得很迷茫。「我為什麼要回來呢？」他問。

「跟個年輕姑娘過日子肯定很累，她們都還不懂事，你得將就她，那不等於拖個孩子嗎？」她說。

她還說：「嘗過新鮮了，就不用再那麼累了。」

她還說：「我們有個兒子，你跟她有啥呀。」

前夫說：「可我們也快有兒子了，馬上就要生了。」

他還說：「我的新鮮勁兒暫時還沒有過去，我暫時還沒累，等我累了再說好嗎？」

她的表現很令前夫費解，他一邊跟她說著話一邊大驚小怪地瞪著眼睛，那眼睛還一亮一亮的，像電壓不穩的燈泡。不過經過那麼一番絞盡腦汁的思考，他終於想明白她為什麼要來找他，為什麼要不計前嫌請他回去了。他說你是因為你媽得了老年癡呆沒人照看，我回去了由我掙錢，你好照顧你媽吧？他由衷地讚美她的這份孝心，但讚美歸讚美，實際行動又是另一回事。他怎麼會捨得放棄剛剛到手的新鮮生活呢？

陸小荷的這一行動讓攤友們十分咋舌，他們都積極地給她出主意，說：「你得讓你的兄弟姐妹一起來承擔你母親的贍養問題。」這個主意立即作廢，因為陸小荷家僅有的一個哥去年已經從腳手架上摔下來死了，嫂子已經改了嫁。

「那就請個保姆，專門照看你母親。」

這也成了廢話，陸小荷掙的錢請完保姆就沒剩下的了。

陸小荷說：「我媽想去敬老院。」

這就救了攤友們了，他們立即眼前一亮：「這就對了，就去敬老院。說實話，送她去敬老院比你把她鎖在家裡要安全一萬倍。那裡有專人照顧，衣服髒了有人洗，餓了有飯吃。你把她鎖在家裡，難免哪個時候就弄出個事情來。再說了，敬老院裡有老人，她還能跟人說說話，那樣比在家一個人待著強一百倍啊……」

於是，晚上回家做好了飯，陸小荷就問她母親：「媽你還想去敬老院嗎？」

趙大秀說：「想。」

陸小荷說：「你覺得去敬老院比一個人待在家裡好嗎？」

趙大秀說：「是。」

這樣，趙大秀就如願以償地去了敬老院。那天下著不大不小的雨，出門的時候，陸小荷給了她一把傘，但她卻沒意識到它可以派上用場。她走在前面，等陸小荷鎖好門下樓來，才發現她頂著雨看著天空，全淫透了。陸小荷只得把她重新領回去換衣服。

她問陸小荷：「哪來那麼多水？」

陸小荷說：「是雨。」

這一回，陸小荷沒讓她先走。她們鎖好門一起下樓，母女倆摟著共撐一把傘去公交車站。

「雨？」趙大秀問。

「嗯。」陸小荷感覺她會問「雨是個什麼東西」或者「雨是哪家的娃兒」這樣的問題。但她說的卻是：「找一個。」

她說：「再找一個，你還年輕輕的。」

她說：「你還有一大把日子要過。」

她說：「別苦了自己。」

兩個小時後雨停了，趙大秀也順利到達了敬老院。那會兒，趙大秀新鮮得像個小孩子，她一進院門就不再跟搭理陸小荷了。她到處走，到處看，去巴結人，去找人搭訕。陸小荷要離開的時候去跟她告別，她也不當回事兒。陸小荷說：「你先在這裡住著，等有條件了我再接你回去。」她說：「不回去不回去。」她看起來真的好喜歡敬老院，陸小荷就放心地回了。

但事實上趙大秀在她走後大哭了一場，她像個被扔下了的孩子一樣巴在院門上，看著陸小荷離去的地方哇哇大哭。那之後，她就完全進入一副聽天由命的狀態，再不管她的記憶是不是會被擦掉，再不管自己是不是會生活不能自理遭到嫌棄埋怨了。她已經來敬老院了，她拖累的不再是陸小荷了，嫌棄她的也不再是她女兒了。在一種完全放鬆的狀態下，她的病情很快就惡化了。第二天她就記不得自己是誰了，叫她的時候，她要麼就是半天沒反應，要麼就問你「在叫哪個」。第三天，她就不知道什麼是餓什麼是飽了，不叫她吃飯，她就不知道吃，剛吃完看見別人吃，她又要吃。

院長的兒子上著小學，總是比他們吃飯晚。那天她竟然去搶他的飯。由於這件事情發生在一種對方完全沒有防備的情況下，結果是雞飛蛋打，她也沒搶著飯，碗也摔壞了。

院長被驚動了，跑來問是怎麼回事，兒子就如實彙報：她來搶我的飯。

趙大秀爭辯：「我餓。」

院長說：「你剛剛才吃過飯，又餓？」

趙大秀問：「我吃過了？」

她倒是沒有做過深的追究，既然吃過了，那就不吃了吧。她主動跟孩子和好，她說：「我不搶了，我已經吃過了。」不過院長還是認為防備著她好些，她不讓兒子端著飯到院子裡去，她要他好好地待在飯桌前吃。

吃飯可以不去院子裡吃，但兒子又忍不住好奇。他媽媽的敬老院裡有五個老年癡呆，他對每一個都好奇。他喜歡去跟他們說話，喜歡他們的顛三倒四，東拉西扯，他覺得那樣很好玩。最關鍵的是，他一直想弄明白老年癡呆是怎麼一回事，在他的經驗裡，腦袋就是一個可以隨意增大的收納箱，人在不斷長大的過程中不斷地往裡頭收藏記憶，那些記憶永遠都在那個箱子裡，偶爾記不起，不過是因為放得深了，翻翻就找到了。腦袋是自己的，要是自己不把記憶往箱子外面扔的話，那怎麼又會丟失呢？最不濟，頂多是因為人走到老年的時候箱子裡的東西已經太多了，壓在箱子底下的翻不動了，但他發現這些老人倒是更容易把最上面的記憶丟掉，而最下面的往往記得。比如這裡有一個老頭子，他就把後來的全部忘記了，只記得他的童年。他的兒子現在的樣子正好是他童年時父親的樣子，所以他一直管他兒子叫「爸」。

現在，院長的兒子想把趙大秀納入他的研究項目，看看她是不是也屬那一種。吃完飯他就把小桌子小板凳安放到院子裡做作業，他一邊做著這些一邊拿眼睛看她，這樣就成功地把她吸引過來了。

「你還記得你家兒子是哪個嗎？」他問她。

「我有兒子？」趙大秀反問。

「那你家姑娘呢？」

「我家姑娘叫陸小荷。」趙大秀很得意自己掌握了正確答案。

「你家爸呢？」

趙大秀搖頭。

「你家媽呢？你小時候你媽打過你嗎？」

趙大秀還是搖頭。

「這些你全忘記了？」

趙大秀點頭。

「那你的腦袋不是很空？是不是感覺裡頭很空，啥都沒有？」

趙大秀說：「我家姑娘被她男人甩了。我家那女婿不是人，我家姑娘跟他進城以後，沒過過一天安逸日子，十多年來天天起早貪黑，不管多冷多熱，都寸步不離那個菜攤，到頭來，日子稍好一點了，我那女婿就變質了，就覺得她不如年輕姑娘好看了，就去跟年輕姑娘上床了……」

小學生不想聽這個，他想聽他們是不是打架了，是不是兩個女人打得頭破血流，但是趙大秀這時候卻被他手上的橡皮擦吸引住了。那時候他正拿橡皮擦擦他剛剛寫錯了的作業，這個舉動實在是令她觸目驚心。

「天啦！」趙大秀喊起來。

「就是這個東西！」她驚叫起來。

「他就拿著這個東西在擦我的腦殼，我的記性全給他擦光了！」她說。

小學生笑起來。「這是橡皮擦。」他說。

趙大秀說：「他就像你這樣擦擦擦。」

小學生問：「他是哪個？」

趙大秀說：「我不認得他。」她說：「但他管著我的腦子，他天天拿著這個東西擦我的記性。」

小學生哈哈大笑起來，他說：「你真有想像力。」他說：「你可以當作家。」

趙大秀突然就驚喜了，但她肯定不是因為自己可以當作家，她是突然想到橡皮擦對陸小荷特別有用。

「陸小荷，你曉得她是哪個嗎？」她驚喜地問小學生。小學生說：「曉得，是你家姑娘。」她說：

「她離婚了，被我那沒良心的女婿甩了。我家姑娘跟他進城以後，沒過過一天安逸日子，十多年來天天起早貪黑，不管多冷多熱，都寸步不離那個菜攤，到頭來，日子稍好一點了，我那女婿就變質了，就覺得她不如年輕姑娘好看了，就去跟年輕姑娘上床了……」

小學生說：「你家姑娘想把這些記憶擦掉對吧？」

趙大秀說：「是啊，她天天洗啊擦啊，去找賣魚的男人啊，她就是想把他忘記，忘記了就不傷心了，就不恨了。」她說：「橡皮擦對她有用啊。」

小學生說：「橡皮擦對她沒用，這個東西不能擦腦袋裡的東西。」

趙大秀固執地說：「能！保證能！」

小學生不想得罪她，就說：「你說能就能吧。」

趙大秀說：「你借我一塊好不？」

小學生說：「我只有一塊。」他咕噥說：「再說你拿去真的沒用。」

8

但是，小學生第二天上課的時候還是發現自己丟了那塊橡皮擦，他懷疑是趙大秀偷走了，放學回來後就找趙大秀問：「你是不是偷偷拿走了我的橡皮擦？」趙大秀一臉茫然地否認了這件事情。「我沒偷。」她說。

小學生說：「你偷了也沒關係，要是真的對你家姑娘有用的話。」

他說：「我已經買了一塊新的了。」

趙大秀說：「我沒偷。」她聽見他說她家姑娘了，於是她又開始說她家姑娘被她男人甩了。現在她已經忘記她家姑娘叫陸小荷了，事實上正像她說的那樣，那個拿著橡皮擦的人已經擦掉了她全部的記性，只為她留下了那一點點有關陸小荷的記憶。現在，只有一件事情她能自主，那就是跟人說她姑娘的故事。她成了地地道道的祥林嫂了，每天不厭其煩地重複著她家姑娘的遭遇。別人耳朵都聽起繭了，不想聽了，她一張嘴，人家就躲，就連另外那幾個老年癡呆也躲。不知道躲的那個別人，也都在她嘮叨的時候打著瞌睡。

陸小荷來看她的那一天，她正認認真真對著一隻空椅子傾訴。「我家姑娘跟他進城以後，沒過過一天安逸日子，十多年來天天起早貪黑，不管多冷多熱，都寸步不離那個菜攤，到頭來，日子稍好一點了，我那女婿就變質了，就覺得她不如年輕姑娘好看了，就去跟年輕姑娘上床了……」陸小荷坐到那張空椅子上，她就拉著她的手背書似地重新開始：「我家姑娘跟他進城以後……」

陸小荷搖著她的手喊：「媽！」

她愣了一下，又接著講。

最後的結果是陸小荷抱著她的頭大哭了起來。

陸小荷已經決定回鄉下了，她今天是來接母親的。

趙大秀問她：「你是哪個？」

陸小荷說：「我是陸小荷。」

趙大秀問她：「陸小荷是哪個？」

陸小荷說：「陸小荷是你家姑娘。」

趙大秀說：「我家姑娘被她男人甩了……」

陸小荷打斷她說：「我們回去，我們回鄉下去……」

趙大秀往懷裡摸，最後摸出一塊橡皮擦來。她把它放進陸小荷的手心，肯定地說：「這個對你有用。」

貓空－中國當代文學典藏叢書18　PG3048

牆上的日記
——王華中短篇小說集

作　　者　王　華
責任編輯　邱意珺
圖文排版　陳彥妏
封面設計　李孟瑾

出版策劃　釀出版
製作發行　秀威資訊科技股份有限公司
114 台北市內湖區瑞光路76巷65號1樓
電話：+886-2-2796-3638　傳真：+886-2-2796-1377
服務信箱：service@showwe.com.tw
http://www.showwe.com.tw
郵政劃撥　19563868　戶名：秀威資訊科技股份有限公司
展售門市　國家書店【松江門市】
104 台北市中山區松江路209號1樓
電話：+886-2-2518-0207　傳真：+886-2-2518-0778
網路訂購　秀威網路書店：https://store.showwe.tw
國家網路書店：https://www.govbooks.com.tw
法律顧問　毛國樑　律師
總 經 銷　聯合發行股份有限公司
231新北市新店區寶橋路235巷6弄6號4F
電話：+886-2-2917-8022　傳真：+886-2-2915-6275

出版日期　2025年5月　BOD一版
定　　價　350元

讀者回函卡

國家圖書館出版品預行編目

牆上的日記：王華中短篇小說集/王華著. -- 一版.
-- 臺北市：釀出版, 2025.05
面；　公分. -- (貓空-中國當代文學典藏叢書；18)
BOD版
ISBN 978-626-412-085-2(平裝)

857.63　　114002864